貧者の息子

叢書 الأطلس《エル・アトラス》

Le Fils du pauvre, Menrad, instituteur kabyle
Mouloud Feraoun

貧者の息子

カビリーの教師メンラド

ムルド・フェラウン

青柳悦子訳

水声社

本書は
叢書《エル・アトラス》の一冊として
刊行された

主要登場人物
メンラドー家

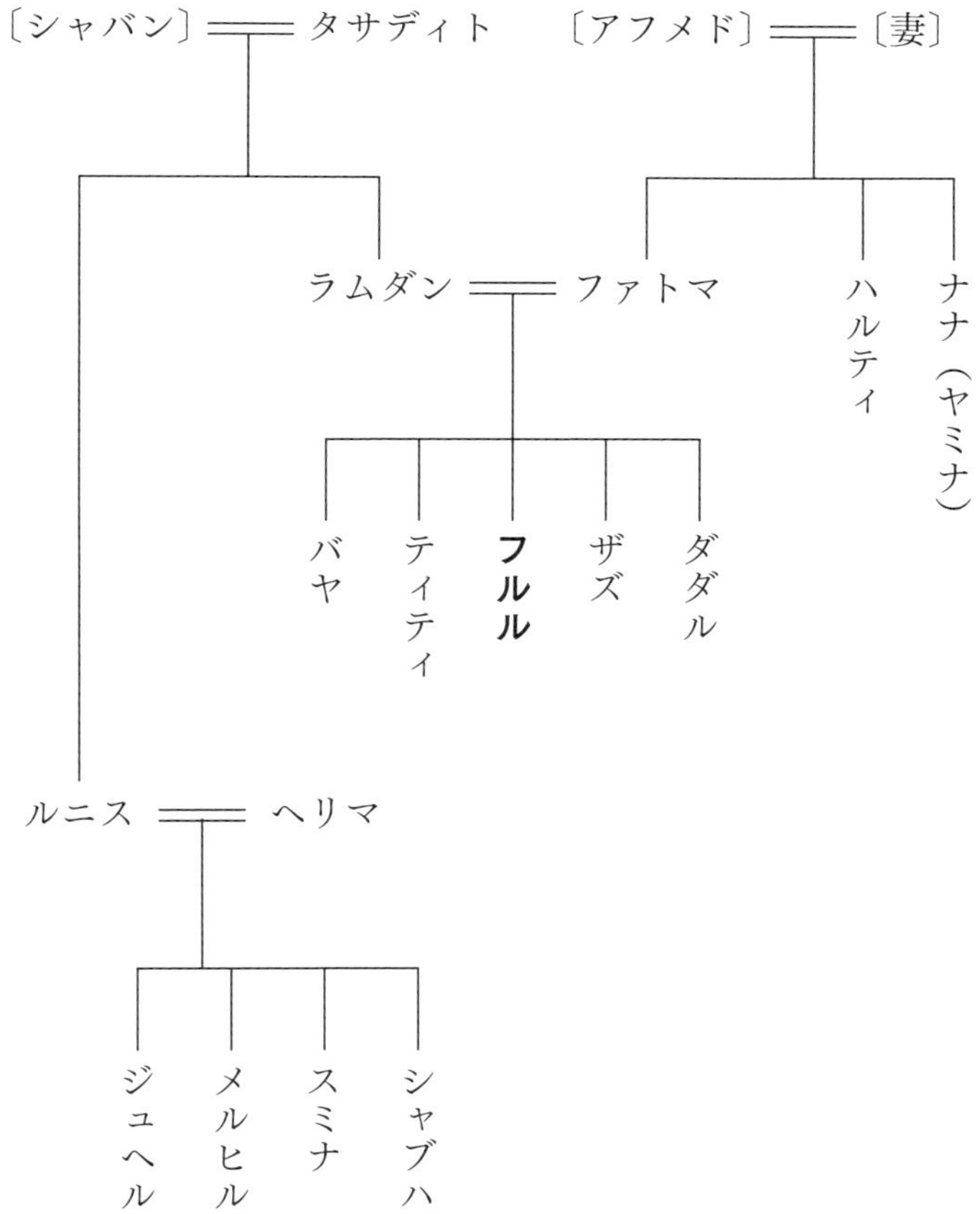

〔　〕内は故人

第一部　家族

今のうちも、やがて年をとってからも、片時も休まずに、人のために働きましょうね。そしてやがてその時が来たら、素直に死んで行きましょうね。あの世へ行ったら、どんなに私たちが苦しかったか、どんなに涙を流したか、どんなにつらい一生を送って来たか、それを残らず申上げましょうね。すると神さまは、まあ気の毒に、と思ってくださる……

A・チェーホフ

1

カビリー地方の片田舎の慎ましい教師メンラドは「盲《めしい》たちに囲まれて」暮らしている。だが王様を気取るつもりはない。なぜならばまず、〈民主主義〉の信奉者であるから、そして自分は天才ではないという固い思い込みがあるからだ。

何年もかけてメンラドは、この自己否定的な見解にたどりついた。だからといって彼の能力が減るわけではない。その逆だ。

学業を終えて教職についた最初の年に——彼には日記をつける習慣があるので——早くも日記にこう思いを記している。「わが身を省《かえり》み、自分の境遇と能力とを考え合わせてみると、残念ながらこう結論せざるを得ない。私はぼろ屑だ。貧しさという壁は実に手ごわい。けれども、この結論で終わりはしない！　こんなにも生き生きとした知性を自分に感じるのだし、古い本やノート類も助けにすれば、もっと上に行けないわけはない……」。「よし、心は決まった。きっと合格する。まだ初歩とはいえロンサールやプレイアッド派詩人について胸躍らせながら勉強していると、決心はいよいよ固まり、挑むべき試験も手の届くものに思えてくる」

かつてのメンラドは大志を抱いていた。だが己の志を嗤《わら》ってもいた。幸福には生まれ落ちなかった彼は、鶩のように飛翔しようとすればアヒルのように泥のなかでもがくことにしかならないことを知っていた。

そこで高望みを捨てて、自分が生まれたのと同じようなある村の、全校で一クラスしかない小学校に勤める一介の教師に納まり、兄弟《はらから》たる農夫《フェッラーフ》*たちに囲まれて暮らし、生きる苦しみをみなと共に心穏やかに耐え忍び、ムハンマドのまします天国に行くその日を、運命に従う悟りの心とゆるがぬ確信をもって——これが彼の口癖でもある——みなと同じに待っているのである。

どう見ても褒めるしかないこうした姿勢をメンラドが持っているのは、懐疑論者であるからではない。小難しい思弁を弄することは哀れなメンラドにはできない。ただ、自分は大したことのない人間だという動かしがたい思いがそうさせるのだ。受験を断念したあと、彼にはものを書きたいという気持ちが湧いてきた。自分には書けると思った。それは詩でもなければ、心理研究でも、冒険小説でもない。彼には想像力というものが欠けているからだ。だが、すでにモンテーニュやルソーを読んでいたし、ドーデや(翻訳で)ディケンズも読んでいた。こうした偉人たちと同じように、自分のことを物語りたいとごく素朴に願ったのだ。すでに申し上げたように、彼は慎ましい人間である! 天才たちと自分を比べるつもりは毛頭ない。ただこうした偉人たちからある考えを、自画像を描くという馬鹿な考えを拝借したいと思ったのだ。万が一、なにか筋の通った、まとまりのある、読みうるものを仕上げることができたなら、それだけで満足だろうと考えた。自分の人生はひとに知ってもらうに値する、少なくとも自分の子供や孫たちには知ってもらうに値すると思った。無理なようなら出版できなくてもいいではないか。そのときには原稿だけを残せばよい。

メンラドは一九三九年の四月、復活祭の休暇のあいだに仕事に取りかかった。まだ幸福な時代であった！

無数の困難が一句ごと、段落の終わりごとに立ちはだかる。うまい言葉がみつからない、成句があやしい、形容詞がしっくりこない、と苦しみ抜いた彼は、大判の学習帳をぎっしり埋めた末に、この企てを自分の力に余るものとして放棄する。悔いもなく腹立ちも感じずにそっと放りだす。

彼の小さな教室には、抽出しの二つ付いた真っ黒に汚れた慎ましい机がある。その二つの抽出しの片方に、流産に終わった傑作が今日も入れられたまま、学級日誌と宿題の束のあいだに埋もれて忘れられている。ちょうどヨシキリの親鳥と雛たちが巣を発つときに置き去りにして行った五番目の卵のように。

おお、慈悲深き神よ！　何人《なんぴと》にも自分の運命を支配することはかないません。メンラド・フルルの物語が人々に知られるよう天上で定められているなら、誰があなたのご命令に逆らうことができましょうか。

左の抽出しから学習帳を取り出すことにしよう。そしてページを開けてみよう。フルル・メンラドよ、さあ、おまえの話を聞こうではないか。

2

カビリーの奥深くまで足を延ばす観光客は、心からか義理からか、あちこちの場所を訪れては素晴らしいと褒め讃え、景色を見れば詩情があると感嘆し、そこに暮らす私たちの生活ぶりにきまって思いやり溢れる愛着の気持ちを寄せる。

なんの不思議もないことである。観光客というものはどこに行っても同じ素晴らしさを感じ、同じ詩情を覚え、同じ愛着を抱くものなのだから。よそで感じるのと同じことをカビリーで感じない道理はない。

去って行ってはこれからもやって来る観光客の皆様がたに文句はつけまい。あなたがたは観光に訪れるからこそ、自然の素晴らしさだの詩情だのを見出すのである。こうした夢は自分のところに戻ればおしまいになり、敷居を一歩跨げば平凡な日々が待っているものだ。

私たちカビリー人は、人々が私たちの邦《くに》を称えてくれる気持ちもわかる。お世辞混じりの褒め言葉だけを言って、この土地の荒《すさ》みようには触れないでいてくれるのも悪くないと思っている。しかしながら、おべんちゃらを並べる訪問者が詩情などにまどわされない人なら、その人の目には私たちの貧しい村々が何ともみすぼらしく映っていることは、手に取るように想像できる。

ティジは住民二千人を抱える大きな村である。村の建物が互いに身を寄せるようにして尾根のてっぺんにへばりついている様子は、先史時代の恐竜の巨大な背骨を思わせる。村の中心を貫いて二百メートルほどの通りが一本走っている。この通りは周辺の村々をつなぐ街道の一部をなしていて、車が通れる道路につながり、やがては町へと通じている。

片側にしか壁がないところでは、この通りのもともとの幅が今でも保たれている。たっぷり六クデ〔約三メートル〕はある。両側に家が建つところでは、当然、通りは左右から喰い込まれて、哀れにも石の牢獄のようなありさまになっている。ところどころで、右に、あるいは左にと、気まぐれに路地が枝分かれしてそれが畑地の方へと延びているのが救いだが、そうでなかったら息が詰まりそうだ。

街道の一部を成しているこの通りに、街道と違う扱いを施すことなどできないのが当然というものだ。街道が舗装されていないのだから、村の通りを舗装するわけがあろうか。どちらも夏は同じように埃が舞うが、冬は、街道よりも通る人が多い分、村の方が一層ぬかるみがひどくなる。同じ理由で、結局一年じゅう、村の通りの方が汚れている。街道との違いと言えばそのくらいだ。路地も、通りの子分のようなものだから、似たありさまである。

あるところでふと二本の路地が正反対の方向に、一方は左へ、もう一方は右へと延びている箇所を想像してみていただきたい。特別なその場所では、通りはぐっと広くなる。この四つ辻がジェマアと呼ばれる広場である。不思議な偶然の産物なのか、それとも今ではいきさつがわからなくなってしまったものの、わざとそのようにしたのだろうか、ともかく我らのご先祖様たちは辻の四隅には家を建てなかった。そこは村人の集まる大広場になっていて「楽師の広場」と名付けられている。とびきりすばらしい広場で、おかげで下の地区は上の地区から羨ましがられている。

この広場は正方形でも長方形でもなく、いわば多角形をしている。家々の外壁に沿って、五十センチほどの粗造り台座の上に片岩の大きな敷石を載せたのが「広　場《タジュマイト》」のベンチと呼ばれるもので、男たちや子供たちがやって来て腰をかける。そのうちの一つにだけ、特別に透かし格子の屋根がついている。夏は涼しく冬は寒さをしのげるので誰もが座りたがる場所だ。北から来て広場《ジェマア》に出た場合、この特別なベンチは左手になり、その真向かいは、二十メートルほど行くと住宅の門にぶつかって行き止まりとなる路地である。一番上等の、大理石の敷石が貼られているのもこのベンチだ。薄茶色で光沢がある本物の大理石で、年月に洗われ人々に使われて、てかてかと光っている。

村には三つの地区があり、したがって三つの広場《ジェマア》がある。それぞれの広場《ジェマア》に石のベンチがあり、てかてかの敷石がある。どの広場《ジェマア》にも、敷石を削って作った同じようなチェス盤があり、村人たちはこの動かせぬ盤で小石を使って遊ぶ。しかし、ほかの広場《ジェマア》が「楽師の広場」に伍するなどと言い張ることは、何人《なんぴと》にも許されるわけがない。

モスクも二つある。モスクが広場《ジエマア》ほど大事な場所ではないことは一目瞭然だ。外から見ると周りの民家と変わりがない。中に入ってみると、床はセメント敷で、壁は石灰の白塗りだ。がらんどうで、あまりの地味さにがっかりするほどである。ここに礼拝に行く年寄りたちは、前世紀の生き残りと言ったところだ。

モール式カフェは村の外にある。カフェに行きたいなら集落から出ないといけない。

気取った住居が何軒かあるが、それはフランスで稼いできた金で最近建てられたものだ。あたり一帯の古びた景色のなかで、節度のない壁をそびえさせ、派手な赤い瓦をひけらかしている。しかしこんな御殿は場違いに見えるだけだ。私たちにしたところで別に自慢する気もない。遠くから眺めると、こうした家々は残りの土色《つちいろ》一色の風景から浮いてしまった白い染みみたいだ。内部はどうせほかの家と大差ない。みんなが馬鹿にして言う、「外は金ぴか、でも中は糞と家畜だらけの、ムナイエルの厩舎」という文句がぴったりだ。

見栄を張ることは、数ある欠点のうちでもおそらく一番嘲笑の的とされやすい。なぜなら、みんな互いに身内か親戚なのだから。

私たちの祖先は必要に迫られて、身を寄せ合って暮らすようになったらしい。苦労のあまり、一緒に生活する利点を身にしみて知ったのだ。力になってくれたり、手助けしてくれたり、金を貸してくれたり、窮地を救ってくれたり、苦労をわかってくれたり、あるいは少なくとも運命を共にしてくれたりする隣人を持つのは幸せなことだ。私たちは死を恐れるように孤独を怖れる。とはいっても、祝い事や不幸な事件があるたびに口喧嘩やささいな騒動が起きる。だが、そのあとには仲直りする。「諍《いさか》いでなく、幸い運ぶ、ご近所づきあい」。われらの一番すてきな言い回しだ。この幸いがもたらす楽園とは、天国ではなく地上の園にすぎないが、それでも地獄ではないことはたしかだ。

それぞれの地区がそれぞれのご先祖様を奉っているものの、どうということはない。ずっと昔から一門《カルバ》どうしで結婚がおこなわれてきたし、だから今では村全体の歴史が一個人の歴史のように一つになっている。身分の上下もなければ、特別な称号をもつ名家というのもない。この地方一帯の英雄を称えた詩もたくさん残っている。そのなかには、オデュッセウスのように狡知に長けたのもいれば、タルタランのように威張ったのも、ドン・キホーテのように痩せこけたのもいる。

たとえば下の地区はメズズを先祖としている。メズズには男子が五人おり、その五人の名がこの一門の五つの家系の名となった。というわけでメズズ一門には、アイト・ラバハ、アイト・スリマン、アイト・ムサ、アイト・ラルビ、アイト・カシの五家系がある。ほかに「バシレン」家の人々と呼ばれている連中がいるが、この人たちの祖先は、ほんとうはジュルジュラ山地の方から逃げ延びてきた男なのだ。バシレン家の人たちは出自に誇りを抱いていない。どこか心の底には自分たちを卑下するような気持ちがある。でも、みんなで忘れることにしてきたおかげで、今では誰も問題にしないし、この人たち自身がメズズの正真正銘の子孫だと思うようになっている。けれども何か事が起こると、人々は情け容赦なく連中に記憶を呼び覚まさせる。そういうことになるのは、きまって利害が絡む時だ。

先祖がほぼ同一であることに加え、山あいのカビリー人の暮らしぶりが千篇一律だという点でも、私たちは同じ境遇を分かち合っている。貧しい者もいなければ裕福な者もいない。

とはいえ、たしかに二種類の人たちが存在する。一方はどうにかいつも食べていける人、そしてもう一方は、運に恵まれる時と見放される時とで、どん底の赤貧の暮らしと神様の寵愛の証である慎ましやかなゆとりのある暮らしとのあいだを行き来する人である。それでも、人々をはっきりと二手に分けることはできないし、暮らし方に本質的な違いを見出すことも難しい。

裕福な家は、イチジク畑をいくつかと何カ所かにオリーブ畑、それに一ヘクタールほどの農耕地を持っていて、ときにはその地所のなかに運よく泉が湧いていることすらある。広場《ジエマア》で農夫の某《なにがし》がどうやら耕すのに一カ月かかるだけの土地を持っているらしいということが知れると、まわりにいる者の目には賛美と羨望が浮かび上がる。ところで、傾斜の急な私たちの地方では、羊より一回り大きい牛を二頭使って一日働いても二十アール耕すのが精一杯である。したがってカビリーの大地主というのは六ヘクタールの土地持ちということになる。広場《ジエマア》ではこうした連中は声高に話し、自宅では絶対君主として君臨する。少なくとも、まわりはそう思わせておいてやる。

財産があることの目に見える特権は、えらそうな素振りができたり、人から褒めそやされたりすることだけであるが、それを手放すまいと、富める人は何も所有していない人よりも、もっと汗水たらして仕事をし、雇い人たちと一緒に働くばかりか範をみせるべく率先して精を出す。食べ物も着る物も使用人と変わるところがない。それでもおとぎ話の大金持ちさながら、皆の心をさいなむ心配とは無縁でいられるのである。

金持ちは家畜も所有している。内訳は、雄牛二頭、雌牛一頭、羊数頭、それにラバかロバが一頭というところである。

金持ちの住まいには数部屋ある。向かい合って並んだそれぞれ幅十二クデ〔約六メートル〕、奥行十四クデ〔約七メートル〕の二室を自分の部屋とし、長男用あるいは来客用に小部屋を一つか二つあてがう。建物はどれも、片岩の石を粘土のモルタルでつないで作られている。屋根には葦の下地の上に丸瓦を載せる。床はしっかりと踏み固めてから石灰を塗り、磨きあげる。つや光りする黄味がかったこの床は、清潔な印象と田舎風の優美さを、少なくとも塗ったばかりのあいだは感じさせる。趣味にこだわる妻たちはみな、どの部屋にも床から一メートルの高さまで練り土の化粧塗りを施し、壁の上下を区切るように、イヌホオズキを潰したものを使って、ゆるやかな緑の線を引く。その上部の壁は、屋根裏の物置き場のところも含めて、苦労して調達した白粘土で塗り固める。家の内装は主婦の管轄である。それが女たちの悩みでもあれば自慢でもある。家庭の余裕に応じて壁の塗り直しが毎年定期的におこなわれたり、あるいはそれが二年に一度だったり、三年に一度だったりする。

それぞれの大広間には敷石を張った低い部分があり、家畜や馬を飼うほか、薪の置き場にする。上部との仕切りには太い柱が使われ、この柱で支えた上の空間が屋根裏の物置き場になっている。ここには保存食糧の大甕《アクフィ》*や油の大壺、家族のさまざまな長持の類が置かれている。一段床の高くなっている部分が居住空間である。太い棒の両端にひもをかけて垂木から吊るし、日中は巾いっぱいに寝具を掛けておく。炉《カヌン》は、家畜を飼うスペースの真向かいにあたる壁ぎわの適当なところに作られる。この炉の上部には、残りの二つの壁のあいだに梁が二本、平行に渡してある。この二本の梁の上にさまざまな物を置く。冬のあいだ、ドングリを詰めた籠を置いて炉の煙で燻して保存できるようにしたり、生木を火元の二メートル上に置くことでゆっくりと乾燥させたり、犠牲祭《アイド》*の羊の肉を置いて脂身に燻製ニシンのような渋味をつけたりするのだ。

小部屋の方には、こうしたものが一切ない。ただの四角い、それも少しいびつな、のっぺらぼうの場所である。煙がそれほど来ないので、塗ってある石灰は大広間よりは白い輝きを保っている。小部屋で火を焚くのは冬の夜だけである。

庭はたいてい狭い。たまに、入口の門の上に鳩小屋みたいなものが作られていることもある。庭から粗末な階段かぼろ梯子で上っていくのだが、付け足しの部屋として使われる。その下の門の両側に、幅広のベンチをこしらえ、一家の母親がこれに石灰で化粧塗りを施すのだが、その見栄えは残念ながら一年しか持たなかったりする。

目で見てわかる裕福さはこれで全部だ。ほかには何もない。華美な贅沢などあるはずもない。なぜなら周知の通り、金持ちはケチだからだ。ケチだから後生大事に財産を守り、必要に備えて少しでも増やそうとする。ケチだということが金持ちになるための一番大事な資質であり、金持ちであり続けるための秘訣なのだ。ケチんぼを悪く思う人はいない。連中はケチという立派な才能の持ち主で、褒めるに値する人たちだ。

村の貧しい家庭はどうかというと、できる時には金持ちのような暮らしを送り、できない時にはそうできる日が来るのをじっと待つ。貧乏人には土地がまったくないか、あってもわずかである。雇われ仕事がない時に、そのわずかの土地に手をかける。住まいは一部屋きりである。小さな庭を自分と同じような乞食同然の隣人たちと、そして広場《ジエマア》を村人みなと分かち合う。農夫が一休みするのに、あばら家に戻って女たちやうるさい子供らに囲まれて過ごすなどということはめったにない。広場《ジエマア》こそは安全な逃げ場で、いつ行ってもよいし、金もかからない。モール式カフェを好むのは若者と怠け者だけである。

貧乏人でも裕福な人と同じように家畜を持つことができる。家畜を買うのに借金をしたとしても、あとで売る時には少しは利益が出ることになる。家畜がいれば日中ずっと働ける。働けばよりよい暮らしに近づくのだ。貧乏人は近所の金持ちの真似をしているつもりだが、金持ちの方もこちらを真似ようとしてくる。ほどなく互いの仲が悪くなる。というのも、金持ちの女房が近所の貧乏な女の身なりの方がすてきだと思ったり、子供たちが恵まれない友達の生活を羨んだりするということがよく起こるからだ。だがそれも長くは続かない。冬に雨が続いたり、誰かが病気になったり、予想外の出費が要《い》ったり、一家の父親がフランスへ出稼ぎに行ってしまったり、その父親が不運にみまわれるか故郷を気にかけなくなったりしさえすれば、たちまち暮らし向きというものが如実になるからだ。金持ちのケチぶりはどこまでも変わらない。貧乏人の方は、金持ちはみじめだと馬鹿にしたり、逆にしきりに羨んだりの繰り返しだ。

要するにティジでは、人々はみな知り合いであり、睦み合い、また妬み合っている。みなそれぞれに自分なりの暮らしをしているが、身分の上下というものはない。それにこれまで、どれだけの貧乏人が小金を蓄えだして金持ちになったことか？　逆にどれだけの金持ちが後先を考えない貧乏人たちに引きずられて、たちまちのうちに貧乏に転落したことか？　金持ちすらあっという間に破産に追い込むのは、村のみんなの尊敬と恐れ、そして憎しみを買っているガリガリ亡者、高利貸しのサイードだ。もちろんこの男もいずれは同じ目に遭い、物乞いをしながら死を迎えることになるだろう。掟から逃れられる術《すべ》はない。地上に生まれた者は誰しも貧しさと豊かさの両方を知らねばならない、それはまさに神の掟だ。年寄りたちは言う、初めと終わりが同じことは決してない、と。まったく老人の知恵はあなどれないものだ！

3

私の両親の家は、下の地区の、村の北端にあった。私たちはアイト・メズズ一門のアイト・ムサの家系に属する。メンラドは私の家の屋号のようなものである。

私の伯父と私の父は、一人はラムダン、もう一人はルニスという名であるが、地区では二人を「シャバンの息子たち」と呼ぶのが普通である。謂《いわ》れはよくわからない。とても幼いうちに親を失ったので、私の父は私の祖父のことをまったく知らない。二人は私の祖母の名をとってタサディトの息子たちと呼ばれてもよかったはずである。しかし、おじたちや従兄弟《いとこ》たちは、おそらくシャバンという名を残すことで、人々にこの孤児たちが誰の血を引いているのかを思い起こさせ、そして二人合わせれば権利上も実際上も亡き人の代わりを立派に果たしうるということを示そうとしたのだ。初めのうちはよい見方だと感じられた。しかしその後子供たちが大人になっていくにつれ、二人をまとめて呼ぶこの言い方は人格をやや貶めるようにも思われだした。なぜならいつも、二人はまるで一人の人物であるかのように語られたからである。けれど兄弟は少しも似ていなかった。

伯父はほっそりした顔立ちで、人を小馬鹿にするような目つきをする色白の男だ。身なりに細かく端正である。私がいつも目にするのは、白い長衣《ガンドゥーラ》*を着て、凝った仕方でターバンを巻いた姿だ。伯父がつるはしを持ったり、金色の鋲を打った太い皮ベルトをがっしりとお腹に締めているところなど、めったに想像できるものではない。たしかに、たまにはそういう姿をする。その時には、いかにも嫌々という風で、不器用に農具を動かし、そそくさと作業を終わりにしてしまう。逆に広場《ジェマア》では、ずっとましな伯父の姿が見られる。ルニスがまっすぐな人で、また、頭に血が上りやすいことは有名だ。伯父は勢いのある話し方をする。怒りだすとまるで火のついた藁だ。村で最も垢ぬけた若者の一人が伯父だった。そのため母親から特別にかわいがられた。それに長男だった。私の祖母は、残念ながら実際には全然当てにならないのに、ルニスが幼いラムダンの面倒をよくみてくれると吹聴したものだ。祖母がルニスに弱いのは誰の目にも明らかだった。祖母は伯父を見てくれのよい身体に産み落とした。それが最初の贈り物だ。また祖母の特徴をこの長男に継がせた。笑い顔も卵型の輪郭も声の質も歩き方もそっくりだった。まるで写真を少し引き伸ばしただけのようだ。ただ、小柄な老婆が漂わせるもろく弱々しい印象の代わりに、どこかしら強さが付け加わったのが伯父だった。

兄の陰に埋もれているばかりでなく、ラムダンの方は、シャバンに生き写しという特徴を備えている。偶然の采配だろうが、父親の姿を想像するようすがとなる容易な手立てが自分の身に与えられ、ささやかな心の慰めとなっている。ラムダンは肌が浅黒く、兄よりもずっといかつい、ずんぐりとした体つきで、筋骨の隆々としたいかにもカビリーの農夫然とした男だ。顔つきときたら、四角い額、上を向いた低い鼻、薄い唇、大きな顔、まさにシャバンに生き写しだ、と祖母はいつも繰り返す。目つきも父親そっくりで、相手を見るときに左の目をしかめる癖まで同じだ。父が若かった頃、祖母は体裁のよくないこの習慣と、熊のようにのっしのっしと歩くぶざまな歩き方をどうにかやめさせようとしたのだが、無駄だった。歩くその姿はまるで宿敵との対決に向かうところか、あるいは重たい荷物を背負っているかのようだった。祖母はいつも父のことを、手のかからない薄のろのように思っていた。彼は兄のようにおしゃべりではなく、それどころか失礼に思われるほど内気で、自分を外に出さず、見るからに頭の回転もふるまいも鈍重な男である。農夫の仕事をするために生まれついたとしか思えなかった。そして当たりまえのように自分の役割を受け入れた。ラムダンはごつい指をしていたけれども、実はみごとに笛を奏でることができた。それを知っていたのは同じ年頃の若者たちだけだった。母親と兄のことが大好きだったが、まるでそういう愛情を弱さであるかのように心の奥に隠した。比喩を巧みに操って、人や物ごとを、嫌味にならずにからかうところがあった。実際、素知らぬ顔で鋭いことを言う風刺家であり、そのうえに哲学者と詩人を合わせたような面のある人物だったのだ。彼の言った気の利いた言い回しのなかには、今でも村で口にされているものがたくさんある。素朴で正直な人間なので、兄と同じく、おしなべて村人たちから好かれている。

私がこの世に生を受けた時、伯父はじき五十歳を迎えようとするところ、父は四十代だった。ともに妻子を持っていた。

伯父の妻ヘリマは上の地区の出だ。棒きれのような痩せたのっぽの女で、ぎらぎらと輝く目と大声の持ち主である。すぐにかっとして手を上げる質《たち》で、猫みたいな歩き方をする。嫁に来てすぐはなかなか良い嫁だとタサディト婆さんは思ったが、ほどなく嫌なところが目につきだした。伯父はのべつ妻を殴っていたけれど、ヘリマの方は全然平気で、夫を怖がるようにはならなかった。ヘリマには盗み癖があった。私の父はヘリマの大敵で、片端からその手口の裏をかいてみせた。ヘリマが祖母からお目玉を食らったのを知ると、私たち家族の者は溜飲を下げるのである。

しかし、ヘリマを選んだのはほかでもない老婆なのである。ヘリマの父親は私の祖父の古くからの友だちで、マダガスカルの戦役には輸送兵として加わった。そしていくばくかの金を携えて戻ってきた。私の祖母は彼が金持ちだと思いこみ、自分の子供たちの支えになってくれるものと考えた。祖母は生涯この過ちを後悔することになった。老いた兵士は娘の身の上をなんら気にかけることなく、ずっと後で私がもらうことになる緑色の絹のリボンのついた金色のメダルだけを娘に遺して、まもなく死んでしまったのである。

私の母はアイト・ムサの出で、メンラド兄弟にとっては従妹《いとこ》にあたる。祖母が母を選んだのも計算ずくのことだった。私の母方の祖父アフメドは亡くなる前に小さな家と畑一つを三人の娘たちに相続させるよう言い遺した。法官《カーディ》*の証明書も作成した。その書状は少し黒ずんではいるもののちゃんとしたまま今でも残っていて、四つに折って布に包まれ、土器の壺にしまわれてコルクで栓がされている。この遺産贈与は「確定的かつ最終的な」ものだとされていた。母はそのことを鮮明に覚えていた。しかし実際に遺言書が届いたとき、これを訳した長老《シャイフ》から娘たちが受けた説明によると、娘たちには用益権しかないとのことであった。あの法官《カーディ》はおそらく死にゆく父親の望みをよく理解せず、その兄弟の望みの方を書き留めたにちがいない。だがそれはどうでもよいことだった。なぜなら私の母と叔母たちに、それ以外の畑を山分けしたおじたちが因縁をつけてくることはなかったからだ。いずれ三姉妹が死んだら、遺産の残りはすんなり自分たちのものになるのだから。

　私の祖父アフメドは妻に先立たれていた。そして自分がいなくなったら、娘たちには何の支えもなくなることをよくわかっていた。それなのに、娘たちを悲惨から護る唯一の方法である所有地の生前贈与をしなかった。アフメドは、女の手に渡したら財産は簡単に人の餌食にされてしまうだろうと懸念したのである。また一方、アイト・ムサ家の現在と未来の面々に、自分の記憶が不名誉として残ることを断じて拒んだ。たとえ婿や孫であってもよその者が自分の土地に居座ることは受け入れられなかった。ああ、彼が生きているあいだに、同じムサの者である又従兄《またいとこ》の誰かが娘の一人と結婚してくれればよかったのだ！　しかし――おそらくシャバンの息子たちを除けば――誰もそれを望まなかったのだ。まるっきり損な結婚相手じゃないか！　しばしばアフメドは、これも娘を持ったせいだと恨みたい気持ちに駆られた。しかし亡くなる直前には、土地を娘たちに遺すことで、娘たちがこの一族から切り捨てられることのないようにするのが賢明だと考えるに至ったのである。

「私はもうじき逝く」とアフメドは思った。「私が一族の利益を損ねたとは誰も言うまい。名誉を守るかどうかは男たちの問題だ。あいつら次第なのだから」

そのとおり！　アイト・ムサの男たちは名誉の方を選んだ。娘たちが一族の不名誉となるのは問題外である。だがそもそもこの老人に悪意があったことは明白だ。家と畑一つを娘らに「最終的に」やってしまおうとしていたのだから。法官《カーディ》はわかってくれた。しめしめ！　あとはそれほど苦労はいらない。「いいか、名誉を守りながら、自分らでなんとかやっていけ」と男どもは娘たちに言い渡した。「おまえたちが少しでも道義を踏み外すようなことがあれば、我らの名が汚されることになる。そのときは最も重い制裁がただちに下されるであろう。おまえたちはわしらの意のままだ。この言いつけをしっかりと守るのだぞ。それ以外はわしらの関知するところではない」。

ここの習慣では、誰か近親の男が遺産を受け継いだ場合、その者が遺された娘たちを引き取り、嫁がせてやり、なにくれと面倒をみることになっている。だがアイト・ムサ家では人数が多すぎるのと、互いの嫉妬が激しすぎるのとで、この決まりが守られていない。男たちの誰もが遺産を欲しがった。それで、みんなして遺された娘たちの面倒をみるということに決まった。男たちはこの取り決めを、不幸な娘たちを厳重に監視するという意味でのみ実行した。

こういう次第で、姉妹は監視にさらされ、叱責を受けたり、手荒なまねさえされたりしたが、そんなおじたちや従兄弟《いとこ》たちのことを姉妹は悪く思っていなかった。なぜなら、同時に護ってもらっていると感じられたからだ。蔑まれたうえに関心を持たれなくなったり、見捨てられたりするよりはましだった。きちんと物事を見極められるよく出来た娘たちだった。おじたちが騙したりいろいろと財産を巻きあげていったりするのも、自分らを身内から締め出したり家名を名乗る権利を取り上げたりはしないのだからと、黙って受け止めていた。

すべてのおばの中で、孤児《みなしご》娘たちに一番親身に接し、たくさんの優しい言葉をかけ、しょっちゅう助言を与えた女の一人が私の祖母のタサディトだった。娘たちはじき、祖母になんでも相談するようになった。

長女のファトマは二十歳を迎える年頃だった。ラムダンはまだ結婚していなかった。祖母は二人を娶《めあわ》せようと考えた。ファトマは見かけの悪い女ではなかった。背が低く、やや顔色が悪くて痩せており、少しだけ顔が長すぎて頬骨が出ていたが、柔らかな憂いをたたえた美しいまなざしをしていた。同じ年頃の娘たちが勝ち気で物怖じしないのとはまったく違っていた。気取りがなくて純朴そのものであった。クスクス以外の料理はなにも作れなかった。祖母はファトマにラムダンとの結婚を受け入れさせるのに相当苦労した。見かけは粗暴な熊のようだが、力持ちで真面目で人柄もよいのがわかるようになって、ファトマはやっと承知した。それにラムダンが二人の妹の後見役にもなってくれるだろうと考えたのだ。婚礼はこの上なく質素に執りおこなわれた。ルニスとラムダンの兄弟は三人の孤児《みなしご》娘を自分たちの庇護の下に置くようになった。それからは、娘たちから金品をくすね取ろうとする者はいなくなった。

私の母に対して祖母はなんの不満も抱いていなかったと思う。ファトマは祖母にいつも従っていた。一方ヘリマとは、身内の敵という関係だった。タサディト婆さんは、ラムダンよりもルニスが好きだが、ファトマの方をヘリマよりも気に入っているという、ややねじれた状態にあった。しかし二組の夫婦が長いあいだ一緒に暮らすことができたのも、また、祖母がなんとか公平さを保ちながら家を取り仕切ることができたのも、たぶん、このねじれがあったおかげにちがいない。

よく知られているとおり、私たちの邦《くに》ではみなが、少なくとも家庭のなかでは、規律正しい生活を送っている。浪費を咎める点では村ごと一致している。だから、どの家庭も一人の責任者にゆだねられている。責任を任された者は食糧を管理し、各人の分け前を自分の裁量で定め、貯めておいた金をどう使うか、何を買い、何を売るかを決定するのである。本人だけ他の人より多くせしめているという非難が上がることも時にあるが、そんなのはいつだって妬みからの逆恨みだ。慣わしで、家の主人――それが女であることもある――は人格者とされている。反論の余地なき諸々のことわざが、家長の人徳を証し立てている。

メンラド家では祖母が家政を取り仕切っていた。さまざまな大甕《アクフィ》の開け閉めをしてよいのは祖母だけだった。台所用具を扱う特別なやり方が祖母にはあり、ふたを取ったりかぶせたりするにも自分だけの秘密の仕方があって、どんな目立たぬ兆候も祖母にはピンときてしまうのだった。嫁たちは立場をわきまえていた。屋根裏の物置きは祖母の持ち場で、ほかの人は近づいてはならなかった。祖母はそこへ上って行って、家族が食べる分のイチジクを取ってきたり、篩《ふるい》に大麦を移したり、使う分の油や獣脂を持ってきたりした。祖母には自分だけの秤《はかり》があり、祖母にしかわからない計算がなされ、確かな記憶で管理されていた。隙のない祖母の目をごまかすことは不可能であった。

食事の支度は女たちでやった。しかしクスクスが出来上がった時に皿に取り分けるのは祖母であった。肉だけは男の仕事なので、長男にやらせた。だが肉を買うのはお祭りの時だけだったので、結局、一家に日々の食べ物を与えたのは祖母で、それはまるで、雌鶏が一羽一羽の雛の嘴《くちばし》に餌を分け与えるような具合だった。

この仕事を遂行するには、たしかに並々ならぬ資質が必要とされる。というのも、おわかりいただけるだろうが、カビリーの人々は贅沢三昧の暮らしをしているわけではないからである。しかしながら、この役を担うのは一家の最年長者か最も尊敬される人物と決まっているので、普通は、みなが家族全員の運命を安心してゆだねているし、家長がたえずみんなのためを思いながら責務を全うしてくれるものと信じている次第である。

4

私が生まれたのはキリスト暦の一九一二年、その昔ある老女がジュルジュラ山地の峰で命を取られて石に変えられたという、そして、今でもカビリーの八十歳を超えた年寄りたちが恐れている、かの有名な「二月《テイブラリ》の貸し」*の二日前だった。

私は無事に誕生したわが家の最初の男子だったので、祖母は誰にも口を挟ませず、私の名をフルル（動詞「隠す《エフエル》」に由来）とすることに決めた。この名の意味するところは、私が自分の二本の脚で家の敷居を跨いで出るようになるまではこの世の誰も、善意の目によってであろうと悪意の目によってであろうと、私を見ることはまかりならない、ということである。

この名前が私の地方にはないまったく風変わりな名であったにもかかわらず、私が同世代の子供たちから一度もからかわれたことがないと言ったら、みなさんはたぶん驚かれることと思う。それほど私は気立てのよい愛らしい子だったのだ。記憶を遡れるだけ遡ってみても、思い出せるのはいつも友達との温かい素朴な関係に私が包まれていたことだけである。すぐに浮かんでくる一番遠い記憶は、わが家の小さな庭で一人の小さな男の子が、逆さに置いた壷の上に座っている光景だ。幼い従姉《いとこ》のシャブハがその前に立っていて、何かおいしいものを男の子に食べさせてあげようと、五本の小さな指に載せて数えている。私が思い浮かべる幼い自分は、フードのついた白い小さな長衣《ガンドゥーラ》を着ていて、まだよちよち歩きだけれど、もうさかんにしゃべっている。三歳の頃だったと思われる。

父と伯父は地区でも貧しい部類だった。しかし二人には娘しかいなかった。だから、男兄弟に囲まれている他のほとんどの仲間たちに比べて、私は家ではるかに幸せに育った。

実を言うと、伯父の妻であるヘリマは私を目の敵にしていた。私は今でも彼女を伯母と呼ぶことができない。しかし私の母や姉たち、そして——私にとって本物のおばたちである——母方の叔母たちは、私を大いに好いてくれた。父はなんでも私の言うことを聞いてくれた。村の産婆をしていた祖母はおいしいものをもらうとみんな私に食べさせてくれ、そのたびにヘリマはいまいましさを募らせるのだった。伯父は、広場《ジェマア》では男がいかに大事かを心得、私をメンラド家の将来を背負《しょ》って立つ存在とみなしていて、まるで自分の息子のようにかわいがってくれた。子供一人を育てるには有り余る陣容であった。

その甲斐なく、家族中の努力を結集したものの、願った結果には達しなかったことを私はお伝えしなくてはならない。私は家のなかのたった一人の男の子だった。家族の力と勇気の象徴となるべき宿命を背負わされていたのだ。

私のようなひ弱で小さな子供が背負うには、なんと重すぎる宿命だったことか！　それなのに私が違う性質に育つかもしれないとか、この願いが叶わぬこともあるとは、誰一人思ってもみなかったのである。

私は姉たちやたまには従姉《いとこ》たちさえ叩いたが、ぶつのを覚えるのも大事だ！　などと言って咎められることがなかった。家の大人たちに憎まれ口をきいても、皆の嬉しそうな笑いに迎えられるという始末。へいちゃらで物を盗んだり、嘘をついたりもした。すると、こうやってこそ勇ましい男の子に育つものだ、と褒められた。親が厳しく叱ってばかりいると、臆病で、気弱で、やさしく、へなへなした、まるで女の子のようなとんでもない腑抜けができあがるということを、みんなが知っているからだ。わが祖父シャバンの息子たちも、こうした方針を護っているわけだ。

すでに五歳の頃にはすっかり偉そうにふるまう癖がついた私は、やがて自分の権利を濫用しだした。私は二歳上の、小さい方の姉に対してたちまち暴君としてふるまうようになった。私はこの姉のことをティティと呼んでいた——今でもそうだ——。ティティの背は私とほとんど変わらず、姉と弟が似ていることが世間でよくあるように私と瓜二つで、スカーフと長く伸ばした三つ編の髪でようやく私と見分けがつくという風だった。ティティはとても良い性格で、そのおかげで、私から叩かれたり悪口を言われたりしても、この齢《とし》の子供にはとてもありえないような寛い気持ちで受け止めることができたのだった。とはいえティティがまわりから、何をされてもおとなしくしていなければならず、私はどのようにふるまってもかまわないのだと教え込まれていたのも事実である。ティティが大人たちに言いつけに行くと、判で押したようにいつも同じ返事をもらうのだった。「おまえの弟でしょ？　弟のフルルが居てよかったわね。神様がおまえのそばにずっと置いてくださいますように！　ほらもう泣かないで、仲直りのキスをしていらっしゃい」。

いつもこう諭されたので、ティティはとうとう弟の名のあとには、「神様がずっとそばに置いてくださいますように」という文句を必ずつけなくてはいけないものと思い込んだ。それでティティは泣きながら母にこう訴えるようになったのが、まことにいじらしかった。

「弟のフルル、神様が私のそばにずっと置いてくださいますように、が私のお肉を食べちゃったの」。

「弟のフルル、神様が私のそばにずっと置いてくださいますように、が私のスカーフを破ったの」

今では一家の母となった小さい姉さん、願いは叶えられましたね。神様はあなたのそばにあなたの悪い弟をずっと置いてくださいましたものね。

私の暴君ぶりは上の姉に対しては違った出方をした。バヤは母の手伝いをよくしていた。母の味方となり、必要な時に母を助けることもすでに出来た。バヤは頭が良く、勇気があって、粘り強い性質《たち》でもあった。腕力に秀でていて、誰からも侮られることのない存在だったし、みんなから恐れられてすらいた。そのバヤに特別に課せられた仕事が私を見守り、あやすことだった。私はたやすくバヤの言いなりになりはしなかった。泣けばなんでもほしいものを手に入れられることを私はすぐに悟った。涙と叫びは私の完全無敵の武器であった。

しかしながら、家族のなかではとてもうまくいったこの作戦は、残念なことに外ではちっとも成功せず、たびたび辛い目に遭うことになった。泣きじゃくっても効果がなく、みんなが私のごきげんを取らなきゃいけないわけではないということを、私はまっ先にわが従姉《いとこ》たちによって思い知らされた。私を蛇蠍《だかつ》のように嫌っていた彼女たちの母《ママ》は、私に対してとるべき態度を、みなの前で娘たちにはっきりと教えてみせた。

「あれはあんたたちの弟ではないんですからね。あんたたちには弟なんていません！」

この台詞を言うヘリマの調子は、私を敵だと宣言していた。今でもヘリマの声が私の耳に残っているし、意地悪な目つきが浮かぶ。とても幼い頃から、ヘリマに憎まれていることを私は感じとっていた。

近所には同い歳かわずかに上なだけの、いずれにしても私より利発そうな二人の男の子がいて、おかげで私はとことん自分に失望することになった。

そこで私は、自分が取りうるたった一つの態度をまわりのすべての男の子や女の子に対して取ることにする。すなわち気立てがよく、愛想のよい、辛抱強い子としてふるまうことである。ガキ大将には平気でこびを売り、欲しいと言われればすんなりとなんでもあげたり貸したりする。両親たちは、私をこの地区の獅子にし、のちには村全体の獅子に育てるという夢が、ぼろぼろと崩れて行くのを目の当たりにする。

私はいちいち感じやすい子供で、しかも家の前の通りよりも遠くへ出るとやたらに臆病になった。友達のアクリは、通りの突き当りに、真っ白の大きな火打石があったことを今でも覚えているという。この石を一歩越えると私は自動的にアクリの命令に従うようになるのだった。アクリの友達と私も仲良くし、アクリのライバルたちとは私も距離を置いた。私はアクリのしがない手下であった。アクリは守れるときには私のことを守ってくれ、そうでなければ長官としての責任を堂々と引き受けて攻撃にみずから身をさらした。私が敵と立ち向かわなくてはならなくなる時もあったが、それはアクリがもっと危険な敵を相手にしている時だけだった。家の方に帰ってくると、あの運命の標石のところで私は威厳を取り戻すのだった。そうするとアクリは、今度はなんでも私の気まぐれな要求に、それもあきれるほどのとんでもない要求に従わなくてはならなくなるのだった。

二人で遊び道具をこしらえるときには、アクリは作り方のヒントを私に求めたし、やり終わるとこれでよいかどうかを訊ねてきた。アクリが一生懸命仕上げたものを私が乱暴なしぐさで一挙に壊してしまうこともしょっちゅうあった。アクリの方は作業でむいてしまった指を吸いながら、まことに称賛すべき心の寛さで、私の下した最終決定を受け入れるのであった。

アクリは漠然と、私の方が想像力とセンスの良さがあると感じていたのだ。そして私は、外に出ればアクリの方がずっとみんなの尊敬を集める人物であることを認めざるを得なかった。私たちは完璧なまでに補い合っていた。二人は一緒に世界へ足を踏み入れた。まずは地区の広場《ジエマア》へ、それからほかのあちこちの広場《ジエマア》へ、最後には学校へ。

私たちの友情は一体いつ、どんないきさつで生まれたのだろうか？　どうもよくわからない。記憶のなかでは、五歳か六歳の幼いフルルはいつもアクリと一緒にいる。私たちは同じ通りに住んでいたので、きっとそこで出会ったのだろう。しかし、なぜ私たちがこれほど仲が良かったのかは依然として謎である。ほかにもたくさん子供たちがいたが、私たちほど親密な二人組はいなかった。

アクリの顔立ちは女の子のようにきれいで、それでいて騒がしいやんちゃ坊主だった。おとなしくて静かな私とは正反対だった。アクリは笑ったり、人をからかったり、ぶったりするのが好きだった。どんないたずらをしても大人たちはアクリの美しい目、肌の白さ、端正な顔立ちを見ると赦《ゆる》してしまうので、大人を怖がっていなかった。一方私は二人分、内気だった。アクリが度胸の良さで光っていたように、それが私のいいところだとされていた。アクリは拳《こぶし》と足のひらがやたらに大きかったが、アクリによれば喧嘩したり逃げたりするにはそうでなくては駄目だということだった。アクリは私にないものをみな持っていたので、私はアクリをすごいと思い、大好きだった。思うに、アクリも同じ理由で私のことを好いていてくれたのではないだろうか。

私たちが地区をくまなく探索し、あたりの子供全員を知り、また全員から知られるようになるまでにどのくらいの時間がかかったか、今では覚えていない。どうであれ、私たちはこの最初の試練をうまく乗り切ったのだった。地区にはみんなから叩かれ放題の——領主にとことん絞られる農民のような——子たちがいた。また、いつもあだ名ではやされ、それだけで遊びの輪から抜けて逃げて行ってしまう、馬鹿にされっぱなしの子たちもいた。私たちはこういう嫌な目にはまったく遭わずにすんだ。それどころかしまいには、二人はそれぞれの長所でみんなから一目置かれるようにもなった。アクリは度胸の良さで、私の方はセンスの良さと機敏さで。

じきに私は一人で表に出ることが怖くなくなり、広場《ジェマア》まで行ったり、とくに吸殻を目当てに腕白どもが群がるカフェのそばまで足を延ばせるようにもなる。従姉《いとこ》のシャブハが一緒に遊ぼうと誘ってくると、私はいかにももったいをつけながら、僕には家の遠くでやるような、もっと面白く男らしい用事があって出かけなくてはならないんだ、と突き返す。するとシャブハはうなだれ、諦めて何も言えなくなってしまう。

偶然のなせるわざで、私がシャブハを冷たく退けて出かけた日にかぎって、ふだんから私を脅したり、喧嘩を吹っ掛けてきたり、広場《ジエマア》へ行くのを邪魔したりする誰かに会ってしまい、予定していたよりも早く家へ戻るということがよく起きた。そういう時には仕方なくシャブハやほかの女の子たちと遊ぶのを受け入れた。どうして急に帰ってきたかは明かさなかった。こそこそ逃げ帰ってきたことや、殴られてきたことはつとめて忘れようとした。

相手が私と同年代の子の時には、私が両親に助けを求めることは決してなかった。いさぎよく喧嘩を受けて立つか、逆に怖ければ逃げるのだ。しっぽを巻いて帰って来たことや、やっつけられてしまったことはひたすら隠し、勝った時にだけ話す。母は別だが、父も伯父も家族の誰も、私の喧嘩に加勢するのを良しとしないことはわかりきっている。あろうことか私が劣勢なのを目撃すれば、まずは腹を立て、それから相手に敢然と立ち向かえと強いるに決まっている。こういうことは実際すでにあった。とりわけ伯父からは何度もそうさせられた。折悪く家族に見つかってしまった喧嘩でもしも勝利を収めれば、私はみんなの称賛を浴びた。逆に、敗北するとさんざんにこき下ろされた。

そんな時は、いつもの甘やかしなんてどこへやらだった！　家族じゅうの顔に軽蔑の色が読めた。ひとり母だけはその優しい顔を哀しそうに曇らせているのだった。本当に母はただひたすらに私を愛してくれたのである。

伯父の掲げた過酷な掟に、私はずっと怯えながら従わされていた。その方針は揺らぐことがなかった。伯父は喧嘩相手に応じて三つの場合を区別していた。すなわち、相手が年下か、同い年か、年長かである。

年下の子を相手にする場合は暴力をふるってよい、ただしそのあとすぐに雲隠れしろ、と伯父は言っていた。相手方が文句を言いに来る。すると伯父はお仕置きするために私を探すふりをして実は見つけないようにし、その子をなだめ、親御さんたちには、きちんとお灸を据えておくと約束して終わりである。

同い年の男の子なら、相手を怖れる理由は何もないはず、ということになる。私が負けるわけはないと、えらい剣幕で伯父がまくし立てる。私の方が育ちがよい、だから力も強いというわけだ。あるいは「あの子の父親は殴り合いをやったためしがない」、つまり、そんな腰抜けの子供がメンラド家の息子を負かすことなどありえない。あるいはまた「相手は父なし子だ」、つまり当然てんで勇気のない子だ、というわけである。極めつきは、相手がライバルの一族《ツフ*》の子だという時で、この場合、敵の前で引き下がることは断じて許されない。

これらの理屈にはとうてい逆らえないことをよくわかっているので、私はいやいや勇気を奮い起こさざるを得なくなるのである。

逆に伯父は、私よりも年長の子が私を叩いたりいじめたりすることを赦《ゆる》さなかった。私にとってそれは伯父へのささやかな復讐の機会となった。復讐のために、私は伯父に、起こったことを事細かに報告した。年上の子がビー玉を盗っただと？　私はずっと泣きじゃくりながら家に帰り、伯父に伝えたものだ。伯父は立ちあがるとその子を探しに駆け出していき、叫び声をあげ、怒鳴り散らし、平手打ちを何発も食らわすことさえしばしばだった。一方、私は伯父の後ろにぴったりとくっついて、始終泣き続けた。ああ、なんてお人好しの伯父さん！　私よりも子供っぽい人だった。私が告げ口したつまらぬことで一体何度、伯父は駆け出すはめになったことか！　けれども闇のなかで今は静かに休んでいる伯父は、もう私を赦《ゆる》してくれているのではないかと思う。

5

伯父が、私に立派な男子になるための教育を施そうとしたことが間違っていたわけではないことは確かだ。しかし伯父は熱心の度が過ぎたし、あまりにも偏った考え方をしていた。伯父の教えから、私はほとんど何も学ばなかった。伯父が実際にとった行動のなかでも最も劇的なものとなったある事件は、私の物の見方を固め、おとなしくしていることがどれだけ大事であるかを幼い私の胸に刻みつけたのである。

それは、イチジクの季節のことだった。農夫たちが牛にやるためのトネリコの葉を集めて最初の袋を満杯にし終え、楽師の広場の大きな敷石のベンチに休みに来ていた。私は集まっていた男たちみんなと知り合いだった。覆いのあるベンチにいるのはアメル家のブサドで、野生のオリーブの木の細枝で籠を編んでいる最中だ。私は傍らに座る。ブサドのしていることが面白そうに思えた。私はブサドが辛抱強く子供に付き合ってくれることを知っている。深い皺がよっていて目は鋭い光を放っていたけれど、浅黒い彼の顔はちっとも怖くない。暑かったので彼は頭のかぶりものを取っている。短く髪を刈り込んだでこぼこの頭はまるでスイカみたいだ。長衣《ガンドゥーラ》の襟ぐりが大きく開いていて胸毛を覗かせている。ひっくり返した縁なし帽《シェシア》のなかに角製の嗅ぎ煙草入れが置いてある。野生のオリーブの枝が薄茶色の大理石の敷石いっぱいに積まれている。ブサドは日焼けした両脚のあいだに籠の編み始めの部分をはさみ、自在に締め具合を調節できる万力のように脚を使って押さえている。小枝をカットしながら編み進めていく。

私はブサドのすることに目を凝らしている。しかし近寄りすぎて、絡み合う枝が私の顔を何度もかすった。

「もっと後ろに下がれ！　ラムダンの息子よ。ベンチは広いんだから」

「いやだ、覚えたいんだもの」

「同い年の子たちと遊んでこい。こんなにじっとしてたらハエにたかられちまうぞ」

「僕にだって広場《ジェマア》に居る権利があるんだ」

「しょうのない子だ！　でも俺の指が触らないように気をつけているんだぞ」

村の子供たちはみな、広場《ジェマア》に自分の居場所があることを幼いうちから学ぶ。男の子であればどんなおチビさんでもみんなと同じように広場《ジェマア》で過ごす権利がある。私たち子供は機会あるごとにいきり立って、生意気な口調でこのことを大人たちに思い起こさせる。ブサドは私に折れて、何も言わずに仕事を続ける。

野生オリーブの枝はすんなりたわんで編めることもあれば、言うことを聞いてくれず、折れてしまうことも時々ある。するとブサドは先をよく尖らせたナイフを手に取り、折れた枝先をカットするのだ。あれが一体どんな風に起こったのか、思い出そうとしても私にはよくわからない。突然私は眉のところにほんのりと温かさを感じ、続いてすぐにハチに刺されたような鋭い痛みに襲われた。ブサドのナイフの刃が私の額に当たったのだ。私はとっさにおでこに手をやる。離してみると、血だらけだ。私は泣きだす。大人たちがみな立ち上がり、駆け寄ってくる。狂ったように暴れる私を一人の老人が抱きかかえ、手近なものをつかんで私の傷に当てがう。別の男がすでにくたくたになった自分の長衣《ガンドゥーラ》を裂いて、そのぼろ布で私の頭を巻いてくれる。血は止まらず、私は泣きやまない。ブサドは顔面蒼白だ。ナイフは散らかった小枝と作りかけの籠のあいだに埋もれている。ブサドは心配して、息をはずませながら、大丈夫かと私にたずねる。

「目をつぶしたらどうするんだ、ブサド！」

「だからこの子に忠告しといたじゃないか！　離れろって。神様の思し召しだ。俺にはどうしようもない」

「ともかくおまえがもっと気をつけているべきだったんだ。まったく可哀そうなことをした。あとはこの子の親にまかせるしかないな。さあ家に帰れ、メンラド、行くんだ！　そして母さんに言って、布を焼いて灰を塗ってもらえ」

私は血まみれの姿で、ああ、すんでのところで殺されるところだった、と思いながら家へと向かった。というのも、哀れなブサドがあらゆる聖者に誓って故意にやったのではないと弁明し、わが子のように私をかわいがっているのだと訴えても、まわりの証人たちは誰も耳を貸そうとしなかったからだ。ブサドがいくら誓っても無駄だった。人の好いみんなは私の不幸に同情して首を振り続けた。たしかに、この人たちの真心を疑うことも、この人たちが誠意から事態を悪化させてしまったのを責めることも、できはしない。

わが家に着くや戸口で最初に会ったのは、この時こそ天の神様が遠ざけてくだされればよかった人物その人である。それは、私の泣き声を聞きつけて出てきた伯父である。すぐ後ろには母がついている。

二人は私の顔が血だらけで、頭に巻かれた布が血で黒く染まっているのを見る。

「誰がおまえをこんなにしたんだ？」と伯父が言う。

「息子が殺された」と母はつんざくような声で、誰はばかることなく嘆きわめく。私はなんとか母をなだめようとする。伯父は怒りで錯乱状態だ。

「早く言え！　誰だ？　どうしてだ？」

「アメル家のブサドがやったの」

「わざとか？」

「うん、僕を殺そうとしたの」

それだけで十分だった。伯父は竜巻のような勢いで出て行く。瞬時に伯父はこう思い浮かべる。ライバル一家のあのブサドがナイフを手にして、無防備な甥に飛びかかる。奴はこの子を殺すつもりだ。メンラド家の最後の跡とりを抹殺しようと企んで……。伯父は、太い棍棒をつかんで一目散に広場《ジエマア》に飛んでいく。憎しみがかっかと胸から頭へ燃え上がる。俺が名誉を取り戻してくれる、わが家の尊厳を知らしめてやるのだ。

母が伯父の後を追いかけ、その後を家族のみんなが続く。走っていく一団のありさまはもうめちゃくちゃである。私たちが広場《ジエマア》に着く前から一家の怒号が広場《ジエマア》に届く。私は傷のことなどすっかり頭から飛んでしまい、木の葉のように震えるばかりだ。広場は人でいっぱいで、アリの巣を踏みつけたような騒ぎとなる。乱闘のなかで私は独りとり残されている。母さんはどこ？　伯父さんは？　広場《ジエマア》の出口の一つには、男たちが塊になって取っ組み合いを演じているのが見える。ブサドの従兄弟《いとこ》の一人が石を投げたのをはっきり目撃する。それが鈍い音を立てて落ちる。続いて、ざわめきを圧する大きな叫び声が上がるのが聞こえる。うちの従兄弟《いとこ》の一人が棒きれを握って人垣のなかに飛び込んで行き、地面から誰かを抱き起こす。伯父だ。

袋小路を十メートルほど行ったところでは女たちの戦いが展開されている。こちらは阿鼻叫喚の罵り合いだ。女たちもまた、しっちゃかめっちゃかの塊となっている。結った髪の黒と腰布《フタ》*の赤を基調にさまざまな色が入り乱れる色彩の塊だ。

見物人と乱闘に加わる者がどんどん広場《ジエマア》に増えてきて、ごった返しになる。みなどちらかの味方だ。昔からのつきあいがこういう時に目を覚ますことになる。以前の借りを返す絶好の機会というわけだ。

だがここで村の長《アミン》*が現れる。そしてベンチの上に立つ。脇には黄色い絹の幟《のぼり》をかざした道士《マラブー》*がついている。

「今から一言でも言葉を発する者、少しでも身体を動かす者には、災いのあらんことを」と道士《マラブー》は力強く荘重な声で言い渡す。

男たちは離れる。女たちは陰湿に最後の攻撃を交わす。私の心臓は破けんばかりに高鳴り、のども唇も乾ききる。泣きだすことも逃げることもできない。髪を風に乱した母がスカーフを探しているのが目に入る。近くに寄っていく。母は私を見ると、探し物をやめて、私の小さな手をきつく握りしめながら広場を立ち去る。その後に一家の女たちが続く。母は耳に怪我をしている。祖母は両の手それぞれに髪の束を握り、ぶんぶん振り回している。バヤは、ブサドの妻アイニから腰布《フタ》を戦利品のようにさらってきた。みんな興奮状態で、もっと戦いたがっている。女たちはもう離れたのに、なおも敵どもをこきおろして罵詈雑言をわめき続けているので、私の頭は割れそうだ。おそらくは向こうの連中も同じようにわめいているにちがいない。

私たちが家に着くと間もなく、近所の男たちが誰だか見分けもつかないほどになった伯父を運んで戻ってくる。伯父は大きな石の一撃を頭に受け、ナイフで脇腹を刺されたのだ。わが家の従兄《いとこ》のカシも棒で何発もやられた。これに対してライバル一家の受けた被害状況は、実に惨憺たるものだ。ブサドは私の伯父にこてんぱんに打ちのめされて担がれて行ったし、その弟は歯の半分を失い、ほかの者たちも目は腫れるは、顔は傷だらけになるは、背中はぼこぼこになるはで、十分ひどい目に遭わせてやった。

茣蓙《ござ》の上に伯父が横たえられるあいだに、親族のある男がこんな勘定を割り出す。男たちはみんな戦いのしるしを負っている。長いひっかき傷からは血が滴り落ちているし、長衣《ガンドウーラ》は破け、ターバンは肩に垂れ下がっている。

母がみなの傷を洗うために、水を壺いっぱいに入れて持ってくる。

「とんでもない！」と一人が言う。「傷はそのままにして、欧州人《ルーミー》たちにこいつらの姿を見てもらうんだ」

「おまえは下がっていろ」と伯父が母を怒鳴りつける。

「俺たちがあんたをロバに乗っけてやるから、今すぐ地方官《カーイド》のところに行こう」とカシが付け加える。

「そうだとも、あっちも同じことをしようとするにちがいない。先に行った方が勝ちだ」とまた別の男が言う。

めいめいが意見を述べたが、誰の話しぶりにも確信のなさとためらいがうかがわれた。これからどんな事態が引き起こされるのか、みなが困った気持ちになりだしているのが感じられた。どの提案も総意に至らなかった。夜にもう一度全員が集まって、アイト・アメルの連中に対するアイト・ムサの防衛計画を立てようということになる。みんなが引き上げて行く。ただ一人、体格のよい若者である従兄《いとこ》のラバハが伯父の命令で残り、物置き場のそばに座る。

家族の者は、私がこの不幸な事件の原因であることを忘れているかのようだ。だが、伯母のヘリマとその娘たちだけは無情にもそれを私に思い出させる。ヘリマは仏頂面をしている。戦いの時にも一番乗り気でなかったのがヘリマだ。夫を見やっては執拗に目をそらし、時々私の方へ怒りを込めたまなざしを投げつける。従姉《いとこ》のジュヘルが私のそばにやってきて、通りすがりにいきなり私をつねる。

「見なさいよ、あんたの伯父さんを！　みんなあんたのせいだからね」

すごく痛かったが、私は何も言えない。のどの奥ですすり泣きを押し殺す。なすすべもなく母を見る。母は一部始終を見ていた。だが無力に目を伏せてしまう。私を見捨てたのだ。突然伯父が身を起こす。伯父もすべてを見ていたのだ。

「娘らを連れてあっちへ行っていろ」と妻に命じる。ヘリマはぶつぶつ不平を言いながら出て行く。

「フルルや、こっちへおいで。どうだ、まだ痛いか？」

伯父は私の手を取って引き寄せる。私はもうこらえられない。目には涙があふれ出し、小さな胸を震わして、私はただ泣いて泣いて、泣き続ける。

母は私をおぶってやはり出て行く。祖母とラバハだけが伯父のもとに残される。祖母が手ずから作った黒い軟膏をあちこちの傷に当てがっているあいだ、伯父はラバハに内密の助言を与える。私の父は今、家を留守にしている。父は朝早く、ロバにブドウを載せてティジ＝ウズに発ったのだった。夜にならないと戻らないはずである。戦いのことは一切見ていない。アイト・アメルの連中もそれを知っている。奴らが父を待ち伏せにして襲うかもしれない。なぜなら、昼前の戦いではこちらが優勢だったからだ。わが家の一族の者はみな、勝利を収めたのは自分たちの方だと勝ち誇っているのだった。全会一致の結論だ。といってもおそらく、相手方は違う見解で、あちらも同じように全員一致で自分たちが勝ったと言っているにちがいないのである。だが、私たちはそんなことを思ってもみなかったわけである。伯父がラバハを引き留めたのは以上のような理由《わけ》だ。今や伯父は、ラバハに武器を持たせて父の迎えに出すとともに、意気軒昂な身内の者何人かにも知らせ、敵の連中が待ち伏せに来そうな村はずれの場所に待機するよう命令を出す。

父がなんなく無事に家に戻ってきた時には、こうした用心が一切無駄だったことを知って、みなは喜びつつも、内心やや悔しい思いを噛みしめた。やれやれ、よかった！　アイト・アメルの者たちは自分たちの方がメンラド一家の連中を打ち負かしたと考えていたので、慎み深くも余計なことをせず、家でじっとしていたというところなのであろうが。

血で染まったターバンの山とみんなのかさぶたを目にして、父は烈火のごとく怒りだした。もしも朝の「お祭り」に参加していたらきっとわめき散らしていたであろう、ありとあらゆる呪詛の言葉を叫び始めた。広場《ジェマア》の方へ向けて、棍棒《デッブス》*や、短刀や、古いピストルなどを次から次へと振り回した。外へ飛び出して行こうとしたが、祖母とヘリマとその娘たちが、父の長衣《ガンドゥーラ》や肩や腕にしがみついて引き止めた。母はひたすら父の両脚に抱きついていた。伯父はそれをじっと見ていた。私はと言うと、父の大声を聞いて嬉しい気分になっていた。こんなにすごい怒りに守られていれば安心だ、と思ったのだ。近所の男たちがやってきて父をなんとか落ちつかせた。そのうちの一人は、ちょうど村の長《アミン》の使いとして来たのであった。家門長《タメン》たちと村の二人の道士《マラブー》を引き連れてこれから村の長《アミン》が訪ねるので、迎える準備をしておくようにとのことである。

祖母の指揮のもとに女たちはただちにクスクスの大鍋の準備にかかる。町までブドウを入れて行った振り分け籠《シュアリ》から、祖母は、ちょうど父の買ってきた肉の塊を誇らしげに取り出す。

「あの卑怯でケチな連中が、尊敬すべきお客様一行を、うちのような新鮮な肉でお迎えするのかどうか見てやろうじゃないか」と、敵どもについて祖母は言う。

「きっとヒヨコ豆をお出しするのでしょうね」と母が言う。

「違いないよ！　私らは貧乏だけどさ、神様のおかげで、私は生まれてこのかた一度だって、お客様をきちんともてなすことができずにおまえたちの夫に肩身の狭い思いをさせたことなんかないんだよ。良い家柄っていうのは、こういうことでわかるんだからね」

もちろんそのとおりだ。でも、もしたまたま父がこの日に肉を買ってきたのでなかったら、こんな台詞《せりふ》を祖母はとても口にできなかったであろうし、祖母自身もヒヨコ豆やそら豆をふるまい、それを恥ずかしいことだとは思わなかったであろう。

夜もかなり更けた頃、わが従兄《いとこ》のカシが咳払いをしてから、うちの古びた門をきしませる。お偉い様たちがもうじきやってくると告げる。カシは親族会を招集しようと考えていたが、もはやその必要はなくなった。和解の見通しが見えてきて、胸をなでおろす。弁の立つ老人を何人か呼んでくるだけでよいのでは？——父は同意する。カシは表に出て行く。母と伯母と従姉《いとこ》たちは、これから男たちが集まってくる母屋の向かいにある小さな部屋に閉じこもる。祖母だけは残って炉《カヌン》のそばに陣取り、自分だって意見を言う権利があるということを周囲ににおわせる算段である。

まもなく村の長《アミン》が二人の道士《マラブー》と十人以上の名士たちを引き連れて到着する。一行は、ゆったりと外套《ブルヌース》を揺らしながら、一列になってそろりそろりとわが家の小さな庭を横切っていく。さながらおぼろに浮かぶ幽霊だ。父は歓待の挨拶を述べ、三角のフードをかぶった長老《シャイフ》たちの頭に口づけをする。伯父は積み上げた枕に身を持たせて部屋の隅に座っている。やってきた男たちは扉のそばにサンダルを脱ぎ揃え、うちの赤い大きな絨毯に円座を組んで座る。父は屋根裏の物置き場を支える柱に寄りかかってつっ立っている。少し戸惑っている様子だ。

演説に先立つおきまりの儀礼句を述べた後、村の長《アミン》が話に入りかけようとした時、父が口をはさんだ。

「皆様ようこそおいで下さいました。夜は長いですから、まずは食事にいたしましょう」

家門長《タメン》らは、それはいけない、と形だけ異を唱える。しかし、先にするにしろ後にするにしろ、結局食べなくてはならないことを一同は心得ている。それも一晩に二回もだ。というのも、うちを出たら一行は次に、我らの敵方のところへ行くことになっているからだ。いろいろ勘案すれば、まずクスクスを食べていただいてから、という私の父の意見がもっともだとおそらく誰もが頭のなかで考える。そうすれば、まずはわが家の食事を食べ、こなれたところで次の食事を食べるということができる。というわけで、家門長《タメン》たちはそれ以上固執しない。父の方もまた、これからのなりゆきをあれこれとこう思いめぐらしたのである。誰かの家に招かれて一飯の恩義にあずかったら、その人を裏切るのはむずかしいものだ。私たちの方に確実に神の祝福《バラカ》*を引き寄せるために、二人の道士《マラブー》にそれぞれ二十五フラン渡すことにしよう。振り分け籠《シュアリ》いっぱい分の作物のあがりがそれで消えてしまうな。かまうものか。それでみんながが満足するんだ。おいしいクスクスにおいしい肉で長老《シャイフ》たちを豪勢にふるまい、議論のあとにはおいしいコーヒーも出すことにしよう。望み通りの意見を言ってくださるに違いない。難しい問題じゃないのだから。もうすっかり鉾《ほこ》を下した人々を、ただ取り持つだけなのだから。

実際、アイト・アメルの人々も私の親族たちも、事をこじらせたいとは思っていない。だがどちらの家も、家の名誉をかけて、自分たちは屈しないというところを見せたがっているのだ。こういう状況のなかで、名士たちや長老《シャイフ》たちは関係者みなを納得させるべく、細心の気遣いをしながら重々しいふるまいを演じるのである。

「どうかお信じください。私どもメンラド一家の者は、白髭のご長老の方がたに、嵐を遠ざけんためにわざわざお越しいただいたことを、大変光栄に存じております。お役目を無事果たされますよう、切にお祈り申し上げます」

腹の底では誰も騙されてはいない。揉め事がこうやって収拾されるのは珍しいことではなく、長《おさ》たちにとって仲裁に立つことが、いつも二回の食事をふるまわれ、お祭りのような日々を過ごし、立場に応じた袖の下をもらう機会となることをみなは承知している。

というわけで、一同はとっくりと飲み食いを終え、その後でついに開端の章を唱えることと相成った。最初にこの世にある者たちのために一度、次に亡き者たちのために、さらに神に捧げるために、続いて収穫を祈って、そして一家の名がますます高まらんことを祈念して。この最後の祈りには恍惚のあまりひっくり返った祖母の奇妙な声も混じり、実に盛大なものとなった。

形式に則って、村の長《アミン》が伯父に事の次第を話させる。それは以下の通りであった。「フルルが瀕死のありさまで家に戻って参りました。私は説明を求めてブサドのところに行きますが、ブサドは外れた返答をするばかり。それで殴り合いとなりました。アイト・アメルの者たちは広場《ジエマア》のそばに住んでいるので、一家の者がこぞって飛び出してきました。私はナイフでぐさりとやられました。うちの家の者たちが到着し、大乱闘となりました。その後、あなた方がいらっしゃったのです」。実に的確明瞭である。もっとも事の委細は誰もがすでに承知しているのだが。最初に意見を述べたお方はどうやら私たちの正当性を認めてくれたようである。少ししたら相手方のところでも同じように言うにちがいないのであろうが。それに続いて口を開く方々も似たり寄ったりの繰り返しだ。やたらに持って回った話し方で、おまけに比喩を交えたり、状況を何かになぞらえたりしながらでしか、判断を表わさない。さあ、ついに長老《シャイフ》たちの番だ！　二人のうちの一人が布で包まれ煤で黒ずんだアラビア語の本を取り出す。何やらちんぷんかんぷんなことを読み上げ、私たちに神の祝福《バラカ》を招き寄せてくれたかと思うとやにわに、私たちが騒ぎを静めないならば神の鉄誅あれ、とのたまう。すぐさま、祖母が身を震わせながら聖なる書物におずおずと口づけをする。伯父は古い羊皮紙の上に手を置き、もうこれ以上喧嘩を蒸し返すことはいたしません、と誓わされる。一行はこれから、相手方にも同じ誓いをさせる。だから我らのことを根掘り葉掘り調べ尽くすフランスの法廷に出かける必要はない。しかし血が流れた以上、地方官《カーイド》は事の次第を知りたがるだろう。そこで、村の長《アミン》が持ち金から百フランを都合して地方官《カーイド》を納得させる役を引き受けてやるが、後で私たち、つまりアイト・アメルの連中とわが家とに、その金を弁償してもらう……。

こうした説明を私たちは受ける。伯父は考え込んでじっと黙っているが、ついに父がこれを承諾する。朝方の敵どもと私たちとの関係がこれからどうなるかは、誰も気にしていない。大事なのはこれ以上戦いを交えないことなのだ。

お歴々が、今私たちを「なだめ」たのと同じようにこれからアイト・アメルの者たちを「なだめ」るために出て行き、翌朝、両家の者は公然の敵となって目を覚ます。これが高い代償を払って得た結果だった。

それからというもの、しばらくのあいだ両家の者は言葉を交わさず、助け合うこともしなくなる。カビリーの籠編みからやみくもに教訓を学ばせられたブサドは、ほどなく私と相まみえる危険を冒さないようになった。

6

私の母方の二人の叔母は、私の両親と同じ通りに住んでいた。祖父のアフメドが娘たちに遺したのは、家畜用のスペースも屋根裏の物置きもついていない小さな家だっだ。このちっちゃな家の隅にはどっぷりとした大甕《アクフィ》が一つ鎮座しているが、叔母たちがそれを上まで満たせたことはない。屋根は低く、戸口は片扉、庭は幅がせいぜい大人の背丈程度で奥行きは建物の正面壁と同じだけしかなかった。その家にいると、キクイタダキがまん丸の暗い巣のなかで身を寄せ合っているみたいに窮屈である。けれども和《なご》やかな温かいぬくもりがあり、誰にも邪魔されることのない心安らぐ場である。動くたびに壁が擦れるのは身体を優しく撫でてもらっているような感じだし、薄暗がりからいろいろな物がそっと微笑みかけてくれている。侘しさなどみじんもない、私の幼少時代の大切な牢屋。ここで過ごした時間はあまりにも短く思われた。

叔母たちめいめいの名を私が知ったのは、二人と親しくなったずっと後のことだった。名前なんかに意味はなかった。それは、親たちの場合と同じだった。私は従妹《いとこ》が話すのを聞いていて、その父親がルニスという名で私の父がラムダン、それから私の母がファトマで従姉《いとこ》の母親がヘリマだということを知り、びっくりしつつも面白く思ったのを今でも覚えている。しかしすぐさま、そうした名で呼ぶのは他人だけで、家族のなかでは私たちだけが使うもっとやさしい呼び方があることにも気がついた。私にとって叔母たちの呼び名は、ハルティ*とナナ*だった。

ハルティの方が姉である。実際、私にはハルティは歳が行っているように思えた。母よりも上に思えたぐらいで、見かけは少し母に似ていた。面長で、突き出た頬骨が真っ赤で、黒い大きな目が美しい気まぐれそうな山羊といった風貌だった。髪はもじゃもじゃでスカーフで押さえてもまとまらず、不揃いな三つ編みの房がたいていはみ出て肩に掛っていた。母はおとなしくて控えめだったが、ハルティは勝ち気で物怖じしない方だった。

もう一人の叔母にはナナという愛らしい名を私はつけた。私が六歳のときナナは二十歳だった。ナナは従姉《いとこ》のジュヘルと同い年で、背丈も同じぐらいだった。しかしながら姉たちの一致した意見ではナナの方が美人とされていた。美人かどうかはともかく、ナナはジュヘルの何倍もやさしい人だった。近所の女たちみなから「私たちのヤミナ」と呼ばれ、愛されていた。父親からは甘やかされ、二人の姉が母親代わりになって面倒をみた。ナナにはなんでも思い通りにしてもらう癖がついた。しまいには、ナナがいなくては、姉たちは何も決められないようになった。一家の母親役のファトマはナナの指図に従ったし、ハルティはナナの命じることに決して逆らわなかった。今振り返って考えてみると、母とハルティがナナの言うなりになったのは良いことだったと思う。私の祖母が亡くなり、次いで祖父が逝ってから、たえず悲しみと心配に苛まれ続けた母は、何も決断することができなくなり、臆病で迷ってばかりのぐずな人間になってしまったからだ。せっかく自分の良識や経験をもとに何か人への反論を遠慮がちに述べることがあっても、結局すぐに引っ込めてしまい、いつも自分の愛する人たちの意見を通してしまうのだ。一方ハルティは、良識がありすぎて困るというようなことは全然ない。伯父のルニスと同じで激情に駆られやすいタイプなのだが、伯父の方はそれでもまだ物の道理をわきまえている。ハルティはしょっちゅう常識の枠から飛び出てしまうし、自制がまったくできない。まるで癇癪玉だ。まわりの者にとって、こういう人と良好なつきあいを長くもたせることはとうてい無理である。ハルティのせいでアフメドの娘たちは、一度ならず従兄弟《いとこ》たちから見限られそうになった。そうなると、私の母が嘘泣きをしてすがっても、父が困った様子でだんまりをきめても、伯父が加勢をしても――ルニスはいつもハルティの肩を持つのだった――、丸くおさまる気配がない。だが幸いなことに、「私たちのヤミナ」がいた。その愛らしさに免じて、カシは妻がハルティにぶたれたのを赦《ゆる》したものだ。従兄《いとこ》のアラブは罵しられても水に流し、別の親類であるアマルの奥さんは喧嘩をふっかけられても聞こえないふりをした。それほどナナは誰からも愛される人柄だった。ナナの言葉にはまわりの人々の気持ちをなだめる力があった。

「従兄弟《いとこ》のみなさま、どうか姉の言うことは聞き流して下さいな。姉は少しおかしいのですから。ちょっと頭の変な従妹《いとこ》だと思って、大目に見ていただかなくてはいけませんわ。姉のしたことについては全部、私が責めを負います。ファトマも一緒に。でも、姉にはしばらくあのまま勝手なたわごとを言わせておいて下さい。じきにかならず反省しますから！」

まったくそのとおり。ハルティはいつだって自分の短兵急をあとで後悔する。すると自分を責め苛《さいな》み、涙を流して修復に努める。そしていつもそれに成功する。なぜといって、まったく余人には真似のできないやり方をするからだ。ありとあらゆる仕方で相手のご機嫌をとり、激しく自分を咎め、親愛の情を、前日否定したときと同じあつかましさでむき出しに示して相手を困惑させ、目の前にいる女はもしかして狂っているのではないかと本気で疑わせる。たいていみなはこれに乗せられる。また同じことになるとわかっていながら赦《ゆる》してやるのである。こんな風にして、ハルティはたえずまわりとの関係を立て直しては壊すということを繰り返す。だが結局こうしたふるまいのせいでハルティは大きな損をした。この種の人を指す体の好い言葉がある。狂人と純真無垢の中間みたいな、侮蔑的なニュアンスのまったくない語である。この名に値するのは、隠し事ができず、感受性が強すぎて、自分には厳しいが他人は悲しませまいとし、自分の損得を忘れ、ひとを傷つけることを怖れて自分を傷つけてしまうような人たちである。大方の場合、分別のある人間はこういう人たちをみて「子供だな！」と言うのだ。ハルティはまさに子供なのである。死ぬまでずっと子供のままでいるだろう。だからハルティの言うことにも、しようとすることにも、誰も決してまともに取り合わない。ナナの命じることに従う時にも、ハルティはいつもつむじを曲げた子供みたいにすねた態度をとる。そしてまた、子供と同じように鋭い直感がハルティには備わっているのだ。自分のことや自分の愛する人のことを他人がどう思っているか、ぴたりと見抜いてしまう特別な才能がハルティにはあるのではないか、と私にはときどき思えた。ほんのちょっとした目つきやしぐさや言葉、あるいは気付かぬぐらいわずかな態度の変化だけで、きっとハルティにはわかってしまうのだ。けれどハルティはこの特殊な能力を何かに利用しようという気は少しも持たず、それをひけらかそうともしない。ただ、感じたことをそっと胸にしまっておくのである。どうせ説明できないし、他人に知ってもらっても無駄だから。それにたいてい、いったん感情が湧き出したらブレーキをかけることはできないので、嬉しさも悔しさも、愛情も憎しみも、ひたすら溢れるにまかせるほかない。それが過ぎると平静に戻る。しばらくするとまた新たな霊感が訪れるのである。

ハルティの性格は幼いフルルにはとてもうまく合っていた。私たち二人は完璧に意気投合していた。ナナのことは大好きだったが、私にとってナナはただ可愛がってくれるだけの存在だった。ナナは私のことをちやほやしてくれ、たえずキスし、食べ物をくれ、言うことをきいてくれた。ハルティが求めた関係はそれとは違っていた。ハルティは他の大人と同じ扱いをしてくれた。いわば、私たちは対等の関係にあったのだ。私とまともに議論を交わし、きちんと道理をわからせ、しかるべき場合には本気で怒り、私の意見が正しいと思えば私の意見を採用する、それがハルティの方針だった。こういうやり方が私にはとても嬉しかった。私たちは真剣そのもので口論したり、ばかげたことに興じたりした。二人は本物の仲間になった。

最初に私を叔母たちの家へ連れて行ったのは、姉のバヤだった。二、三歳の頃、母が家事で忙しい時に私を遊ばせるため、バヤは私をおんぶして叔母たちの家へ通ったのだ。その後、歩けるようになると、まるで自分の家以外の、この世でただ一つの安息の場所であるかのごとく、自然に私の足は叔母たちの小さな住まいへと向いた。すでにバヤは早くから、叔母たちと暮らすようになっていた。私たちはほどなく、大きな一家とは別の小さな一家みたいなものを形成するようになった。気兼ねのない、わがままな同好会みたいなもので、そこには私たちだけの小さな秘密やたわいもない夢があり、さまざまな子供っぽい遊びをしたり、喧嘩をしてはすぐに笑い合ったりしていた。

叔母たちは土器作りと毛織物の仕事をしていた。狭い庭はいつも土器でいっぱいだった。門の脇の隅のところには、焼く時に使う薪が高く積み上げられている。器作りは春になるとすぐ始められる。バヤとハルティは村から何キロも離れたところから、粘土を何籠分も運んでくる。その土くれを庭で天日干しにし、それから砕いて粉にする。この粉に水を含ませて粘土の生地を作り、甕に詰めておく。二日ほどすると生地が固くなってくる。そうしたら力強く練り、古い陶器具を砕いた欠片《かけら》を混ぜ合わせる。すでに焼かれた土器をこのように粒状にして新しく練った粘土に加えると、生地が割れなくなるのだ。すると今度は成型である。

膝の上まで長衣《ガンドゥーラ》をまくり上げ、腕をむき出しにして、スカーフをターバンのようにくるくると巻き上げたハルティが、粘土の大きな塊を板の上に置く。力をぐいぐい込めて、壺や鍋や皿の底の部分を作る。形はどれもまん丸の平らな円である。ハルティは注意を凝らしながら手早く仕事をこなす。話しかけてはいけないことを私は心得ている。今はおしゃべりする時ではない。ナナの方は微笑みを浮かべながらすいすいと小さな白い手で粘土をすくい取って、こね、たたき、撫で擦《こす》る。すると巧みに動かしたナナの指から棒のようなものが現れ、それがだんだん伸びて、まるで蛇みたいにくねくねと揺れる。十分な長さまで延ばしたと思ったところでやめ、この蛇を輪切りにして、ハルティが作った丸底の周囲にぐるりと巻く。そして滑りの良い小さな板を使って粘土を延ばし、丸太状だったのを薄くしながら押し上げると、たちまちのうちに器の胴の部分ができてくる。ナナはすぐさま次の丸底に取りかかり、そして次から次へと、姉のスピードに遅れぬようについていく。

庭が狭いので叔母たちは一度に三つか四つしか器を作らない。最後の器まで土台の部分ができたら、ナナは、少し乾きだした――器が水を飲み込んだ、と私たちは言う――最初の器に戻る。再び丸太状の粘土をつかんで作りかけの器に乗せる。それからへらを使って粘土を平らに延ばし、薄くなめらかにして継ぎ目を消す。器の胴がだんだん高くなり、鍋や壺の形になっていく。右手でへらを握って器の内側を成形し、左手は外側に添わせてたえず撫でさすりながらきれいに形を整えていく。ハルティも底を作るだけではなく、ナナに負けないぐらいいろいろな作業をする。しかしみんなの言うには、ナナの手が入った壺はナナの品だとすぐわかるという。ナナの作ったものはいつも形がとても良く、均整のとれたラインで、首がすらりと伸び、軽く、装飾が繊細なので、趣味にうるさい村の女たちはこぞってこれを求めるのだ。物は作った人を映す鏡だ、とはまことに真実である。といっても、この鏡はすべてを映し出すわけではないのだが……。いずれにせよ、器を作る女たちにはめいめい独自のスタイルがある。まだ駆け出しの初心者でも器を見れば、その作り手をすぐに言い当てることができる。ナナがライバルたちより抜きん出ていることは誰の目にも明らかで、謙虚でやさしい人柄だけに一層評判が高い。というわけで、ナナは、絶大な人気を誇っていて、たくさんの得意客をかかえている。ハルティがそれを嫉妬するようなことはなく、ほかの誰よりも妹の腕前を褒め称えている。細かい仕事はナナにまかせ、自分は甕やクスクス用の大皿やずんどうの鍋などにかかっている。

すぐに庭も家のなかもいっぱいになり、鉢や小鍋の類が所狭しと棚を埋め尽くし、どでかい大甕《アクフィ》の上にまで置かれる。こうなってきたら、私たちは自分の動作にも気をつけ、歩き回るのも慎重にしなくてはならない。しかしバヤも私も、叔母たちのところに行くのを止めようとはちっとも思わない。行って、ただそれをずっと眺めているのだ。ハルティはしょっちゅう不機嫌になるが、ナナはいつも穏やかでいる。どの器にもそれぞれに生い立ちがあり、それぞれの性格があるものだ。誕生して育っていく時から一身に尊敬を受けているものもあれば、蔑まれてばかりのものもある。不細工な出来に苛々して癇癪を起したハルティが、私たちの囃し立てるなかで、作り始めたばかりの丸底をいまいましげに潰してしまうこともある。もはや形をなさない粘土の塊が、板の上でみじめにぺしゃんこになっている。私たちは笑い声を上げながらそのあたりにある大きな甕の後ろに隠れるのだが、ほんのちょっとのことでも甕は倒れてしまい、それでハルティははっと我に帰るのである。

成型が終わると叔母たちは一息つくことができる。残っているのは楽でたのしい作業である。器が乾いたら次なる仕事は装飾だ。叔母たちが器作りに使う粘土は黄色っぽい色か赤い色をしている。壺や鉢や甕、それから焼かないものは一般に全て、白陶土を塗って小石でこする。磨き上げは難しくない。バヤ、そしてティティさえもが長壷を任されたり、自分たちが使う水差しをやらせてもらうことがある。これには懸命にやり抜く我慢強さが必要だ。こうして白く輝くつるつるの下地ができたら、ナナとハルティがその上に模様を描く。太い線や、ひし形や正方形や丸形の柄は、粗い羊毛の筆を使って赤で描いていく。細くてまっすぐな黒い線を引くには、扱いにくいたてがみの毛を使うのだが、これにかけてはナナの右に出る者はいない。ラバのたてがみを束ねたこの筆はなかなか言うことをきいてくれず、うまく操るには相当の根気と繊細な器用さが必要とされる。この毛は撓《たわ》みやすくてすぐに捻《ね》じれてしまうし、よく滴《しずく》が垂れて真っ白な器の表面に思わぬ黒いしみを作ってしまうのである。ナナは幾何学者を思わせる正確さで三角模様をみごとに描き、優美な格子柄を仕上げ、ハルティが羊毛の筆で赤くべたべたと描いた大きな柄を精妙きわまりない連続模様に嵌《は》め込こんでいく。こうした作業を叔母たちは春じゅうかかっておこなう。夏は器を焼くのに最良の季節だ。夏が来たらぐずぐず待つ必要はない。薪はずっと前から準備してある。焼き入れの日は、とても大事な日だ。日取りは前もって、慎重にも慎重を期して定められる。預言者様のご機嫌を損ねないよう、木曜日と金曜日は避けなくてはならない。理由はわからないが昔から月曜日もダメなことになっている。器作りをする女たちの経験からすると、一番良い焼き上がりになるのは火曜日と水曜日である。あとは天候の良いことを祈るばかり。雨の降らない、好天の日でなくてはならい。それに、どんなわずかな風も被害を起こしかねない。なぜなら作業は村はずれの屋外でやるからだ。これだけ注意を凝らしていても、女たちはなお危険が潜んでいることを知っている。説明のしようのないことや予想不可能なことが起こり得るし、どんな幸運が訪れるかアクシデントが生じるかわからない。火がつけられると、不安で心臓が締めつけられる。薪が爆《は》ぜたり、器が爆竹のように破裂したりしてしまうこともある。一シーズンかけてやった仕事が、炎に焼かれてゆがんだ欠片《かけら》の山になって終わってしまったり、そうでなくても壺にひびや亀裂が入って使い物にならなくなってしまったりする。そうしたら、ただ泣くほかはない。

焼きがうまくいったら、父と母が叔母たちと一緒にお祝いをする。どっしりした大甕《アクフイ》のかなり上の方まで穀物が充たされることになるのを、私たちは知っているからだ。実際、小物類はその容器に入るだけの大麦と交換される。壺の類は半枡（十リットル）で、大きな甕は一枡分と交換される。叔母たちは冬を越すための食糧を一挙に手に入れる。父は叔母たちのために安堵の声をあげる。自分の子供たちもその恩恵にあずかるということはおくびにも出さない。しかし義理の妹たちの仕事を目立たぬように応援する父のふるまいには、焼きものの成功を父がいかに気にかけているかがよく表われている。父は自分で太い薪を探してきて準備をするほか、母とバヤには粘土を運ばせたり、叔母たちが家のこまごまとした用事をしなくてすむように手伝わせたりする。焼き入れの日がくると、前の晩から父は入念に選んだ位置に薪を置いて、それとなく朝まで見守る。夜が明けると、叔母たちはそこで番をしている父をみつけることになり、火入れには父も立ち会う。器が焼き上がるといつも大勢の女たちや娘たちが押し寄せて来て運ぶのを手伝おうとしてくれるが、彼女たちは目を盗んでくすねようとしかねない連中だ。てんやわんやの叔母たちはそこまで気が回らない。だが父が少し離れたところから睨みを利かせてくれる。いかなることも父の目を逃れられはしないのだ。

器の交換はあっと言う間に終わる。数日後には家は空っぽになり、大麦は甕に詰め込まれて、私たちは叔母たちの家でまたゆっくり過ごせるようになるのである。

毛織仕事は実際、根気の要る仕事である。しかし場所はそれほど取らない。織り機は壁から少し離したところに、二本の長い棒に渡して垂直に張る。好きなだけいつまででも張っておいてよい。叔母たちは、いわば暇に任せて機《はた》に就く。壁を背にして座り、経糸《たていと》のあいだに緯糸《よこいと》を通しては鉄の櫛で叩き締める。機仕事のときはおしゃべりしても大丈夫。機を立てるまでのあいだは、叔母たちは洗った羊毛を梳《す》いたり、糸巻きと紡錘を使って経糸をつむいだりする。

ナナはとても器用である。ナナの張る経糸はぴんと堅いうえに髪の毛ほどの細さだ。壺に描くのと同じ模様を自在に織物の上に浮かびあがらせることができる。毛織仕事のときのハルティは、粘土作業よりももっと苛立ちやすくなる。今でも私の耳には、ハルティの使う櫛のくぐもった、それでいてせわしない音や、それが突然やんではふいにまた始まる、いかにも思い通りに動いてくれない機械の立てるぎくしゃくした拍子が聞こえてくるようだ。ハルティが織る手を止めるのは、きまって経糸を切ってしまった時だ。もちろん結び直さなくてはならない。ナナはむっとするが、それがあからさまに見えてしまうと、ハルティは立ちあがって機を離れる。すると今度は、ナナの使う櫛のリズミカルな音だけが聞こえ出す。仕事がうまくはかどっている標《しる》しだ。煙《けむ》たくていやな臭いのする石油ランプの青白い光を頼りに、ナナは朝まで仕事を進めることもしょっちゅうである。いったいどれだけ私は、ハルティとバヤのあいだに挟まれて、櫛のとんとんという響きを夢枕に聴きながら眠りに落ちたことだろうか。

ナナが仕事をしている傍らで眠くならない時には、私たちは物語を楽しむのだった。

物語をしてもらうことこそ私が叔母たちの家に通った理由だったことを言っておかねばならない。父も母も、一度だってお話をしてくれたことがない。父母と夜を過ごすのはちっとも楽しくなかった。延々と計算したり予定を論じたり、私には全然わからない、しかも誰も元気にしないような話題ばかりだった。聞いていると近所や親類の誰かが嫌いになってくる悪口や陰口も多かった。ハルティといるとまるで違った。物語のあいだ、ハルティと私は別の人間になるのだ。ハルティには想像の世界をまるごと創り出す能力があり、私たちはその世界に君臨した。私は、あるときは王女様との結婚を望む哀れなみなしごの恋の審判役や応援者になった。また、ムキズシュ少年が人喰い女をやっつける大勝利を見届けながら、自分が無敵の存在になったりもした。残忍なスルタンの罠からなんとか逃れようとするヘシャーイシーに、こっそり賢い答え方を教えてやることもあった。おかげで果てしなく長い冬の夜を、両親のしかめた額や溜息を忘れて過ごすことができるのだった。ハルティの口から物語が流れ出し、私はそれをむさぼるように呑み尽くす。このようにして、私は道徳や夢というものを知った。正しい人と悪い人、強い人と弱い人、ずるい人と正直な人を学んだ。叔母は私を笑わせ、また、泣かせた。たしかに、私は家族の現実の不幸には、これほどまでのひたむきな共感を寄せることはなかった。お話に出てくる主人公たちの運命の方が、両親の胸を痛めている心配事よりも、私にはずっと気にかかった。私がそういう風だったのも、叔母自身がそうだったからだ。ハルティが物語っているのを聞いていると、自分の語っていることを信じ切っているように思われた。ハルティは甥っ子とそっくりに笑ったり泣いたりした。結末があまりに悲しいものだと、私たちは二人とも胸を締めつけられたまま床に就き、私は怖くてハルティにぴったり身をくっつけたものだ。ハルティの頭には迷信がぎっしり詰まっていた。間もなく私はハルティと変わらぬほど、死んだ人の幽霊や、死体を運ぶ雌ラバや革袋、命日になると聞こえてくる殺された人の叫び、伝染病をふれてまわる亡霊の行列などに詳しくなった。ウズラやゴシキヒワや猿や梟《ふくろう》が化けることも知った。私の想像力はこうしたことをみな、すんなり受け入れたのだ。バヤとハルティに挟まれ毛布にすっぽりくるまっていれば、安心してどんな話も聞くことができた。もちろん家の扉や庭の門は、夜になると用心深くすぐに閉ざしておく。しかし、たまたま出歩くようなことがあると、髪が逆立ちぞっと鳥肌がするのがわかって、私は気が違ったように駆け出したり、恐怖のあまりその場で身動きできなくなってしまうのだった。憑きまとう亡霊が見え、後ろから声がしたり足音が追いかけてくるのが聞こえる気がした。ああ、ハルティの話を聞く楽しみはどんなに高くついたことか！振り払うことのできない恐怖が私の心に染みついてしまったからだ。いくら理性を働かせても、死人を目にした時に覚える身の毛のよだつような戦慄を私は抑えることができない。ティジの広い墓地を夜中に平気で通り抜けることなど、これからだってとうてい無理である。夜鳥の鳴き声がすれば、どうしても私には不気味でいかにも物憂げに聞こえてしまうし、そうでなければ何か不吉な前兆に思えてしまうのである。

それでも、幼いうちから私に夢を見ることを教え、自分の好きな世界、誰にも壊せない夢想の国を創り出す喜びを教えてくれたハルティには、今も感謝の思いでいっぱいである。

7

学校に初めて行った日のことは、まるで昨日のことのように覚えている。ある朝、父がちょっとおかしな、感に入った様子で広場《ジエマア》から戻ってきた。私は雌牛の糞の散らばる庭にいた。そばに置かれた炉《カヌン》にはミルクの鍋がかかっていた。母は私の朝食をこしらえようと、家のなかから一つまみの塩と一塊りのクスクスを取ってきたところだ。正確を期すために付け加えておかねばならないが、こういう朝食にありつけることはまったく例外的なことだった。いくつかの状況がうまく重ならないと起きないことだ。まずクスクスがあり、そのうえにミルクがあること、さらにはうまいタイミング。とりわけ下の姉がいなくなる時を待たなくてはならない。なぜって、彼女がいれば自分もほしいと言うに決まっているからだ。そうすると母は二人用に分量をふやすか、私たちの食欲だけ煽っておいて不満足に終わらせるかの、どちらかにならざるを得ない。この日の朝はすべての条件が揃い、私はたった一人で、まだ眠い目と、しっかり覚めた胃袋を抱えて、鍋の前に陣取っていたのである。

ああ、それなのに！　ちょっとしたはずみで食欲が消えてしまうことを、幼くしてこの日学ぶことが、おそらく私の定めだったのだ。実際、父がその知らせを告げた時、私の食欲は眠気もろとも一気に吹き飛んだ。人を恐怖に突き落とすことにかけては、父に肩を並べる者はいない。

「早くしろ」と父は母に言う。「この子をすみからすみまで洗ってやるんだ。手も、顔も、首も、足も。こんな猿を長老様《シャイフ》が受け入れてくださると思うか？」

「長衣《ガンドゥーラ》も汚いわ。明日まで待った方がいいのではないかしら。外套《ブルヌース》も一緒に洗っておきますから」

この提案を私がどんなに耳を大きくして聞いたか、おわかりいただきたい！

「明日では席はなくなってしまうかもしれない。それに、学校に通う最初から欠席というのはよくないだろう？　欧州人《ルーミー》たちは厳しいそうじゃないか。うちはこの子だけなんだ。俺たちのせいでこの子がお目玉を食らうことになってはいけない。とにかく今日は、遅刻せずに行かせなきゃならん。急ぐんだ！」

私は大あわてで支度をして、五分後には、皆目わけもわからぬままに、小学校の広い校庭に乗り込んだ。子供らがひしめいていて……朝食は千里のかなた。一方家では下の姉のティティがミルクのクスクスを独り占めして、この事件のお祝いをあげていた。その日はティティにとって、記念すべき大吉日となった。幸福は他人の不幸からやってくる、とはよく言ったものだ。でも、あんまり学校を悪く言うのはよすことにしよう。

私が教室での最初の一日を、最初の一週間を、あるいは最初の一年をどのように過ごしたのか、ほとんど記憶が残っていない。思い出をひっかき回してみても、何もはっきりしたことが浮かんでこない。先生は二人いた。二人ともカビリー人だった。一人は背の低い太った丸顔の男性で、小さな目がいつも笑っているようで、怖さを感じさせない人だった。もう一人は、痩せて顔色が悪く、やや無口な人で、高い鼻と厚い唇が特徴的だったが、こちらも同様にいい人だった。こちらの先生の方が若くて、下のクラスを受け持っていた。二人ともフランス風のスーツを着て、その上に白く輝く上等の外套《ブルヌース》を羽織っていた。この服装が最高に贅沢で、エレガントで、趣味のいいものだと私はその後、長いあいだ思っていたものである。先生たち自身について言うと、今に至るまで私にとってはこの二人が、現地人の教師や学校長や補助教員を思い浮かべるときに、どうしても思い描かずにはいられない「生きたモデル」であり続けている。

　自分が良い生徒だったか悪い生徒だったか、勉強ができたかできなかったかは、何と言ったらよいのかよくわからない。ただ少なくとも、学校に行くのは全然嫌ではなかった。この頃も私を守り続けていてくれた友達のアクリは、私より一年早く新しい世界に飛び込んでいた。アクリは自分が先輩であるのを誇りにしており、知っていることをみんな教えてあげるから大丈夫だと言って母を安心させた。アクリは毎朝迎えに来て、戸口のところで待っていてくれ、二人は一緒に学校まで坂を転げ落ちて行ったものだ。十一時には得意然として私を家まで送り届ける。得意になるのももっともなことで、それだけの義務を果たしてのことである。ときどき、アクリはうちで一緒にご飯を食べた。イチジクを一つかみもらうことはしょっちゅうで、自分のしたことのご褒美だと考えて、次第に遠慮せずに受け取るようになっていた。事実、アクリのおかげで、同年代の子供たちのほとんどは私に手を出さなかった。みんなアクリを怖がっていたのだ。もっと年上の子たちも、私たち二人のことはけっしていじめたりしなかった。アクリの兄さんが上のクラスにいたからだ。私が怖がりで優しい性格だったこと、誰にもいじわるをしない子だったこと、私の地区には十五人ほど学校に通う子供がいて、その多くは年嵩の子たちだったこと、大人たちに負けず劣らず子供たちにも一族意識が強かったことを申し上げれば、私には後ろ盾がたくさんついていたことがおわかりいただけるだろうし、甘やかされて育った子がたいてい教室でみる嫌な目には、一人息子の私がちっとも遭わずにすんだことをご理解いただけよう。

学校へ通うのに特に深い考えがあったわけではない。子供たちがみんな通っていたから通ったまでだ。一日のハイライトは間違いなく十一時の、家で待っているクスクス目指して息を切らして坂を駆け上がっていく時である。もちろん遊びの時間もあったが、遊ぶためならなにも学校へ行く必要はない。後年私は、学校が面白い授業をおこなうこともできること、子供を楽しませながら教育することができること、子供の苦労を減らしたり、やる気にさせるための方法がいろいろあることを学んだ。たしかにそうだし、大人たちは素晴らしいことをごまんと並べ立てる。だが率直なところ、カビリーの七歳児にはこういうことはまったく必要でないと私は思う。やる気は怖さと自尊心から出てくるのだ。つまり、先生にぶたれたくないとか、ちゃんと本が読める隣の子に笑われたくないとか、といったことからである。そうしているうちに、当然のことながらだんだん興味がふくらんでいき、それが怖さと入れ替わる。こうしてようやく勉強が始まるのだ。思うに、まさにそれが私のケースだった。勉強しない子たちは、先生にぶたれるのに慣れて怖さを感じなくなり、自尊心を教室の外に求めるのだ。こういう子たちは遊びが上手だったり「喧嘩の名人」だったりする。教室から一歩出れば、習ったことをひけらかそうなどとは誰も思いもしない。我らの地区の遊びの大将は、学校では受け入れてくれそうもない、喧嘩っ早い少年だった。彼は私たちに対して劣等感など毛ほども抱いてなかった。むべなるかな。親たちも先生たちも、私たちが学校でしていることに大して重きを置いてはいなさそうだった。だから、遊びこそは私たちの一番大事なつとめだったのだ。ほぼ毎年恒例の年間行事予定が決まっていた。まず十月、ビー玉かドングリかボタンの遊びで始まる。これが始まると古いシャツや上着やチョッキからかまわずボタンを剥ぎ取ってきたものだ。次が独楽《こま》まわしだ。町で買ってきた丸い形のどうでもいい独楽、それから、親に作ってもらった、甲高い音を立てて快活にこまかく震えながら回る細長いカビリー独楽。春になると川へ珍しい木を探しに行って、おもちゃのピストルを作った。それが終わると輪回し、お手玉、笛吹き遊びの季節だった。そして、この笛吹き遊びが私にとって、生涯消えることのない思い出となったのである。

四時過ぎだった。学校が引けたあとの一日を友達と村の外で過ごし、夕方、小さな笛を指につまんでさっき覚えたばかりの曲を吹こうと一心になりながら、私は家に戻ってきた。父は戸口のところでサンダルのひもをほどいていた。畑から帰ってきたところだった。母は父への伝言を頼みたくてさんざん私を探したのだけれども見つからず、どこへ行ってしまったのかとこぼしていた。

「ほら、ここにいるよ」と父は言う。「戻ってきたから心配することはない。それに笛なんか持ってね！

ああ、神様、学校ではちっとも勉強しないけれど、友達とはまったく愉快にやっているようだ」

「おい、こら。先生がおまえのことを嘆いていたのもこれでよくわかった。おまえときたら、いかにも勉強そっちのけだ。さぼってばかりいるから進級させられないんだと、先生が言っていたぞ」

実際それは、学校に通い始めた二年目のことで、私はあいかわらず元の級にいた。この思いがけない報告を聞いて私は心底驚いた。どうやら先生は、私のことで父と話をしたらしい。でも私の方では、クラスにすし詰めの五十人もの級友に埋もれているから、先生は私のことなど気づいてすらいないと思っていたのだ。ところが、だ。先生は私の勉強ぶりを見ていた上に、特別に私のことを覚えていて、さらに私の父親まで知っているのだ！　じゃあ、先生は生徒全員のことがわかっているのだろうか！　たしかに、よく出来る子のことはかわいがり、ダメな生徒のことは嫌っていた。でも一人ひとりの見分けがついているようには全然見えなかった。どう考えてもやっぱりわからない。ええい、事実には屈するまでだ。先生は父に、私が悪い生徒だと言ったのだ。そして二人して、これからが思いやられるとこぼしたのだ。

父は厳しい口調で叱ったために、私がしょげたと思っていた。ところが、父が私のすることに関心を持っていることや、私が落ちこぼれの一人なのを父が残念がっていること、そしてこの残念な気持ちを父と先生の二人が持っていてくれることを知って、私の心のなかはほとんどウキウキした気分だった。父のささいな叱責は、私に自分のなすべきことを真剣に考え直させた。私は自分の重要性をうんと誇張して考えた。実際のところは、父は学校の成績が悪いことよりはむしろ、私がほっつき歩いていたことを叱ったのだ。先生が何気ないおしゃべりの最中にふと父に私のことを話したのは、まったく偶然だったに違いない。だが事情はどうでもよい！　この出来事が学業における私の未来を決定したのだ。この日から、私はほとんど努力した覚えもなく、良い生徒に変身したのである。

そして良い生徒であるということこそ、私に向いた唯一の役まわりだった。いま学校で、子供への専門性の付与とか将来の方向づけが話題になるが、そのたびに、私は仲間や自分がどんな風に道をみつけてきたのかを考えて、笑いをもらさずにはいられない。それはいたって簡単なことだった。校内をわが物顔で闊歩するケンカっ早い子たちがいて、彼らはみんなの称賛の的であった。またそれと並んで、遊びが得意な負けず嫌いで、すばしこくてはしゃいでばかりいる、くよくよしない、人気抜群の子たちがいた。その次に、当然いっしょくたにされるのだが、おとなしい子たちと怖がり屋の子たちがいた。こういう子たちには勉強という高尚な楽しみがあり、成績優秀者の座があった。彼らにとってはそれしか目指すものがないので、勉強はすばらしい楽しみである。生まれつき争いごとが嫌いな私は、最初の部類にも後の部類にも自分を置くことができなかった。そこでみんなの意見により、私は良い生徒ということに落ち着いたのだ。私よりも、他の大勢の子たちの方が、級で私が一番を取るようにと熱くなった。しばしばそれが、一族の名誉に絡んだからである。

かくして私は、初等学級以来、常変わることなく真面目に勉強を続けてきたのである。一方、両親は私の勉学の進み具合にはまるきり無関心だった。私の勉強の進展ぶりを見ていた先生は、そのことを父に話す機会がなかったのだろうか？　今の私には知りようもない。いずれにせよ、小さな胃袋を満たしてやるのに精一杯の父親たちが、小さな脳みそのことにまで気配りするなど、およそ無理なことではないだろうか？……

8

　実際、どうやって養っていくかが父には大きな心配の種だった。私が学校に行くようになったことの明らかな利点はただ一つで、それは家にいない時間が延び、その分食べるイチジクやクスクスの量が減ることだったと言っても過言ではない。このことに関してははっきりと覚えているのは、長い休暇のたびに母が愚痴をこぼし、早く休みが終わりにならないかと待ちわびていたことである。暮らしを維持するために、母は大変なやりくり算段をし、父は大変な汗を流さねばならなかった。

　シャバンの息子たちには親から譲り受けたものはそれほどなかったし、お金となると皆無に等しかった。一緒に住んでいた頃は、二人とも年がら年じゅう必死に働いていた。それでなんとか体裁を繕い、ゆとりのある暮らしを装うことができた。そして有無を言わさぬ強さを備えた倹約家の祖母が、うまく家族のみなを率いていった。

私が学校にあがったその年に、祖母は突然亡くなってしまった。小さかった私には、死というものがどういうことだか、まだよくわかっていなかった。二人の嫁は、これでようやく少し自由になったと思いながら、ほどほどの涙を流した。息子たちはできるかぎりを尽くして母親の葬儀をおこなった。通夜には、高齢の篤信家《ハウニ》たちを三十人ほど呼んで、朝までさまざまな宗教歌を唱えてもらった。羊を一頭屠り、村の貧しい人みんなにクスクスをふるまった。十人以上の道士《マラブー》たちが墓地まで葬列を組んだ。葬式はまことに盛大だった。年寄りたちは男も女もみなその豪華さに嫉妬を覚え、自分の子供たちからこんな風にあの世に送り出してもらいたいものだと大っぴらに願いを口にした。それを聞いて私の両親は喜んでいた。亡き祖母がまさに一家の大黒柱だったと、賛辞を惜しまぬ者もいた。遠からず私はそのことに気づかされた。埋葬のまさにその晩、母とヘリマは哀れな祖母の遺品をめぐって争いを演じた。私は驚いたが、父も伯父もこの諍《いさか》いを止めなかった。それぞれ自分の妻に肩入れして喧嘩に加わったのである。

何日か経つと、二人の女のどちらかに家の切り盛りを任せなくてはならなくなった。二人ともが志願し、取り巻きがそれにおせっかいを焼いた。近所の女たちが代わるがわる母なり伯母なりをけしかけた。それぞれの姉や妹たちが後押しし、入れ知恵をした。最終的に、従順な弟である私の父が、謙譲の美徳を発揮して、この役割を伯母に認めることにした。この立派なふるまいに伯父は感激したが、その妻はなんとも思わなかったようだ。母はこれで降参したわけではなかった。家を別々にすることを望んだ。実はヘリマが願っていたのもまさにそれだった。そして、破綻はすぐに訪れた！　時をおかずして伯母は盗みを働くようになり、母も時をおかずしてそれに気づいて父に知らせた。そして父は時をおかずして、盗みの真最中のヘリマを捕えた。現場は、犠牲祭の乾燥肉が保存してあった甕である。ヘリマは大きな塊を鷲づかみにしているところだったが、それは家族で食べるのとは別の目的に取っておいた分だった。嵐が起きた。誰もが心の底で別々に暮らしたいと思っていることが露呈した。一つ屋根の下での共同生活にはみなうんざりしていて、お互いの信頼はもうどこにもなかった。というわけで、祖母が一家の大黒柱だったというのはまさに真実で、一方がなくなるとほぼ同時に、もう一方も消えていったのだ。

しかし分けると言って、分けるべき何があっただろうか？　大したものはない。まずは家屋である。つねに謙譲の美徳を欠かさない父から選択権を認められた伯父は、いくつもの巨大な大甕《アクフィ》や無数の甕を納めた屋根裏つきの母屋を取った。物置き場の下には二頭の牛と、ロバ一頭、羊一頭を入れておくことができた。母は悔し涙を流した。私たちはその向かいにある二つの部屋を得た。それを一つの部屋につなげて、母屋の広間と同じくらいの広い空間をこしらえねばならなかった。中庭はひもで仕切った。それにより、やたらに細長い窮屈なスペースが両側にできた。それからイチジク畑を分割し、さらにオリーブ畑を二つに仕切った。できるかぎり公平にしようと努めた。こっちから少し取ってあっちに加え、片方の側にあったオリーブやイチジクの大木を別の側の持ち主のものとし、境界線を複雑に絡ませ、一週間のあいだ何度も境界の標を立てては引き抜いた。最後に家財道具と家畜と、そして借金を等分した。

この一週間のあいだ、妻たちは大忙しだった。しかし顔には喜びが浮かんでいた。ひっきりなしに来客がある。それぞれのもとに近所の女たちが次々やってきて、新しい家庭に幸多かれと祈った。

「ねえファトマ」と女たちは口々に母に言った。「よかったわね、こんな家庭が持てて。これでどんな苦労にも耐えていけるわ。自分の土地で食べていけるんだし。あなたに善いことを遺していったお義母さんは、ほんとに立派な方だったわね！」

「神様があなたの大事な人たちをいつまでもあなたのおそばに置いてくださりますように、そして近いうちに今度は私がお訪ねして、あなたのお宅の幸せを一緒にお祝いできますように」と母は返す。かくして延々と儀礼文句のやりとりが続くのであった。

その間、憂鬱に沈んでいるのは兄弟二人だけだ。離ればなれになったそれぞれの肩に、二倍に膨らんだ重荷がのしかかってくるのを早くも二人は感じとる。この先良いことは何もないという予感に襲われる。すでに貧乏への転落が始まっている気がしたし、二人とも、自分の力の半分を失くしたように感じていた。家を分けたあとの最初の何日かは、互いに招き合う楽しみを満喫した。伯父は食事のたびに私を呼んだ。ヘリマでさえ、フルルをかわいがりたい気持ちに駆られたことに自分で驚いていた。取り返しのつかなくなった今になって、みんな少し後悔しているみたいである。しかし後悔に酔うのは、まさに取り返しがつかなくなったからにほかならない。「おまえが死んでからなら、赦《ゆる》してやろう」とジェロントがスカパンに言ったとおりだ。というわけで招き合うこともだんだん減り、以前の不満がまた頭をもたげてくる。そこへ家に居ても外に行っても隣り合わせになることからくる新たな不満が加わって、さらに嫉妬が重なった。

二人の兄弟には、それぞれ自分の身内を養うためにしなくてはならないことが山のようにあった。互いに相手の困窮を望んでいたわけではないが、手を貸し合うのは無理だった。母親たちの方はこれとは別の話だ。もともとまったくそりが合わず、相手に好感を抱いたことがついぞなかった。ほどなく二人は真っ向からの敵《かたき》となった。どちらも凄まじい勢いで働き始め、夫を支え、子供を育てはじめた。ありとあらゆる努力をはらい、気力を振りしぼった。その目的はただ一つ。家を分割して損は何もなかったこと、前よりも幸せであること、とりわけもう片方の家よりも幸せであることを、周囲に見せつけることだった。

屈強な農夫である私の父は、休むことなくイバラを抜き、開墾をして、苗を植えた。何年かするとあちこちに散らばる小さな土地の様相はどれも一変した。それに加えて父は、二頭の牛と、一頭のロバ、一頭の雌ヤギ、二頭の羊の世話をした。牛はうちの所有《もの》ではなかった。裕福な某《なにがし》から春に預かり太らせていくのだが、それは土地のためにもなった。十月頃になって売ると、利益の三分の一がこちらの手に入った。ロバと羊とヤギはうちの所有《もの》だった。ロバはとても役に立った。草を詰めた袋や枝を背に乗せて畑から家に運んできたり、逆に堆肥を畑へ持って行くことができた。またブドウやイチジクの荷袋を町まで持っていき、一家の食べる大麦、それから野菜の季節ならトウガラシやズッキーニやジャガイモを町から持ち帰った。母はそれを皿に載せて近所の女のところを回り、穀物と交換するのだった。

羊は生まれて間もないうちに買い、大きく丸々と育てる。犠牲祭が近づいたらそのうちの一頭を売る。すると、たいていは子羊二頭を買うのだけのお金が手に入る。こうして毎年、父は一銭も使うことなく、誇らしげに預言者様を称えて羊を屠るのであった。

雌ヤギからは乳がしぼれるほかに、一定の時期ごとに一頭か二頭の子供が産まれた。すると父は大喜びで子ヤギを売りに行った。潰して食べることもあり、生け贄として殺すための口実は、案外たやすく訪れた。たとえば母は、傍目にはちっともわからない二、三の病気を抱えていて、いつもぼやいている。そこへ偶然にも、ある修道者がわが家にいるのとちょうど同じ色の子ヤギを殺すとよいと、母に助言するのだった。母でなければ、父が日射病にかかる。さてみなも知るとおり、この病気は魔物《ジン》*たちが引き起こすもので、魔物《ジン》は子ヤギの血を——しかもわが家にいるのとちょうど同じ色の子ヤギの血を——見ないことには病人から離れて行かないのだ。哀れな子ヤギの命を奪うことのできる三番目の重要人物は、一人息子である。姉たちの場合、憑いた魔物にはせいぜい卵を求める度胸しかない。父は一週間ものあいだせがまれ続け、とうとう、二、三カ月に一度は市場で肉を買ってくれると約束した。だが結局いつも、父は自宅で子ヤギを屠る方を良しとしたのだ。

とはいえこうした父のふるまいは、ほとんどの農夫がみんなやることだった。カビリーの家庭では、肉はめったに食べられない。あるいはむしろ、全然食べられないと言ってもよく、うちの地方ではクスクスだけを食べて暮らすのである。クスクスを煮るには三リットルの水にほんのわずかな獣脂を加えるのだが、実際、その鍋のなかにお玉一杯分のヒヨコ豆やそら豆を入れられるかどうかわからないし、食卓でオリーブ油を一匙かけることすら叶うかどうかあやしい。間食としては一つかみのイチジクをときどき食べるが、それも必ずあるとは限らない。このほかのものとして私たちは、野原で食べられる草を見つければなんでも食べて、敢然と歯茎を緑色に染める。また、丘を流れ落ちる早瀬の透明な水を好きなだけ飲んで腹を満たす。また初物を楽しむと称して、熟すのにまだひと月はかかるスモモやリンゴやナシを、歯がもつかぎりガリガリかじる。私たちはよく、山の民、それも屈強な山の民だと言われる。好んでそうなったのではなく、ならざるを得なかったのだ。また遺伝のせいもあるかもしれない。きっと「自然」な淘汰の結果ということもあろう。ひ弱に生まれついたら、とてもこんな粗食生活には耐えられない。すぐに淘汰されておしまいだ。頑丈な身体に生まれつけば、生き延び、乗り越えていける。もしかしたらその後で病気がちになることがあるかもしれないが、育ったあとなら問題ない。環境に適応していくこと、それが何より肝心だ。

さてメンラド一家の話に戻ると、父親のラムダンは抜かりなく工夫を重ねて、わずかながらのクスクスではあるけれど、日々絶やすことなくなんとか家族に食べさせてやっていた。干し草の取り入れが終わってから麦の刈り入れまでのあいだとか、刈り入れと脱穀のあいだとか、ほんの少しの期間でも畑仕事がなくなると、金持ちの家を建てる二人の石大工の下で働く日雇いの労働をした。村で初めて、水圧式の装置に井戸とポンプを備えたオリーブ油の圧搾施設が建てられた時には、父はそこで二十日間働いた。その日々の思い出は今でも残っている。それにはとても大切な思い出が一つあるのだ。

その作業が始まったのはたしか六月だった。まだ学期中であった。建設現場は学校のすぐ向かい百メートルほどのところにあった。そこでは私の父のほか、従兄《いとこ》のカシ——サイードの父親——と、やはり同級生のアシュルの父親アラブが働いていた。最初の日の十一時になるとすぐ、サイードは親たちを見に行こうと提案する。アシュルと私は賛成する。終《しま》いまで聞かなくても、サイードが言おうとしていることはわかった。十一時には工事長が作業を止めて昼ごはんにするだろう。工事長というのは教育を受けた男で、フランス人の習慣をいくらか身に付けたことがご自慢の人だ。それで、決まった時刻に食事をとる。雇った男たちにもそうさせる。案の定、私たちがひょっこり父親たちを訪ねてみると、どんぴしゃり、食事の時間だった。親たちは烈火のごとく怒りだした。でも工場長は寛大だ。座るように言ってくれ、私たちは小さくなりながら食事にありつく。小さくなろうがなんだろうが、いただきだ。まずはおいしいジャガイモのスープ、それにふっくらした丸パンを大きくちぎったのが一人にひとつ。それからセモリナ小麦粉の白いクスクス、しかも肉入りだ。こういうものを前にしては、嬉しさのあまり最初の恥かしさも吹き消されてしまう。飢えた胃袋からこみあげる動物的な欣《よろこ》びなのだ。その胃袋が満たされると、私たちは額を汗でテカらせながら、お礼を言うのも忘れて、残った肉とパンを抱えてさっさとお暇《いとま》する。少し行ってからようやく我に返って、獲得してきた品を確かめ、互いに見比べる。うまいことを思いついてくれたとサイードを褒めて私たちは解散するのだが、本当のところはその褒め言葉には熱がこもっておらず、サイードの方もまともに受け取ってはいなかった。消化器官だけを別にして、残りの身も心も私たちの全身が、餓鬼のごとき自分を非難していたのだ。めいめいの頭には、ぬっと立って怖い顔をした、そしてどこか悲しげな父親の姿が浮かんでいた。晩には何て言われるだろうか？

予想していた通り、父は私のしたことにお冠《かんむり》だった。だが、くどくど私を叱り続けることはせず、これからは、あそこで出るすばらしい食事のうち父の分のほとんどを私に持ち帰ってくれると私に約束した。私は、もう絶対に建設現場には行かないと固く心に決めた。父は約束を守ってくれた。だが、私はそれを破ってしまったのだ。

あくる日、学校では三人の共謀者のうちの誰も、前の日のことには触れようとしなかった。サイードとアシュルは帰宅したお父さんたちとどうなったんだろう？　私は訊くだけの勇気がなかったので、それは誰にもわからぬ謎として残った。しかし、二人はふだんから甘やかされることなどなかったから、きっと私よりもずっと大きい雷を落とされたに違いない。十一時になると私たちは互いを避け、めいめい自分の家で大麦のクスクスを食べるべく大急ぎで帰宅した。それこそ私たちが毎日続けるべきことであった。あの神々しいジャガイモのスープさえなかったら、必ずや私たちは毎日そうしたであろう。けれど、あの思い出が始終私たちに憑きまとった。口の中にいつもその味がして忘れられなかった。すると、それをきっかけに残りの食事がそっくり蘇ってきて、限りなく夢想が広がるのだった。

二日後、我慢できなくなったサイードが、休み時間に突然私の方にやってきてスープのことを話し出す。どんなにおいしかったか、私も共鳴して話に乗る。聞いている何人かの子たちも、よだれを流さずにはいられない。もう終わったことだから心おきなく話すことができる。サイードにしても私にしても、また計画を企てるだけの度胸はない。ならば、大胆にも建設現場にもう一度行ってみようと提案することになるのは、二人のうちのどちらだろうか？　私は食いしん坊だった。けれどもサイードは私よりももっと食いしん坊だったのだと思う。私に当たってみる前に、サイードはアシュルに探りを入れた。けれど、ちっとも乗り気ではなかった。おそらく、最初の遠征のあとでもらった大目玉がまざまざと記憶に残っていたのだろう。というわけで、アシュルは当てにできない。私なら大いに見込みがあった。サイードは休み時間のあいだじゅう私に働きかける。十一時にはひしめき合う生徒たちのなかをすりぬけて私のところまでやってきて、そばにくっついて離れない。二人は十字路まで来て、立ち止まった。私は本能的に圧搾機の方に目をやる。すでにサイードも同じことをしていた。サイードが頭を戻すと二人の目が合い、互いの気持ちがわかる。サイードが私の手を取ると、二人して工夫たちがいる方へ向けて狂ったように走っていく。現場から十メートルのところまで来たところで正気を取り戻した。自分たちのしていることに怖れをなして、積み藁の後ろへ隠れようとする。遅すぎた！ 見つかってしまった。父親のカシは激怒して私たちを呼びとめ、さっさと帰れと怒鳴る。サイードは家の方へ矢のように駆けていく。私の父は仕事をやめ、静かに私の方に歩いてくる。そのまま動くなと私に命じる。恥ずかしさで胸がいっぱいになりながら、私は動けないでいる。とうとう父が来て、漆喰で汚れた大きな手を私の頭に乗せてこう言った。

「あの子の父さんは子供がかわいくないのさ！ 放っておけばいい。さあ、カシ父さんの隣に行きなさい。おまえが私の代わりに食べればいい。私は家へ戻って少し休むからね。今日はお腹がすいていないんだよ」

男たちの軽蔑のまなざしを浴びながら食べたその食事は拷問だった。カシとアラブは子供の育て方を知らない人間のことをさんざん馬鹿にした。誰を揶揄しているのか明白だった。私は赤くなり、蒼くなった。罪悪感を減らすために、父さんはお腹がすいていないんだ、と自分に言い聞かせた。だがそれが嘘であることを私ははっきり知らねばならなかった。というのも家へ帰ると、黒と赤の三角模様のついた私の小さな陶器の皿を、父が手にしていたからだ。父は、私の分の黒いクスクスを食べ終えたところだった。その日、父は半分すいたままのお腹を抱えて仕事に戻って行った。しかしわが子の心に、一生消えることのない思い出として、父親の限りないやさしさを刻みつけたのだった。

9

母と伯母のヘリマが二人とも、どうしてあんなに急いで家の女主人になりたがったのか、今ではよくわかる。すべてを計算してのことだったのだ。

母の方は単純だった。夫は弟であり、一緒に暮らしても損なことばかりだ。夫の方が若くて力も強い。実際に働くのは夫だ。働いた分がそっくり自分のものになるなら、もっと頑張るだろう。自分自身については、ヘリマほどの浪費家ではないと思っている。とりわけ確かなことは、自分の子供たちが従姉《いとこ》たちより年下なので、食べる量も少ないということだ。別れて暮らした方が絶対得である。

一方、ヘリマはこのお粗末な議論を鼻で笑っている。たしかに働くのはラムダンかもしれないが、良好な人間関係を築き、助けてくれる友人がいるのはルニスだ。ラムダンの行かない集会にも、ルニスは欠かさず顔を出している。夫は「知恵のある」人間なのだ。それに、道具を使わせてみれば、弟に劣らないかもしれない。できるかぎり自分も手伝うし、必要な時には自分が代わりに働いてもいい。ほかの人のためではなく、なにより娘たちのためだもの。そのうえ娘たちはもう大きい。結婚すれば、婿の寄こす婚資をルニスが独り占めできるし、嫁に行かないならずっと働いてくれるだろう。

一番上のジュヘルは家を分割したとき二十歳だった。痩せぎすで怒りっぽく、意地悪そうに光る目をしていて、まるで引っ掻いたり噛んだりする子猫みたいだが、家事を一人で全部こなすことができる。私の母はジュヘルのことが大嫌いで、ジュヘルの方もいつも母を見張り、母の悪口を言っている。

その少し下のメルヒルは太っていて頑固である。見た目は少し私の父に似ているが、性格は母親そっくりだ。ルニスは、メルヒルが嫁に行くことはあるまいと観念している。メルヒルのせいで一家はいろいろと物笑いの種にされたし、毎日喧嘩ごとが絶えなかった。ヘリマはメルヒルに器作りと毛織の仕事を教えようと思い立った。父親はしきりに揶揄《からか》うだけだったが、いつの日かメルヒルはそれを覚え、私の母を嫉妬させることになろう。

スミナは、わが家の長女である姉のバヤと同い年である。二人は永遠のライバルだ。母親たちが仲違いすると、同時に二人もやり合っている。過《あやま》つことなきバロメーターだ。思うに、姉のバヤが弱虫のスミナをやっつけることで、自分たちの母親が弱虫な分の仇を討っていたのではないだろうか。スミナは、人に威張るためにしか舌を動かさないタイプの人間である。二つの目がぎょろりとし、やたらに大きな口はあたかものべつしゃべりまくるために誂《あつらえ》たかのようだ。声も男の子のような大声で、それが少し鼻にかかっている。一方、寡黙で自分をあまり外に出さないバヤは、スミナに言いたいだけ悪口を言わせておいて、最後にここぞという時を狙って掴みかかる。こっぴどくバヤが殴りつけると、スカーフが地面に落ち髪が顔に垂れたスミナは、涙と鼻水でぐしゃぐしゃになりながらようやく悪態をやめるのだ。

シャブハは従姉《いとこ》のなかでは一番若いが、私の姉のティティよりも年上である。この哀れな娘は血の気のない顔をしている。見るといつもシャブハの唇は皺だらけで色が悪く、目は黄色く淀んで、大きな頬は垂れさがっている。みんなからは蔑ろにされており、生まれてきたのが間違いで、たぶん、まだ生にしがみついているのも間違いだと思われているのだ。しかしながらシャブハは賢い女の子だった。誰にもかまってもらえないのに、姉のメルヒルよりもうまく粘土を扱うことを自分で覚えた。母が嫌っていないのがただ一人このシャブハで、理由は私と仲がいいからだ。優しくて素直なシャブハの小さな心には、自分の母親がなぜフルルを憎むのかどうしてもわからなかったし、その悪口も耳に入らなかった。もうずっと昔に死んでしまった私の大好きなシャブハ。だが、シャブハの思い出は生きいきと私の胸に残っている。シャブハは私の最初のガールフレンドだった。

家の分割が終了すると、ヘリマは自分のため、また娘たちのために烈女となって働いた。財産を築こうとし、貧窮に憤然と立ち向かった。ヘリマは行動力の人だった。躊躇《ためら》って足を止めることは決してなかった。

兄弟二人の出発点は同じだった。収支帳のプラス側には、イチジク畑とオリーブ畑がそれぞれ一つ。マイナス側には、わずかな借金と養育すべき子供たち。

優位を見せつけるために、さっそく最初の冬からヘリマはルニスをたきつけて、裕福な従兄《いとこ》の所有する二つのオリーブ畑を「引き受け」させる。これは私たちの地方ではよくおこなわれることであった。所有者はしかじかの土地をそこに生えている樹々とともに預ける。預かった方はそれを管理し、オリーブの実を集めてしぼってもらい、そしてできた油のいくらかを所有者が受け取る。その土地が生産する分量、つまりオリーブの収穫量と取れる油の量はあらかじめ厳密に算定され、間違いはありえないとされている。契約には二つのやり方がある。一つ目は、支払う油の量を前もって決めておくというやり方である。この場合、土地持ちの農夫が不実な人だと、雇われた方は破産の憂き目をみる怖れがある。不幸な男とその子供たちが、さんざん苦労して働いたあげくに、とうてい払えるわけもない二十リットルの油に相当する金額の負債証書を突きつけられるということがしばしば起きる。二つ目のやり方は、土地の所有者は収穫の一部、一般には三分の二を受け取るという方式である。今度は雇われた方がピンはねをする可能性がある。いや、そうしないことはあり得ない。そこでせめてもの対策に、遠くの畑かどうでもよいような畑しか預けないようにする。そして預ける相手としては、どのみち収穫があればいくらかの恩恵が回って来るはずの、親類の者だけを選んでおく。重要なオリーブ畑を人に任せることもなくはないが、それは、実をたたいて落とす前の、ほんの短期間だけのことだ。オリーブの実が熟し始めれば、集めるのは簡単である。収穫を他人と分けるのは馬鹿者のすることだ。

「アマレン」——働き手——を提供するのは、当然のことながら、妻や娘たちをよその家の畑にやって、オリーブの収穫作業をさせることを厭わない家の人たちだ。祖母が生きているうちは、ヘリマだってとてもこんな真似はできなかった。祖母は名誉だけは絶対に譲らない人だったもの！

ルニスはためらうが、それも確実な利益の前では雲散霧消する。採れる油の三分の二と引き換えに――つまり三分の二を渡すということだが――ルニスは二つのオリーブ畑を「引き受け」る。親族のある男と取引を結んだのだ。どの従兄弟《いとこ》も私の父のことはそっちのけで、伯父の援助ばかりしたがっているようにみえる。母は嫉妬で歯ぎしりし、父は前にも増して開墾に打ち込む。せいぜい数本しかないうちのオリーブの樹をファトマとバヤがいわば待ちかまえて、落ちてくるどんな小さな実も逃さずに集めても、ようやく籠一杯かその半分にしかならないのに対して、ヘリマとその娘たちの方はあふれんばかりの収獲である。明け方から私たちの耳に、とりわけ風のある日には、ヘリマたちの騒ぎ声が届いてくる。作戦隊長よろしく母親がてきぱきと役目を割り振る。ジュヘルは母親と一緒に出かけ、あちこちをくまなく巡り、はずれの藪のなかや小川の窪みにこぼれ落ちているオリーブの実を探すのだ。こぼれたオリーブは「アマレン」の儲けとさせてもらう。金持ちにはそんなものに構っている暇がないし、だからその価値もわからないのだ。

「ようく目を開いて見つけるんだよ、娘や。私らにとっては大事な儲けなんだからね」

ジュヘルは二度も同じ事を言わせない。小川の溝はたいてい土地の境界をなしている。オリーブが自分たちのものか隣のものか、どうやって区別しろというのか？　だから早い者勝ちだ。そして要所へ先に到着するのはいつもジュヘルとヘリマなのだ。二人は茂みと溝をきれいに拾い尽くす。手はイバラで少し剥けるが心は喜びでいっぱいだ。隣人は穏やかではいられない。

メルヒルとスミナは組みになって働き、ジュヘルと同様の命令を受けて、もう一つのオリーブ畑の方へ行く。ヘリマはこの二人のことはあんまり信用していないので、前の日に注意深く取り尽くした場所へいつも送るのだ。オリーブの実とともに、四人とも枯れた枝を持ち帰ってくる。たちまちのうちにヘリマは、地区のなかでも一番大きな薪の山を持つようになり、私たちはそれを羨望の目で眺める。毎朝出掛ける前に、その日の食事――クスクスが半分、雑穀《ベルブル》*が半分――が赤い大皿で温められる。その皿のまま、熱々の湯気が立っているところを出し、まわりにみんなが座る。お腹がすいているのとせかされているのとで、大急ぎでそれを平らげる。そのあと、やはりせかせかとイチジクが配られる。夜に再会することを約束してあばら屋を閉める。

従姉《いとこ》のシャブハも毎朝家族のみんなと一緒に起きる。割り当てられた仕事があるのだ。村の近くの人通りの多い小道の脇に二本のオリーブの樹が立っており、毎朝、この小道にはオリーブの実が落ちているのだ。ほかの通行人より先にそこに行くのがシャブハの務めである。晩にヘリマが畑から帰ってくる時に、踏みつぶされた皮の黒っぽいしみが砂利道に付いているのを見つけると、シャブハは必ずお仕置きを受けるのである。

私には今も、あの可哀そうなシャブハの姿が目に浮かぶ。頭は汚いショールで包み、目の前にはほつれた淡い色の髪が垂れさがっていて、かじかんで少し赤くなった小さな指にしきりに息を吐きかけている。涙と鼻水が流れている。手でぬぐったり、すすりあげたりするが止まらない。たった一着しかない袖の短い長衣《ガンドゥーラ》のなかで寒さに震えているが、彼女は歌いながらオリーブ集めをする。籠をいっぱいにできると嬉しくなる。辛い外仕事が終わったら、家の番をするのが役目だ。家は閉っているが、庭には

料金受取人払郵便

小石川局承認

5361

差出有効期間
平成29年9月
24日まで
（切手不要）

郵便はがき

112-8790

083

東京都文京区小石川2-10-1

水声社 行

御氏名（ふりがな）	性別 男・女	年齢 才
御住所（郵便番号）		
御職業	御専攻	
御購読の新聞・雑誌等		
御買上書店名　　書店	県・市・区　　町	

読　者　カ　ー　ド

この度は小社刊行書籍をお買い求めいただきありがとうございました。この読者カードは、小社刊行の関係書籍のご案内等の資料として活用させていただきますので、よろしくお願い致します。

お求めの本のタイトル

お求めの動機

1. 新聞・雑誌等の広告をみて（掲載紙誌名　　　　　）
2. 書評を読んで（掲載紙誌名　　　　　）
3. 書店で実物をみて　　4. 人にすすめられて
5. ダイレクトメールを読んで　　6. その他（　　　　　）

本書についてのご感想（内容、造本等）、今後の小社刊行物についての
ご希望、編集部へのご意見、その他

薪の山があるからだ。シャブハは近所の家をあさって回ったり、ほかの女の子たちや学校に通う男の子たちと遊んだりしながら、残りの一日を通りで過ごす。あちこちの家で、丸パンの切れはしや、一匙のクスクスや、一つかみのイチジクをもらい集める。ムクドリの群れが飛んできたら、あの二本のオリーブの樹に止まらせてはならないから、駆けて行って、そのか細い声でおどし、いつも持ち歩いている小さなバケツをがんがんと鳴らす。家でも外でもシャブハは懸命に番をしながら、それを遊びにもしているのだ。

　最初のうちは、ヘリマはルニスをうまく乗せて、自分と同じくらいの熱意を持たせることに成功する。ルニスも、自分の方が上だと見せたがる。ティジの人々は、二人の兄弟が昔若かった時のように、並んで同じ作業に打ち込んでいるのを頻繁に見かける。それはかつては兄弟の仲睦まじいすてきな光景だった。だが、もう二人の心は別々だ。今目にされるのは、二人の父親がそれぞれのちっぽけな土地で、おのおのバラバラに自分のためだけに汗水を流し、相手と張り合っている、実に哀れな光景だった。生活は人の心を踏みにじる。

　あとで私は知ったのだが、ラムダンは兄のルニスが畑仕事をするのを見て、何度も喉を詰まらせたという。あの、きゃしゃな手をした白い長衣《ガンドゥーラ》の似合うルニス、広場《ジェマア》であんなにも見事に話すことのできるルニスが畑仕事なんて。ラムダンは兄から農具を取り上げて、いつもの集まりに行かせてやりたいと思うほどだった。実際、父は伯父の樹をこっそり剪定してあげたことを私に認めた。しかじかの畑をつるはしで起こしてやったりもしたそうだ。しかし兄の代わりになってやることはできないし、以前自分がやっていた仕事を全部引き受けるわけにもいかないことを、よくわかっている。別に暮らすということは現実の問題でもあって、まずは子供たちをどう養うかを考えなくてはならない。これは容易《たやす》いことではないし、放りだすことのできない務めなのだ。そこで結局、「めいめい自分のことは自分で」と胸に言い聞かせることになる。ラムダンはそばで兄が重労働に難儀をしているのを見かねると、場所を変えて違う仕事をやることにする。

しかしながら、妻と娘たちのおかげで伯父は、私の父と比べて特に困っているようには見えなかった。ほどなくルニスは広場《ジェマア》の方に、より頻繁に通うことすらできるようになり、村の重鎮としての習慣を少しずつ取り戻していった。農作業はすべてヘリマがした。ときどき誰か従兄弟《いとこ》や友人が来て、オリーブ落としや耕作を一日やってくれることもあった。家畜はといえば、ルニスの家にはヤギと犠牲祭用の羊が一頭ずついるだけだった。娘たちは器を作って大麦と替えた。また毛織の仕事をし、娘のこしらえたものを伯父が売った。

伯父自身を除けば、ヘリマも娘たちも食べ物に関してはうるさくなかった。要するに伯母の計算は間違っていなかったのだ。伯母は私の母より幸福でいることもできたはずである、盗み心さえなければの話であるが。ヘリマの性分がわかっているルニスは、治らない病気と思って、諦めて我慢していた。ヘリマは村からの盗みを繰り返していたのだ。見て見ぬふりがされていた。夫からも盗み始めた。収穫されるものすべて——つまり、穀物、油、イチジク、羊毛——からたえずくすねては、安値で売っていた。隙をみてルニスのわずかな貯金から硬貨や紙幣を抜きとり、ある程度お金が貯まると、ジュヘルにブローチャスカーフ、メルヒルには腰布《フタ》を買ってやり、秘密を守ってくれるという商人にうまく巻き上げられるのである。結婚相手を探してくれる仲介婆たちに、ヘリマは一体どれだけ贈り物をしたことだろう。同じ地区に住む若い息子を持つ母親たちは、ヘリマから——娘はもらわなかったけれど——どんな物をもらったかを、これからもずっと話の種にし続けるのだろうか。そして道士《マラブー》たちは、このお守りを長衣《ガンドウーラ》の脇の下の隅に縫い付けなさいとか、葦の管に入れて望む相手の家の向かいに吊るしなさいなどと言いながら、わけのわからぬことをなぐり書きしたものを渡して、どれだけ高いお金をヘリマからせしめたことだろうか。伯父のささやかな貯金はこうして消えていった。なのに良い結果は一つも得られなかったのだ。従姉《いとこ》たちは成長し、ますます醜くなり、相変わらず未婚のままだった。

　家ではしょっちゅうあることなので、ヘリマの小細工は伯父にはすべてお見通しである。率直でせっかちな人だから、伯父としては現場を押さえて怒りを爆発させ、首根っこを締めつけてやりたいところであったろう。だが抜け目ない泥棒猫は、ますます猛烈な勢いで畑仕事に励み、夫の怠け心を助長し、おいしいものを食べたいという欲望を満たしてやる。しまいにルニスは、妻のしたいようにさせておくようになる。だんだんと妻や娘たちに関心を持たなくなっていき、自分はもう歳だし、娘たちはなんとかやっていると思うことにする。生まれたときから自分が金持ちになる人間ではないことは百も承知だ。金持ちでなくたって、生きて死んでいくのになんの支障があるものか。

10

伯父のルニスとヘリマ、それに従姉《いとこ》たちについてこれ以上付け加えるべきことはたいしてない。私たちはふつうのお隣さんどうしのように隣り合って暮らし、時間が経つにつれて、お互いだんだん無関心になっていった。どちらも同じような心配を抱え、同じような仕事にいそしみ、財産も同じぐらいであるのは百も承知だ。羨むようなこともなければ、隠すこともない。ヘリマも私の母も、もう当初の情熱を失っている。残っているのはいわば気の抜けた嫉妬だけであるが、その思いも双方似たり寄ったりの貧乏暮らしなのを見て癒されている。

子供たちをどう養うかという大きな問題の前で、父親どうしのライバル心は褪せていった。二人の兄弟を譬《たと》えて言うなら、こんなところがぴったりだろう——重い荷物を背負わされ、汗びっしょりになってカビリーの山道を行く、二頭の老いぼれたラバ。ちょいと競争させてみるか！　雄ラバはすぐに発奮するし、何を期待されているかもわかるものだ。走らせたかったら、もう一頭のラバで嗾《けしか》ければたいていうまくいく。ところが老いていているうえに重荷を背負わされ、しかも道が険しい場合には、期待のしようがない。大事なのは、それでもとにかく前に歩むことである。峠を越え、家まで帰りつかなくてはならない。ラムダンとルニスはまさにそんな風である。

何年かすればたぶん、従姉《いとこ》たちは結婚するだろうし、私の姉たちも同じだろう。そうなるのが自然だ。いずこも同じような結婚、同じ話だ。永遠に変わりがない。人はみな同じように、生まれ、結婚し、死んでいく。たまに真剣に考え出すと、頭の痛いことがいろいろ出てくる。だがふつうは成り行きまかせにしておくものだし、たしかにその方がいいのだ。

要するに、私、ラムダンの息子でルニスの甥であるメンラド少年の子供時代は、カビリーにわんさかいる子供たちと同じで、特に変わったこともなく過ぎていく。この時期の思い出として、私は一つの絵柄をずっと心に留めてきた。全体がくすんでいて、思い返しても、なんの魅力も特別な感動も覚えるわけではない図だ。浮かんでくるのは、ごしごし洗濯して色の褪せた古い長衣《ガンドゥーラ》を着て、飾りつきの汚れきった縁なし帽《シェシア》をかぶり、——私の記憶はいつも夏なので——靴もズボンも履いていない、自分の姿である。足は埃だらけで、爪は垢まみれで、手は果物の染みで黒く汚れている。顔には何本も汗の乾いた長い線が走っている。目は赤く、まぶたは膨れている。身なりさえ整えれば、まったくのところ、現在のフルルそのものだ。もちろん髭はない。丸い額、太いが少し短い眉、濃い睫毛に縁取られた茶色の目、やさしそうだが軽く棘を含んだまなざし。それから母譲りの高い頬骨と細い鼻、そして父親に似た薄い唇、その下のとがった顎。今、私の教えている子供たちのなかに昔の自分がいると想像してみる時、私が自分を重ね合わせるのはいつも、一番ひ弱で、誰よりもおとなしく、根性がなくて、遊ぶのが嫌いで、たえず何かを学ぶということが楽しくて仕方がないような子たちである。

私の子供時代の最良の思い出を探すなら、メンラド家の方をあたってもだめだ。それは、二人の叔母のあの小さな巣のなかにそっと埃のように積み重なっている。最良の思い出？　ああ！　それは同時に、最も悲しく、最も胸をふるわせる思い出でもある。

ハルティとナナのような二人の叔母を持てるということは、ひとりの子供にとって例外的な幸運であると私は思う。

もちろん、私が言っているのは両親と暮らしているふつうの子供のことだ。というのも孤児《みなしご》について言えば、不意に奪われてしまった両親のことをいつか忘れさせてくれるような、埋め合わせになる存在などいるはずもないからだ。ともかくふつうの子供には、両親のやさしさのありがた味がわからない。当たり前になってしまっている。それを考えてみることすらしないし、甘やかされるとうんざりする始末だ。さらには、親以外の別の人からも愛されたいと欲するのだ。女の子に言い寄ったり、友達を求めたり、恩知らずな子供はよその人に心を捧げようとする。平気で母親を裏切り、自分の父親よりほかのうちの父親がいいと思う――むろん誰か信頼できる人がいればの話なのだが。幼い感情を迸《ほとばし》らせても大人たちは無関心。いつも落胆に終わり、それが人生最初の苦い経験となる。大家族では兄弟の数だけライバルがいる。親たちの方では、毎日のクスクスと毎年の長衣《ガンドゥーラ》を確保する戦いにたえず頭を悩ませている。子供たちは数ばかり多く、ちっとも心を開いてくれず、やさしいところを見せることなく勝手のし放題だ。では、大人たちは子供に向けて心を開いているのだろうか？　残念ながらそうするには、ゆっくり愛せるだけの時間がなくてはならない。

私は、両親から甘やかされているうえに、全幅の愛情をぶつけられる人をほかにも持つという、稀有な特権に恵まれていた。幼少時代に思いを馳せれば、叔母たちの家で私を包んでくれたあの温かい雰囲気に、今でも浸ることができる。すると、繊細な舌がもう二度と味わうことのできない格別の料理を思い返すときに覚えるのと同じ、なんとも捉えがたい哀惜の情に襲われるのである。

ナナは結婚していた。物心がつくようになるとすぐに私はそれを悟った。夫はフランスに行っていた。名はオマルだった。叔母たちはときどき彼のことを話題にした。いつも仲違いになった。ハルティはオマルを良く思っていなかったが、ナナは反論することができなかった。私の記憶のなかでは、オマルの顔はいつもその母親の顔と結びついている。老母がアフメドの娘たちと親族関係を結んだ頃、私はオマルを知らなかった。土器は見るからによく売れていた。老母は計算高い女だった。オマルは結婚後、数カ月でナナを捨てた。フランスに行ってしまい、そのままそっちにいるのだった。オマルはあらゆる過ちを犯していたが、母親はなんとかパリから呼び戻そうと奔走した。夫と別れようなどと軽率に考えるものではない。どのみち夫の方は絶対、離婚に同意しないであろうし。オマルの母親のこの意見にハルティは反対だったに違いない。しかし、心やさしいヤミナにはどうしようもなかった。ナナは姑の言うことに従い、そしてまたおそらく、少しばかり自分の胸の内にも従ったのだ。ナナは若く、美しく、愛情ゆたかな女性であり、すでに夫と出会っていた。忘れることができると思っていたのに……！

わけはよくわからなかったが、こうして私は叔母たちの家で、満面の笑みをたたえた見知らぬ一人の老婆を見かけるようになった。その人には敬語で話さなくてはならなかった。今もこの女の目が思い浮かぶ。大きくて黒く、私の方に向けられると、とっても嫌な気がした。それは、すべてを丸裸にする目だった。私はこの老婆を怖れ、嫌うようになった。顔は蝋《ろう》のように白く角ばっていて、鼻はつんと伸び、しわが縦に走り、薄い唇のとても大きな口をしていた。その口をさらに大きく広げてときどき微笑むのだが、それが実に残忍な感じだった。


老婆が帰るときには、ナナかハルティが欠かさず包みを渡していた。老婆はにやにやしながらそれを長衣《ガンドゥーラ》のお腹のあたりにしまいこむ。イチジクのこともあれば、小麦粉や大麦のこともあった。あんな目で眺め回されたら、小さな家はすっからかんになるまでむしり取られてしまいそうだった。

ある日、突然オマルがこちらに戻って来て、私のやさしいナナを再び連れ去ってしまった。空手で帰郷した彼は、実家に戻ることになっていた。老いた両親の面倒になることを、嫌がりもせず承諾してあったからだ。オマルにはほかに兄弟や姉妹がいた。みなオマルに対してはひたすら無関心で、ただ軽蔑の刃《やいば》だけを向けた。すぐにナナもこの刃《やいば》を一緒に受けることになった。というのも、たった一人残されたハルティには、老婆に貢げるものが大してなかったからだ。オマルの兄弟たちは、骨の折れる辛い仕事を全部オマルに押し付けた。当然だ、奴がいたずらに家を留守にしているあいだ、みながさんざん働いたのだから。おそらくオマルには、パリでの生活に関して後ろめたいところがかなりあったのだろう。

おとなしく下僕の役を引き受けたが、その陰できれいさっぱり逃げ出してしまう計画を練っていた。それを、屈辱感に苛《さいな》まれながら辛い日々を過ごしていた私の叔母にうすうす勘づかせておいたのだ。

どれほどこうした状態が続いたのか正確にはわからないのだが、あれが春か夏の晩であったことだけはよく覚えている。月が明るく、ハルティとバヤと私は庭にいた。もう何回聞いたかわからないが、藁泥棒が夜中に忍び足で歩いた地面の跡を、神様が乳のような白い帯で天空に写しとって泥棒にお灸をすえた、という話をハルティがしてくれていた。ちなみにこの話にはいろいろなヴァリエーションがあった。乳牛の泥棒のこともあれば、ずるい粉屋のこともあった。でも大意は変わらない。ハルティにとっていつも天の川は、夜陰に乗じた悪事にたいする厳然たる戒めなのであった。

誰かがドンドンと門をたたいた。すぐにバヤが開けた。息を切らしたオマルとナナが入ってきた。ナナは大きな風呂敷包みを背にしていた。そこにはナナのぼろ着がそっくり入っていた。オマルは多色織りの絨毯の塊に埋もれていた。片方の手で枕を胸に抱え、もう一方の、絨毯が載った肩の下の手にはきれいな色の小箱を握っていた。叔母が念入りに選んだ小間物や化粧石鹸、それにブレスレットや首飾りが入っている箱だ。私はこの小箱をよく知っていた。これだけは、ナナは自由に触らせてくれなかった。夫と再び暮らすことになった時に叔母はこれを持って行ったのだ。一体全体、この引っ越し騒ぎはなんなのだろう？　月の青い光のなかでも、ハルティの目が喜びで輝き、頬がぐっと赤みを増すのが見てとれた。それで、ハルティが秘密に加担していたことが私にも読めた。五人して家のなかに入った。荷物の山のあいだに並んで座った。珍しく、私は全身を耳にしていた。オマルに興味津々だった。オマルはナナが織りあげた美しい外套《ブルヌース》で額をぬぐっていた。褐色の小さな四角い顔をしていて、いくらかその母親を思わせるところがあった。とても生き生きした黒い目、歯の抜けた口。早口でしゃべるオマルは、子音の発音にひどく癖があり、大まかな流れから何と言っているのかを推測しなくてはならなかった。痩せていて背が低く、ナナと変わらぬほどだった。怖くはなかったが、私はその母親が嫌いなのと同じくらいオマルのことも嫌っていた。しかしその晩の彼はなんと、私に憐れみの情を呼び起こすに至ったのだ。あいかわらず外套《ブルヌース》のそでを額にやっていたが、突然頭を前に倒し、顔を覆うのを私は見た。肩が震え始め、喉からしゃくりあげる音が漏れた。私たちは顔を見合わせた。オマルは泣いていた。それを私たちは黙って聞いていた。ナナはふくれ面をし、やがて両の手を目にやった。オマルが頭を起こし、ゆがんだ顔を私に晒した。お世辞にも、見て美しいものとは言えない。私は一度も大の男が泣くのを目にしたことがなかった。それはありえないことだった。男が泣くなんて、理解できなかった。オマルにはもはや立派で強いところはみじんもなくなったと私は感じていた。オマルは私に近い存在になったのだ。仲間の一人になり、ほとんど友達になったのだ。そしてナナの涙を見て、バヤも私も泣きだした。

でもハルティは泣かなかった！　それどころか怒りを爆発させた。今こそあの老婆をとっ捕まえて、これまで受けてきた侮辱や罵倒や意地悪のお返しをしてやるべき時だ。泣いてなんていられるか！

「二人ともここで暮らしなさい、場所は十分あるわ！　あんたの親はあんたたちを追い出したってわけね？　まあいいでしょう！　男だってところをこれから見せつけてやるのよ。私たち二人がついていれば、何ひとつ不自由しやしないわ……」

まったくのところ、ハルティは慰めるのがうまい。すべてはあの老婆のせい、悔しさのあまり水に飛び込んでしまいたいぐらいだ、あんたの息子のためにこのあたしが犠牲になってやる。実際、オマルは慰めを得て、叔母たちの家に身を落ちつけた。二人はオマルをあれやこれやと大事にし始めた。おかげで私の方は大損だった。老母はというと、アフメドの娘たちに息子をさらわれたと村じゅうにふれて回りだした。私の母ははばかることなく憤りをぶちまけ、父はこれまで以上に口をつぐんだ。叔母たちはオマルのことになると実に勇猛果敢になった。

どうやってハルティとナナがオマルの旅費を調達してやったのか、私は詳しいことは知らない。オマルはある朝、前々から考えていたとおり、一切を忘れるつもりでフランスへと戻って行った。その後は、彼の話は出なくなった。今はもう死んでいるのではないかと思う。もっぱらそういう噂だ。ともかく私は、正しかろうが間違っていようが、これからもずっと彼を恨み続けるだろう。彼こそ、私の人生の最初の不幸の元凶となったのだ。

子供時代の思い出は正確さも脈絡も欠いているものだ。いくつか強烈な印象の映像だけが残されていて、思い起こす時に心のなかでそれらをつなぎ合わせる。すると、今はもうない世界のなかに、どうにか再び身を置くことができるようになるのである。心がある過去の全体を蘇らせるには、ほんのわずかな光景があれば十分である。理性というものはもっと欲張りで一貫性を求めるが、それとちがって、心は理屈を鼻にかけたりしない。頭で考えた論理の糸はすぐに見失ってしまうものだが、感じたことの記憶はけっして失うことがないものだ。叔母たちのことを話す時にいつも私を動かしているものは、ただ自分の心である。

たとえば、私がこの上もなく鮮やかに覚えているのはこんなシーンだ。私は母と二人きりで家にいる。寒くて、冬である。炉《カヌン》ではオリーブの小枝がぱちぱちと燃え、明るい炎を立てている。壁に寄りかからせた太い薪の先端が火にかざされている。炎がこの薪をゆらゆらと舐め、わずかずつ焦がし、呑みこみ始める。ナナが入ってくる。寒そうで、火のそばの私たちの方へくる。ピンクの小花模様の白い長衣《ガンドゥーラ》を着て、綿の腰布《フタ》のうえにベルト代りの赤い太紐を腰まわりに締めている。この地方ではたいていフランネルのベルトをするのだが、ナナはそれが好きではないのだ。大儀な様子で、無言でこっちに近づいてくる。どこか心配そうだ。濡れて赤くかじかんだ両足を広げて火の真上に立ち、炎に触れぬよう長衣《ガンドゥーラ》の裾を持ち上げている。

「重いのかい？」と母が言う。

「腰が痛くて裂けてしまいそうなの」

「七カ月目だっけ？」

「ちがうわ！　アーシューラーの日から数えてよ。今、八カ月だわ」

「お腹を見るかぎり心配なさそうだよ」

「ええ、そんなに膨らんでないわ。ちょっと食べすぎたぐらいにしか見えないでしょうね。でも、痛むのよ」

訝しく思いながらも母は微笑みかける。私もナナの様子を窺ってみる。すると、その顔は蒼く、唇はむくみ、目には隈ができている。とても健康そうには見えない。

「最初の子では母親のお腹は垂れないものよ。終わったら元通り、若い娘みたいになっているわ。とにかく男の子でありますように！」

「まあ姉さんたら！　姉さんだって女の子を三人も産んでいるじゃない。私が神様にお願いしているのはただ、無事に乗り越えられますようにっていうことだけ。昨日から変な痛みが走って、とっても心配なのよ。それで来てみたんだけど」

女の子を疎んじる先祖伝来の風潮があり、それで私も妹のザズについてこれまでお伝えしていなかったわけだ。ザズのことは、そのささやかな役割を家のなかで演じ始めたところでお話しすることになろう。とにもかくにも、私がわが妹を可愛がったことは一度もなかったのである。

「さあ、心配はよして。痛みのことは考えないようにするのよ」と母が助言する。

「悪い夢をいろいろ見るの。このあいだ、双子の女の子を産んだ母親の声が広場《ジェマァ》から聞こえてきたそうよ……」

「いいかい、おまえは神様のお手のなかにいるんだからね。おまえは一度も悪いことをしたことがないだろ。神様はここでそのご褒美を下さるはずさ。それに、私もついているからね。そばにいてあげるから安心をし」

二人は、ときに遠まわしの言い方を交えながら、長いこと話した。私はなんだかよくわからなかった。ともかくナナはお腹を見せることになった。恥ずかしさも気兼ねもなかった。私だって同じ血を引く者だ。私も二人と一つになっていた……。

私の思い出のフィルムのなかでは、このシーンのあとはすぐに別のシーンに飛ぶ。冬の夜で、雨が降っていて、路地はどろどろになり、建物の壁の瓦から落ちる雨だれがぴちゃぴちゃと音を立てている。汚ない水が道路の敷石のまわりを流れ、低い小さな家々がますます小さく見える。家は悲しく身を寄せ合い、背を低くかがめて、夜更け前に降りてくる霧のなかにかすんでいる。私は叔母たちの家に入っていく。人が大勢いる。大甕《アクフイ》に戴せた小さな石油ランプがもうもうと煙を上げていて、炉《カヌン》には薪が燃えている。バヤが私を立ち塞ぐようにやってくる。ひどく心配そうで、唇に人差し指を当てる。僕もここにいるんだ、と私は言い張る。やだ！　出て行かない。唇をきつく閉じた母がナナを脇の下から支えている。立たせて無理にでも歩かせようとしているのだ。ほかの女たちに遮られてナナの顔は見えない。一人が母に手を貸している。ハルティが燠《おき》の上に古い皿を乗せて何かを焦がすと、煙が立ち始め、強烈な匂いが広がる。歳をとった女が短い命令口調でさまざまな指示を出す。ハルティの美しい目がこっちを見るが、私のことは眼に入っていない。私は逃げ出す。

「明日になったら、ナナの生んだ男の子を抱けるわよ」と、家に帰るとティティが耳打ちする。それ以外のことは、私は何も覚えていない。家で何をしたのか、母がいないのにどうやって寝たのか、夜のあいだ何が起きたのか、私には全然わからない。

母と姉たちの叫び声で突然目が覚めた。私のやさしいナナが今、息を引き取ったのだ。ああ！　あの叫び声、そして驚いて跳ね起き、寝床から飛び出し、恐怖で泣き叫び続けたときのあの身も世もないほどの不安な心のざわめきを、私はこれからも一生、忘れることはあるまい。死者を悼んでこの地方の女たちがあげる嘆きの声を聞くたびに、叔母の死を知らされたあの悲痛な目覚めのことがいつも思い出されて、我知らず、私は身体が震えてしまうのである。

一晩じゅう苦しんだ後、半狂乱になった姉たちの腕に抱かれてナナは亡くなった。哀れな冷たいものを産み落としたが、それが墓までナナのお供をした。いや、むしろナナを墓に連れて行ってしまったのだ！　小さな遺体は夜の始めからずっと母親の傍らに置かれた。しだいにナナは衰弱し、頻繁に気絶を繰り返した。やがてぐったりしたぼろきれのようになってしまった。内蔵が破裂するのが聞こえ、水の壺をひっくり返した時のようなゴボゴボという音を立てて血があふれ出た。もう一息頑張れれば、あと少しの運があれば、悪い実を完全に取り退《の》けることができたろうに。神様は叔母に憐れみをくださらず、生命《いのち》の舞台は死で幕が閉じられることになってしまったのだ。ナナは朝まで臨終の闘いを続け、結局意識を取り戻すことなく、最後の星とともにその灯《ともしび》を消したのであった。

私が最後に見たナナの姿は、今もそのほかの時の様子と同じようにはっきりと覚えているが、あまり頻繁には思い出したくない。最期の姿というものは信仰心を高めるためには良いかもしれないが、間違いなく余計なイメージも刺激してしまうものだ。私が再び目にしたナナは、婚礼の時の絨毯に横たえられ、白い布を掛けられていた。小さな顔に黄色い絹のスカーフを巻いて顎を押さえている。目は閉じられ、鼻の穴はつまんで塞がれ、顔はスカーフと同じくらい黄色い。眠っているのではないことが私にはよくわかる。眠っているように見えないことはないが、眠るのにはいろいろな仕方がある。疲れて泥のように眠ることもあれば、健康でおだやかに休む眠りもあるし、病気の時の苦しい眠りもある。死は別である。その後、私はたくさんの死者を目にしてきたし、よく考えてナナの姿を思い出してみても、その顔には表情が一切なく、微笑みの痕跡も闘いの痕跡もなければ、苦しんでいるようにも休んでいるようにも見えない。無だ。それがまさに死なのである。大切な人が亡くなった時、何かでその人を自分につなぎとめようとしてはならない。その人の「亡骸《なきがら》」よりも、いつもの場所に掛けられた一着の外套《ブルヌース》の方が着ていた人を偲ばせてくれるものだ。やさしいナナの顔、みんなから愛され、みんなに微笑みかけたその美しい顔は、今何を語っているというのか？　死はすべてを奪った。あとに残されているのは、思ってもみたことのない見知らぬ仮面で、その無慈悲な壁に私たちはみじめに哀しみをぶつけるが、何も答えは返ってこないのである。信仰厚い人々は、こうしたことを知りぬいている。死の顔はいつも同じだ。人々はいなくなった人を必死でそこに求めるが、死は私たちにただ、立派に生きよと伝えているだけにちがいない。

村のみんなにとって、私たちに起きたことは日常の域を出なかった。まあ、若い盛りに命を断たれるってことはよくあるものな……。みなは涙を流し、一週間ほどは声を嗄《か》らして嘆き悲しむと、ためらいを覚えつつ、故人が逝ったあとも自分は生きていかねばならないのだし、いずれにしても、無慈悲な運命の時計の動きを変えることはできないのだから、災いは我々にはどうしようもない、と心でつぶやく。ところで、どうしようもない災いというものは、必ず堪えられるものである。

母は大人になる前に、兄弟一人と姉妹数人が逝くのを目にし、母親の死に立ち会い、次いで父親の死を経験した。哀しみと沈黙には慣れっこになっていた。母は発育の悪い樫の木に似ている。道端に生え、悪天候にもめげずに細々と成長を続け、ヤギにさんざん芽を食われ、羊飼いの斧で容赦なく枝を落とされる。ひたすら薄い唇をきつく閉じて踏み堪《こた》えることを母は覚えた。今ではやすやすと苦難を受け止める、というか、不幸の連続で何も感じなくなってしまっている。今回の打撃にもこれまでどおりに堪え、忘れようと努めながら、母はまた前を向いて生き始めることだろう。

しかしハルティは違っていた。ナナはただの妹ではなかった。ハルティの一部分だったのだ。しかも最良の部分だった。頭であり心臓だった。苦しみが始まったときからすでに、ハルティの目は奇妙にすわりだした。開《あ》いていても何も見えていなかった。動作はからくり人形みたいになり、誰が呼んでも答えず、何も聞こえていないようだった。昼のあいだ、人々がすすり泣き嘆きの言葉を漏らすなかで、ハルティは涙をみせなかった。死者の足元にぺたりと座り、弔問客の出入りにも埋葬の準備にも無関心で、彫像みたいに固まっていた。すべてを仕切っていた母はときどき振り返ってハルティを見てはぎょっとした。とうとう、清め女たちに妹の身支度をしてもらうため、外へ出なくてはならない時がきた。しかし、どんなに哀願してもハルティは動こうとしない。道理でわからせることは無理だった。まるでバネの壊れた機械みたいだった。まわりの物や人に夢遊病者のような視線をさまよわせていた。ときどきハルティの顔の筋肉がぶるぶると痙攣するのが見えた。まぶたがぱたぱたと上下に動き、長《ガンドゥーラ》衣の裾をせわしなく手で引っ張った。それからまた全身が石と化した。担ぎ手の男たちがやってきてナナの遺体を持ち上げたときには、ハルティの目から滝のような涙があふれ出るのが見られたが、それはどんな表情も泣き声も伴わぬ、どこか凍った涙であった。

身内の女性たちが村の外まで死者を送るのが習わしである。母、姉や妹、従姉《いとこ》たち、そしてアイト・ムサのすべての女たちが善きヤミナの葬列を組んだ。ナナはこれからティジの大きな墓地へ入り、ふくろうや幽霊の住み着いた樹齢百年のオリーブの樹の下に、そのやさしさも微笑みも聡明さもみんな持って、行ってしまうのだ。そうした彼女の人柄を偲んで、女たちの誰もが涙に暮れていた。こんなにも大勢の人が集まってくれているのをもしナナ自身が見ることができたなら、少しは旅立ちの慰めにもなろうというものだ。

しかし、ハルティは葬列に加わらなかった。母と姉たちがハルティがいないのに気づいた時には、もう家から連れ出すには手遅れだった。すでにハルティは門を、それから小屋の戸も閉ざしてしまっていたのだ。叩いても、呼んでも、懇願しても無駄だった。私たちがどれだけ嘆き騒いでもハルティは反応せず、まるでこの世に何があろうと、もはや生者たちに関心はないというかのようであった。お願いを繰り返すのに疲れ果て、新たな不幸を予感しだした母が今度は反撃に出た。憐れみが怒りに、たぎるような反抗心に変わった。哀れにも心をずたずたに傷つけられてしまった弱いハルティに対してではなく、さらに一人の犠牲者を出すことさえ厭わないであろう過酷な運命に対しての反抗である。

「さあ、子供たち、いらっしゃい」と母は私の手を引きながら言った。「神よ、私はあの娘のことはあなたに委ねます。どうぞお召しになってください。それだけがあの娘の望んでいることなんですから。すでに壊れてしまったものを、私にどうすることができましょう。あなたの勝利はたやすいことでしょうが、何の価値もありませんわ」

悲しみに打ちひしがれて私たちは家に戻った。

伯父や父、同情に駆られた近所の女たちがあちこちの閉ざされた扉越しに、なんとかハルティにしゃべらそうと試みた。だが相変わらず無言のままだ。夜がふけてきたので、母は、あんなにも迷信深い妹がたった一人で死者の思い出を抱きながら寝ることを考えて、涙を浮かべ始めた。もう一度だけお願いに出かけた。耳をそばだて、叔母が歩いている音を聞きつけた。すると母は厳しい口調で叔母に、意気地のなさと神への従順の欠如をなじり、生き残ったみなへのつれなさや自分勝手を責め、戸を開けて私たちのところに来て夜を過ごすように、それがだめなら、私たちを一緒に寝させてくれるようにと説得を試みた。足音が止み、それきり何も聞こえなくなってしまって、私たちはハルティを残して帰った。

それは真夜中頃だった。ハルティがせせら笑いをしつつ独りでしゃべり始めた。まもなく騒々しい音を立てて食器などを引っかき回し、大甕《アクフィ》をどんどん叩きだした。そのあと、耳を聾するばかりの大声でめちゃくちゃな歌を歌いまくるのが聞こえ出した。宗教歌もあれば淫らな歌もあり、預言者様を讃えながら下卑《げび》た曲をどなり、死者を弔う陰鬱な歌で生娘の麗しさを褒めあげた。近所の者は一睡もできなくなってしまった。ハルティが発狂したと教えにくる人もいた。私たちは押し黙って悲しみに打ちのめされたまま、門の外で明け方まで待った。夜が大方明ける頃、叔母はカッカッと笑い声を上げながら戸を開けた。

私たちはすかさず家に飛び込んだ。なんという光景だったことか！　物がしっちゃかめっちゃかに床に投げつけられ、棚の上も寝具が掛けてあった棒も空になっていた。薄明りのなか、家じゅうのあちこちに、ごちゃごちゃに積み上がった布類や器が見えた。水の大壺がひっくり返されて、戸口は水浸しになっていた。大甕《アクフィ》は横にころがり、広い口からこぼれた大麦が山になっていた。この足の踏み場もない混乱状態の真ん中に、豊かな髪をまさに馬のたてがみのように肩や背中に無造作に揺らしたハルティがすっくと立っていた。そのハルティの姿を私は美しいと思った。母もほかの女たちも同じように感じたが、ハルティがもう駄目になってしまったことも感じ取った。それで女たちは泣きだした。母が惧《おそ》れていた新たな不幸とはこれだったのだ！　前日と同じように沢山の人が押し寄せてきた。小さな庭はいつまでもすし詰めだった。人々はアフメドの不幸な娘たちを見捨ててはいなかったのだ。

訪ねてきた人たちのなかには、一時的な発作にすぎないと請け合ってくれる者もいた。これまで似たようなことは何度もあったではないか。そう聞いても私たちは身体をぴったり寄せ合いながら全員小さな庭から動かずにいて、ハルティの様子を追い、その無表情なまなざしのなかにわずかでも知性の光が現れないかとさぐり、絶望的なまでに意味不明なたわごとのなかに少しでもまともな意味を読み取ろうとした。おそらく一晩じゅう暴れ続けた疲れがでたのか、ハルティは今、入口の敷居のところに腰をおろし、やって来た人々を睨みつけている。ときどき三つ編みにした両の房を胸に引き寄せ、美しい髪を結んで遊んでいる。そうかと思うとその髪をぐいと引き抜き、痛みに冷笑を浮かべながら、その髪束を投げる。か細い脚を恥じらいもなく大開きにするので、男性たちに見られても大丈夫な位置まで閉じ合わせようと母が試みる。叔母は機嫌を損ね、ぶつぶつ文句を言いざまにばっと長衣《ガンドゥーラ》の裾を持ち上げて腹まで露わにしてしまう。男たちは眼をそむけ、女たちだけを狂女の前に残して首を振りふり出て行く。ハルティは狡猾そうに頭を下げる。私たちは注意深くハルティを観察していて、どんな動作も見逃さない。いくらか残っているらしい不可思議な意識のおかげで、ハルティはそういう私たちに気づいているように見える。なにか悪事を企んでいて、うわべのおとなしそうな様子は、わざと装ったものであるように思われる。母はかすかな望みを目に灯しながら私の手を取る。そして私たちは、なんとか理を諭そうとハルティに近寄る。

「ほら、おまえのかわいい友達だよ。怖がらせちゃいけないんじゃないかい？」

ハルティは誰だかわからないといった風に私を見上げる。不安定に揺れ動くそのまなざしは私を認めることを拒絶し、奇妙な光を放って輝いたり、突然見えないベールで覆われて暗くなったりを交互に繰り返し、食い入るようにじっとこちらを見つめたかと思うと、私から目を離してぼんやりとさまよいだす。ああ、狂人の憐れなまなざしよ！　私はこれからそれを目にするたびに、必ずや心のふるえを禁じえないだろう。そのまなざしだけが魂の苦しみを映し出し得るのであり、心と頭から失せてしまったものを取り戻そうと必死に追い求めているのだ。だからそれは凶暴で、恐怖にゆがみ、また恐怖を催させ、哀れを誘うのである。どうして神様は狂った者を盲《めしい》にしては下さらないのか？　そうすれば彼らの苦しみも少しは堪えられるものになるはずなのに。

あんなに私を愛しかわいがってくれ、私にとってやさしさと夢の源泉であった女を前にして、私はおびえて身を震わせた。勇敢さを称え、憐れみで涙することを私に教えてくれた女を前にしながら、私は勇気を持つことができなかった。ハルティにはそれがわかったのか、それともあれは、怖気づいた私を罰する偶然の作用だったのか？　ハルティは私をがしっと鷲づかみにし、両頬にゆっくりと大きなキスを一つずつして、それから急にそっぽを向いて呆けた笑いを立て始めたのだった。

女たちは胸を打たれて、この熱いキスのことをあれこれ評していた。その隙を狙って、狂ったハルティはのしのしと庭を横切り、あっという間に通りを曲がって消え失せてしまった。私たちは急いで後を追った。ベルトで押さえていない長衣《ガンドウーラ》の裾を踵にばたつかせ、髪を肩になびかせながら、ハルティはまっすぐに進んだ。出くわした子供たちは飛びのいて彼女を通した。行く手を阻もうとした年老いた女をハルティはどんと突き倒し、私たちを後ろに引き連れながらずんずん進んで村の外まで行った。しかし緊急の報が回されて、従兄弟《いとこ》たちがハルティを追いかけ、ついに捕まえた。ハルティは身をよじらして暴れ、殴ったり、泣き叫んだり、罵声をあげたりして逆らったが、男たちに連れ戻された。

叔母は小さなあばら家にではなく、私の両親の家に連れ返された。門を閉め、叔母と私たちだけになった。目はらんらんと光り、朝の冷たい風に打たれた顔は輝いていた。私たちを腹の底で笑っているような様子で、執念深い敵さながら、何か私たちへの復讐を企んでいるように思えた。おとなしく目線を下げるのは、眉をしかめた父の前でだけだった。だから父にはずっと家に居てくれるよう頼んだ。というのも、ハルティが怖くなりだしていたからだ。しかし、用事で父が外出しなくてはならないことも当然あった。ハルティはほくそ笑んだ。私は今もあの場面を覚えている。ハルティは手回しの粉ひき器の隣で、壁に背をもたれていた。私は叔母からはかなり距離をとり、戸の真ん前にいて、いつでも逃げられるようにしていた。ティティは私のいる位置が有利と見てとったらしく、家を突っ切って私の横に来ようとした。叔母の前を通りかかったとき、ティティは荒々しく髪をつかまれた。

「おいで、私の娘や。叔母さんを怖がるんじゃないよ!」

ティティは恐怖のあまり絶叫して床にしゃがみこんだ。私は外に飛び出し、バヤが続いた。母が助けに入った。今度は母が捕まえられた。私たちの叫びを聞きつけてヘリマとその娘たち、そして近所の女たちがやってきた。ハルティをどうにか押さえつけ、父が帰宅するまでみんなして見張った。

なんという悲しい一日だったことか！ ハルティを襲った運命のせいで、墓のふたを閉めたばかりの哀れなナナのことは、私たちの頭からほとんど吹き飛んだ。ナナは少なくとも厄介をかけてくることはないし、要求されるとしてもせいぜい涙ぐらいだった。今や私たちはとことん困り果てていた。ハルティをどうしたらよいのか？ 家は一つしかない。どこにハルティを住まわせたらよいのか？ というより、むしろ、どこに閉じ込めておけば？ 害を及ぼさないようにしたり、出て行ってしまわないようにしたりするには、閉じ込めておくほかないからだ。とりわけ父が案じているのは逃亡の方だ。私は父が伯父たちと話しているのを耳にしていた。父たちは、叔母が逃げ出した時に起こる最悪の事を懸念する。何が起きるかわからないだろ？ ハルティは若いし、よその土地まで行って、家族の名誉を汚すことになるかもしれない。知らない男どもが気のふれた女を見逃すと思うか？ 家族できちんとしてもらわなくてはならん。それに家にいればいたで、ハルティは子供たちにとって危険な存在であり、もっと凶暴なふるまいにだって及ぶかもしれない。いつも大人がそばについているわけにもいかない。しかるべき解決策は唯一つ、治るか少しでもおとなしくなるまで、ハルティの足を縛っておくことだ。

翌日から両親は、叔母をティティと私にあずけて畑に出かけるようになった。ハルティはヤギの毛で編んだ縄で両足をきつく結び合わされ、腰のところまで縛りあげられて、屋根裏の柱につながれていた。

こうしておけば安全ではあったが、子供心にも哀れだった。姉がその姿を見ては泣いてばかりいたこと、そして私たちは遊びに出かけるのをやめて、母とバヤが帰って来るまで一瞬たりとも叔母を独りにしないようにしたことを、今でも思い出す。

夜になると私と姉たちは屋根裏で寝た。父が叔母の縄をほどき、食べろと命じた。父のしゃべり方は厳しい命令口調だった。二人とも恐ろしい形相で、じろじろ睨み合っていた。ハルティが叫び出したが、父はそのままにさせておいた。少したった頃、ハルティがクスクスの皿をつかんで手でがつがつ食べるのを私たちは目撃した。スプーンは足元に落ちていた。あっという間に皿は空になり、父が取りに来る前にハルティは戸に投げつけた。皿は砕け散った。

母は悲嘆に暮れたが、それはまだ始まりでしかなかった。私たちには狂った女を温かく迎え、その勝手し放題に付き合うだけの余裕がなかった。運命は両親にあまりにも過酷であった。まず、二人は代わるがわるに、一晩じゅうハルティをじっと見張っていなくてはならなかった。何か悪さをするかもしれなかったからだ。家に火をつけるとか、油の甕をひっくり返すとか、羊の首を締めたり、それどころか甥っ子の首を締めたりするかもしれない。手を自由にしてやると、ハルティは途端に自分の着ている長衣《ガンドゥーラ》を面白がって細かく裂いてしまうのだった。どうもずたずたの服が好きらしい。ほどなく自分の姉にもそういう姿を強ることになった。というのも、哀れなナナの形見の長衣《ガンドゥーラ》をどれもぼろぼろにしてしまうと、もう着るものは何も無くなってしまったし、また父には新しい服を買い与える余裕はなかったからだ。とうとう、こぎれいだったハルティが人をむかつかせる姿になった。水を火のように嫌い、けっして髪を梳かさせず、その場で垂れ流しをした。この最悪の日々のあいだほど、わが家が不潔だったことはない。奇妙だったのは、ハルティがたとえば出された物は全部たいらげ、以前よりもはるかに元気そうだったことだ。太りだし、血色がよくなり、声も朗々としてきた。まるきり一匹の動物のようになり、理性は戻ってこなかった。逆に母は消耗し、痩せ細っていった。近所の人々は母を憐れんでくれたが、憐れみは大して私たちの助けにならなかった。私たちはハルティのことを可哀そうだと思わなくなった。ハルティより、自分たちの方がもっと可哀そうだと思えたからだ。どんな形でもいいから解放されたかった。

あるとき急に叔母が静かになったのを覚えている。いわば虚脱状態になったのだ。もうつないでおくのを止めた。ハルティは朝から戸の脇の小さなベンチに腰掛け、日がな一日そこで過ごすようになった。終わりのない夢のなかにずっと浸っていた。ぼろぼろになった服にたかった大きなシラミが冬の柔らかな太陽を浴びて日向ぼっこをしていた。ハルティに話しかけたり触ったりしてはならなかった。母は満月のせいだと言っていた。月が下弦となったり新月を迎えたりする頃には、また発作で荒れ狂いだすのではないかと心配していた。近所の女たちは、今ハルティは霊たちから魔女になるための修業を受けている最中で、きっともうすぐ未来を予言するようになるだろうし、そうしたら家族はそのおかげでゆったり食べていけるようになる、などと噂していた。

こんな噂話をふと漏れ聞いた父が、なんだか嬉しそうにしていたことを私は告白しなくてはならない。それほど私たちの暮らしは切羽詰まっていたのだ。母の方は、この不幸を儲けの種にするような考えに憤って食ってかかった。アフメドの娘が魔女になるなんてことは真っ平だった。そのくらいなら貧乏暮らしの方がいいし、発狂した妹が死んでしまう方がまだましだ！　望むとすれば、妹を評判のいい道士《マラブー》に見せに修道場《ザーウイヤ》に連れていってお祓《はら》いをしてもらうことぐらいだ。しかし、長老《シャイフ》たちの霊力を母はあまり信じていなかったし、若い狂女を連れて旅をするのは父にとって容易なことではなかった。それには金と家畜と付きそいが必要だったし、仕事を中断して畑と家から離れなくてはならず、不測の事態も覚悟しておかねばならなかったうえ、それで治ることはあまり期待できなかった。

　ハルティのこの新たな、すっかりおとなしくなった態度に安心して、メンラド家の者たちは普段の生活を少しずつ取り戻していった。父も母も仕事と日々の悩みに忙殺されて狂ったハルティのことを忘れ、家で目にしている時しか考えないようになっていった。そのうち、食べさせる口が一つ増えたというだけのことになり、回復するかもしれないという希望も監視の習慣もだんだんに失っていった。ハルティが独りで出かけ、近所の女のところに行くこともときどきあるようになった。たいてい、でたらめにそこいらの家の門を開け、何も言わずに敷居のところにつっ立っていた。女たちは口を開かせようとするのだが、無駄だった。何かあげようとすると無気力に手を差し出すが、視線は宙に浮いたままだった。

　ある夕方、畑からファトマとバヤとラムダンが帰宅すると、家にハルティの姿がなかった。幼いザズをおぶって一日じゅう庭にいたティティは、両親が出かけた後すぐに叔母が外に行くのを見かけたと言うし、また私自身も十時頃、学校の前を通りかかったハルティを止めようとした。

「妹に会いに行かせてちょうだい」とその時ハルティは言ったのだった。

私の話を聞いて母は目に涙を浮かべた。ハルティが死んだナナのことを口にしたのはそれが初めてだった。回復の兆しなのだろうか？　墓地は学校から少し行ったところにあるので、ナナの墓で叔母を見つけられるのではないかと期待して、父は急遽、私とティティを向かわせた。母はそこに違いないと確信していた。だが墓には誰の姿もなかった。界隈を探して回ることにした。やはりいない。一時間ほど探しているうちに、父が羊飼いの男からハルティが「アマル」の方へ行ったことを聞きつけた。

「アマル」というのはアフメドが三人の娘に遺したオリーブとイチジクの畑である。深い谷間の底にある小さな土地で、急流が岩だらけの荒れた狭い川床に走り、ときおり氾濫することもあった。村からアマルまでは、両脇にイバラと乳香樹の生い茂る小道が九十九折《つづら》りに通じていた。降りるのに半時間ほどかかるが、登るには一時間以上必要である。それは三月のことであった。もう大方暗くなっていた。父は朝から一日畑を耕して疲れきっており、アマルまで降りて行って狂女を上まで連れ戻すだけの気力はとてもなかった。それにハルティはこのところとても落ち着いている。地所の端には、昔アフメドの娘たちが売りものの秣《まぐさ》の束を蓄えておくのによく使っていた藁ぶきの小さな掘立小屋があるので、ハルティがそこで夜を過ごすのではないかとも思われた。ハルティはこの土地のことは隅から隅まで知りぬいているので、母も、きっと妹は本能的にあの藁ぶき小屋に行って寝るだろうと言いきった。そうでなければ、高く伸びた草のなかに横たわり、満天の星の下で一夜を過ごすのも狂った頭を冷やすのに悪くないかもしれない。ああ、また面倒なことになるのか？　家にはやや不機嫌なうんざりしたムードが漂っていた。要するに、みなそれほど心配していなかったのだ。

三月にはよくあるように、夜中に天候が急変した。雨が降り始めた。雨粒が激しい音を立てて瓦を叩き、あちこちの細長い路地で風が不気味な鳴き声をあげ、戸の隙間をひゅうひゅう吹き抜けた。母は妹のことを思い始めた。父は母を安心させようとしたが、母は次から次へと悲しい予感に襲われた。その話を聞いているのに倦み疲れ、弱りきった父は、立ち上がって服を着て出て行った。父が兄を呼んで相談しているのが聞こえた。二人はそれからほかの従兄弟《いとこ》たちを起こし、戻ってわが家で打ち合せをした。総勢五、六人だった。みな革のサンダルを履き、古い外套《ブルヌース》に身を包んでフードをかぶり、その裾を首の後ろで結んでいた。暗闇を進むための棒を各自手に持った。しかし、すでに雨が一層激しさを増していて、それが出かける時には雹が叩きつけるみたいなどしゃ降りとなり、前に進むことすら阻むかのようであった。心配になった私たちを置いて、一同は真っ暗闇の夜のなかに飛び込んで行く。彼らもまた悲しげで無言のまま、泥沼と化した水たまりをただぴちゃぴちゃ言わせながら、さながら幽霊のように一列になって進んで行った。村がへばりついている丘のふもとまでくると、彼らの耳にはアマルの急流が怒ったようにうなりをあげているのが聞こえた。

朝になって目が覚めると、戸口の脇の壁に打ち込んだ衣服掛けに父の外套《ブルヌース》が下がっているのが見えた。濡れて汚れ、滴《しずく》を敷居にぽたぽた垂らしていた。父は部屋の隅でふとんをかぶって眠っていた。母は赤い目をしていた。ハルティは見つからなかったのだ。もう二度とハルティに会うことはできないに違いなかった。不可解なまま行方知れずとなったハルティのことは、その後、ずっと家族みんなの気がかりな謎であり続けることになる。私としては、ハルティは藁ぶき小屋から遠くないところを流れている急流にさらわれて死んでしまったのだと思っている。

ティジ＝ウズ平野を流れるセバウ河やその支流では、広々とした長閑《のどか》なその岸辺に、風船のように腹を膨らませ、体じゅう痣だらけで、瞼が黒ずみ、唇が腫れ、口の隅から膨れ上がった舌を半分出し、ぶよぶよになった屍体が打ち上げられることがある。ハルティもそんな風に河から放り出されたのだろうか？　それは今もって知ることができない。死体が見つかると村から村へと知らせが伝わり、遺体を確認しに人が送られ、連れ帰ってもらうと慣例に則って埋葬がなされるのである。知らせが村と親族の元に届かなければ、誰も遺体の確認ができず、神のみぞ知るやり方で埋められ、家族はいつしか不明者を待つのをやめるのだ。

それこそ、まさに私たちに起きたことだった。一週間探しまわってもハルティの手掛かりは何も得られなかった。畑に降りて行ったかどうかも怪しくなってきたし、女たちが別の説を唱え始めると羊飼いはもう何も言わなくなった。ハルティが学校の前を通ったときに私が聞いた言葉は、たしかに嘘ではなかった。たちまちみんなは、気の狂ったハルティが、聖書《バイブル》の時代の聖女さながら、愛する妹の跡を追って、まるで住まいを引っ越すみたいにこの世からあの世へと、地面をすり抜けて行ったのではないかと推測し始めた。まともな人々はそんな説を信じなかった。母は苦しみに打ちひしがれ、妹を連れ去ってしまった恐ろしい死に涙していた。

ハルティの死を悼んで私たちが悲嘆にくれたと言ったら、おそらく言い過ぎになるだろう。というのもナナが死んでから、わが家はいわば常に喪に服す状態にあったからだ。そのうえ堪えなければならない辛いさまざまな事が山のようにあった。いくらかの哀惜の情を別にすれば、私たちはこういうことにむしろ疲れきっていて、少しは喜びや幸せが欲しいと渇望していた。今度の新たな喪失に深く傷ついたのは母だけだった。家系樹の最後の枝――しかもすでに枯れきった樹に残っていた哀れな枝――が、ついに落ちて消えてしまった、これから自分はたった一人だ、もう夫の屋根しか身を寄せる場所はないし、愛する者はわが子だけになってしまった、などと母は何度も繰り返した。また、妹を大事にしなかったと自分を責めたりもしていた。

同様に私たち子供も、自分たちが何かを喪失したことを悟った。父は叔母たちの小さな家を隣の人に売ってしまい、買った男はすぐさま境の塀を壊してしまった。私たちは悲劇の畑をかまう気になれなかったので、従兄弟《いとこ》のアイト・ムサの連中が売って代金を山分けした。私たちのあの素敵な避難所であった大切な巣はもはや消え去ってしまい、愛を向けるべき人も、関心を持ってくれる人も、両親以外に誰もいなくなってしまった。それからは、父と母のまわりにこわごわ身を寄せているほかはなくなったのである。

第二部　長男

小さな義務を日々たゆまず果たすには、英雄的な行為をなすに劣らぬ力が要る……。そして、喝采を時おり浴びるよりも、人からいつも敬意をもたれていることの方が立派である。

J＝J・ルソー

1

以上が、メンラド・フルルの罫線入りの大判ノートを開ければ誰でも読める、未完の告白録である。手のすいた時、彼は書いたものを読み返すことがある。自分でわかっているとおり、あともう少しの我慢と技量と知識があれば、何事かを成し得たであろうに。そう思えるだけで、いささかの慰めではある。作家なるものと自分の距離は乗り越えられないほど大きくはないように感じられる。これ以上前を目指すのは無理でも、振り返ってここまで辿った道を眺めることはできる。付け加えるべきことは何もない。ただ、父親と偶然、そして自分の根気のおかげで――頭の良さのおかげと言ってもよいだろう――、今あるフルルのいくぶんかが作り上げられてきたというだけだ。

言わずもがななので語りはしないけれど、子供時代のことや学校時代に起こったもろもろのことを彼は何一つ忘れてはいない。昔を思い返すたびに、具体的なさまざまなシーンが細部まで明瞭に、脈絡なく目の前に浮かんでくる。険しい上り坂の一つひとつの段階が、ことごとく思い起こされる。

彼は告白録の筆を折る。そして、叔母二人を亡くしたのと同じ年、みなが少しは幸せなことが訪れるようにと願っていた時に弟が生まれたことを、またその子がダダルと名付けられ、この男の子の誕生によってヘリマがまたぞろ愚にもつかない怒りに駆られたことは、触れないままでいる。

かくしてフルルは一人息子という肩書を失ったが、代わりに長男という肩書を持つことになった。その意味するところは、将来、この赤ん坊が大きくなった頃に、フルルにいくらかの務めが生じ、逆に今いっぱいの得があることだと教えらえた。まず始めに、母親が産後の養生に食べるいろいろなおいしいもの（卵、肉、丸パン）の分け前に彼もあずかることができた。もう少し経つと、みんなで分けるものは何でも、形だけは赤ん坊にも一人前をあげることになっているので、みんなはこの子にやるふりをして実際にはフルルに回し、かくして兄はほかの家族の二倍もらうようになったのであった。弟のものが兄に譲られるのは当然なので、姉や妹は何も口出しできない。女の子でしかなくてお気の毒さま、というわけだ。

これでメンラド家の全員がそろった。七名である。そのうちのただ一人だけが畑仕事をし、稼いでいる。父である。父はがむしゃらに働きまくり、一日たりとも無駄にはせず、自分にも家族にも一切贅沢を許さない。父は金が飛ぶように消えていくさまざまな「祭《アイド》」が近づいてくると身震いし、貯蔵食糧が飛ぶように消えていく冬が近づいてくると身震いする。フルルと弟と姉や妹たちはおかまいなしに成長していく。しかし、大まかに見れば、この頃はそれなりに平穏な暮らしで、フルルには漠然とした記憶しかない。鮮明に覚えているのは子供時代でも悪い時期のことばかりである。

十一歳の頃、疲労でとうとう力尽きた父親が重病に倒れた。イチジクの季節が終る頃であった。収穫期に入ってからずっと、ラムダンは乾燥場の見張りに行って畑で夜を明かしていた。ある朝、家へと上って帰ってくる父の目はすっかり落ちくぼみ、身体は燃えるほどの熱で、唇は真っ白になっている。息も絶え絶えトネリコの葉を背負ってきたが、その袋の上に呻きながら倒れ込んでしまったのだ。すぐさま茣蓙《ござ》が敷かれ、蒲団が掛けられ、ぺしゃんこの丸い枕が当てられる。ラムダンは床に伏し、食べ物を受けつけない。たえず呻き声を漏らしている。妻はじきに良くなると信じ、娘たちは泣きだす寸前でおろおろしている。フルルは自分には関係ないと思って平気でいる。それに、お父さんは強い男だもの。病気なんかでやられるはずがない。

「今夜の牛のえさがないのよ。わかっている?」と母が父に言う。「あなた、夕方までに葉っぱを一袋集めて来ることはどうしてもできない?」

「無理だ、俺はすごく具合が悪い。子供たちを連れて畑へ行ってくれ。真ん中のトネリコの樹なら登るのは簡単だ。あの樹の葉は一番柔らかい。だから最後に食べさせるつもりで取っておいたんだが……。でもこうなっちまったんだから、仕方ない。フルルを登らせるんじゃないぞ。あいつには牛の水やりをさせろ。俺は少し寝る」

夕方、母は戻って来て、父にこう云いつのる。

「具合は良くならない?　杖をつけば、イチジクの見張りに行けるんじゃないかしら?　通る姿を見せるだけでいいのよ。あなたが居ると思えば泥棒も寄ってこないわ」

「兄さんを呼んでくれ。今晩は俺の代わりに行ってもらおう。さあ！　来てくれるように言うんだ。チビを使いに出せ。ちょっと水をくれないか？」

父は何杯も水を飲んだ。

「痛いところを揉んであげましょうか？」

「いいや！　体じゅうどこもかしこも痛いんだ」

「ブドウを少し食べない？　それともクスクスに発酵乳をかけたのはどうかしら？　元気が出るわよ」

ラムダンの返事はもうない。目はつぶったままである。兄が来てようやく目を開ける。ルニスも、そんなことならお安い御用だと請け合い、畑に行って寝ずの番をしてくれることになった。しかし翌日には、朝も早いうちに、一週間の旅へと出かけてしまう。

夜中に病人は錯乱状態に陥った。わけのわからないうわごとを言う。もうとっくに逝った母親に話しかけ、ハアハアと喘《あえ》いだり、目に見えぬ何者かに向かって喚き立てたり、この者たちが来てラムダンを埋めようとしていると言う。妻が一睡もしないでいるところに子供たちが目を覚まし、口も利けずにただ震えている。

「魔物《ジン》たちの仕業なのよ」と母が言う。「おまえたちの父さんは、もう一時間も前から魔物と闘っているの」

フルルは身を縮こまらせる。魔物《ジン》に見つからないようにと願う。奴らは父を負かしてしまった。なんて強いんだ！

普段はいつまでも寝ているフルルが、翌日は日の出とともにしゃんと起きて、バヤにくっついて畑に出かける。二人でイチジクを干す簀《すのこ》を小屋から出さなくてはならない。それからイチジクの樹の下で実を集め、羊たちに草を食ませ、昨夜に伯父が摘み集めておいてくれたトネリコの葉の袋を担いでこなくてはならない。家に着いたら、牛たちに水場で水を飲ませてやる仕事があるし、そのあと午後にはまた畑に戻ってイチジクを小屋のなかにしまい、家畜のえさ袋を満たし、炉《カヌン》で燃やす枯れ枝を藪に探しに行かねばならないことを、フルルは心得ている。自分が役に立つことを自覚し、父がさぞ満足してくれるだろうと考えている。

家に帰ってみると、一人の高齢の長老《シャイフ》がおまじないを書いている最中であった。父親はまどろんでいるが、道士《マラブー》は病人を起こして質問をする。ラムダンはどの問いかけにも筋の通った答え方をする。それでも何のその、大先生《ターレブ》*は父の言葉から秘密の意味をちゃんと見つけ出す。干場のそばにある泉の脇で、魔物《ジン》たちが夜中に腹を立てて父の身体に入り込んだということが、明々白々だと言う。「ヴァデ・レトロ、サタナス」とかなんとか、とにかく魔物を祓いのけるお定まりの文句を予め唱えておかなかったせいで父は病気になったのだ。だから非はすべて病人にある。そこで今から魔物たちを追い出すために、雄ヤギを一頭殺し、また、裏表の両方にまじないを書いた夾竹桃の葉を焼いて、下腹部をその煙で燻《いぶ》すように、とのお達しだ。この儀式は三回繰り返さねばならないとのことで、間違わないように三枚の葉のそれぞれに、一本線、二本線、三本線を、大先生《ターレブ》がお書きくださった。

フルルは心の底から魔物《ジン》を怖がっていた。わずかであっても魔物の気を損ねることはしたくない。しかし、学校の先生が前に話してくれたあるエピソードをフルルははっきり覚えていた。かねてから年老いたお母さんに何かお守りが欲しいと頼まれていた先生が、喜んでもらえるようにとある日、きちんと折りたたんだ小さな紙を渡してあげた。中には「セミとアリ」のお話を初めから終わりまで書いておいたという。そこでフルルは、自分が聡明な頭の持ち主で、十フランをせしめようとやってきたあのターバン老人に騙されてはいないことを姉や妹たちに示すために、先生のこのエピソードを披露し、おしまいに、本物のどんなお守りよりも霊験あらたかにこの「セミとアリ」のおかげで老母の病気が治ったということを付け加える。ただ、おおっぴらにこの大胆な糾弾をおこなうのは、長老《シャイフ》が帰り、父親がまどろみに落ちるのを待ってからにした。まったく何が起きるかわからないものだ。父親は目を開くとこう話し出した。私に憑いているのは悪魔ではない、ただこの連中は物欲しげにおまえたちの様子をずっと窺っており、一瞬で棲み処を変えておまえたちに乗り移るかもしれない、と。たちまちフルルは怖気づいて遠くへ身を引く。先生の話はどこへやら、だ！

さんざんフルルが怖がったのに、結局それも徒労に終わった。というのも、魔物《ジン》たちは餌食から離れる気配がないからである。二人目、三人目の道士《マラブー》がやってきても、一向に効果がない。頭がしっかりしている時は、父は何も棲みついてなどいないと言っていたが、錯乱がまた始まり、それも信じ難く思われた。兄のルニスは旅から帰って来て、弟の具合が前より悪くなっているのを見て腰を抜かした。きわめて深刻な事態だった。不幸というのは一つではやって来ないもので、誰も見張り番をする人が見つからなかったある夜、畑の小屋の扉が壊されてしまった。簀《すのこ》が荒らされ、イチジクがごっそり盗まれた。ルニスが家を取り仕切ることになった。世話に手が回らなくなった二頭の牛は、所有者との合意を取りつけ、売ることにした。利益のうちの取り分は病人の治療のために当てた。その金も長くはもたなかった。週に一度はセモリナ小麦粉と肉が必要だった。雄ヤギをもう一頭殺し、ときどき鶏もつぶした。犠牲祭が近づいてきて、子供たちに新しい長衣《ガンドゥーラ》を買ってやらねばならなかった。ロバを売り、羊も一頭売った。要するに、哀れなラムダンは病気が治る前に破産したのである。ルニスは弟の命を救うためにと、計算もせず、無駄金を使った。肉を持ってきたが、食べるのは子供たちだった。コーヒーを用意したが、病人が飲むのは一杯きりだった。ようやくラムダンが物を食べられるようになった時には、食糧も金も底をついていた。そこで、自分の体力を取り戻し、また子供たちを食べさせるために、ラムダンは五割がけで借金をした。それは冬のことで、春まで借金を重ねなくてはならなかった。

天候が良くなると同時にラムダンは快方に向かい、病気のせいで陥った奈落の深さを推し測れるようになって、驚愕に襲われた。貧窮のどん底に絡めとられていたのだ。家を分割してから初めて、胸塞ぐ思いで法官《カーディ》のところに出かけて行って、借用証書の下に二つ拇印を押した。畑と家を抵当に入れたのだ。この日、フルルの記憶が間違っていなければそれは市の立つ日であったが、父親はなんとか気持ちを奮い立たせようと、腸詰肉を買って帰ってきた。家族の誰にとってもそれは苦い味がした。みな、涙にむせんだ。

それからしばらくすると、ラムダンは家族の面倒を兄に頼んで、ある朝、村を離れてフランスに出稼ぎに発った。それが最後の手段であり、ただ一つ残された希望、唯一の解決策だった。もしも故郷《くに》に残っていたら、借金が雪だるま式に膨らんでいき、雪崩に呑まれるように、一家の慎ましい財産は一溜まりもなく消えてなくなってしまうことが、ラムダンにはまざまざとわかっていたのだ。

2

旅立ちの前の晩、子供たちはみんな、父の出発を露も知らないでいた。しかし、偶然にもフルルはその夜、目が覚めたのである。父親は眠っていなかった。暗がりで祈りを捧げていた。大きな声をあげて祈り、神に自分へのお慈悲を賜りますように、助けに来てくださいますように、行く手に立ちはだかる障害を遠ざけてくださいますように、自分をお見捨てにならないように、とお願いしていた。それから絶望に駆られて、どうか子供たちをお見守りください、と嘆願を繰り返した。夜の静けさのなかにあって、その声は沈痛に響き渡った。お願いをする度に父は、胸に迫る打ち明け話をつけ加えた。自分がどんな苦境に陥っているか、どれほど貧乏のどん底にあるかをラムダンはつぶさに語った。フルルには、何か超自然的な存在が自分たちの頭上にいて、すべてを聞いているように思えた。どうしたらよいのかわからなかった。いつも父のすぐ脇で寝ているので、父の身体に触れるには腕を伸ばすだけで事足りた。

しかしフルルは息を殺し、微動だにしないでいた。今起こっていることが何なのかを訝《いぶか》った。父の苦しむ姿に喉を締めつけられるように感じ、思わず唇がへの字に曲がった。いつしか両の頬を涙が静かに伝い始めた。

祈りが続いているあいだ、フルルはまんじりともできなかった。どんな苦難がこれから家族を襲おうとしているのか、精一杯考えてみた。でもさっぱりわからない。フルルは、もしかしたらどの父親も、家に難しいことが多いとこんな風にこっそり祈りを捧げているのかもしれないと思った。メンラド家がまさに難しいことだらけなのは、フルルもよくわかっていた。そこで、父の祈りに合わせて自分も一心に祈った。そして知らぬ間に眠ってしまった。

翌朝、いつものように一番遅く起きると、母も姉や妹も、みんなが涙に暮れていた。父は明け方に発ってしまっていた。もっと辛くなるからと、家族の気づかぬうちに別れの抱擁もせず、ひっそり出発することを選んだのだ。父に頼まれた友人がさきほど、長衣《ガンドゥーラ》と外套《ブルヌース》を家まで届けてくれた。父は従兄弟《いとこ》の一人がくれたフランス式の背広とズボンを着て出発したのだ。たしかに先週、父はそれに一生懸命つぎを当てていた。

フルルは夜中に耳にしたことを思い返した。母は哀しげな微笑を浮かべながら、私も聞いていたのよ、と言った。母は息子が眠っていなかったのを知って、明らかに嬉しそうだった。娘たちは自分たちのふがいない行動に少し恥ずかしさを覚えた。眠っていたなんて、父を愛していなかったのか？

「そうじゃない！」とフルルは思った。「ただ、父さんがいないあいだ、姉さんたちでは母さんの頼りにはならず、僕だけが頼りになるっていうことだ」

こう考えると、姉や妹たちのように泣いてはいられなかった。みんなをちょっと慰めて、フルルは学校に出かけた。ただときどき、何かがお腹や胸のなかできゅうっと固まり、喉元に込み上げて来る感じがした。

三週間後、最初の手紙が届いた。村の長《アミン》が持ってきてくれた。フルルが学校に行っているあいだは、誰も開けられないでいた。四時に帰って来ると、フルルはバヤが握っていた手紙を取りあげ、封筒にキスした。みんなが取り囲んだ。弟のダダルはフルルの長衣《ガンドゥーラ》を引っ張って言った。「早く、お父さんを見せて」。フルルはためらっていた。もう中学年にいたが、みんなに説明しなくちゃいけないとなると、手紙というのは難しく思えた。慎重を期して、小学校の修了証を持っている卒業生を呼んでくることに決めた。その才人は快諾してくれた。やって来て、自信ありげに手紙を開くと訳し始めた。その子が読んでは訳していくのを聞いていて、フルルはこれくらいなら自分にもできそうだと思い、目が喜びで輝いた。戸惑ったのは、「当方息災にて恙無《つつがな》きを念ず」という表現一つだけだった。けれど今はもうその意味もわかったし、大丈夫。絶対忘れないぞ。

父は「元気」であり、子供たちが「変わらずに」いてくれることを「希望して」いる、ということだ。仕事を始めたし、じきに少し送金できるだろう、とある。そして子供たちには、いい子で母の言いつけを聞くようにと言い送っている。接ぎ木したばかりの若木のオリーブ畑にヤギを連れ込んではならない。時期を逃さず、忘れずにイチジクの木に雄《ドッカル》の実をかけてやるように。手紙は指示で溢れている。父はまるでここにいるかのように的確に命令を発している。しかじかのトネリコの木から先に葉を摘むように、しかじかのイチジクの木には暑くなり始めたらすぐに水をやるように、どこそこの秣《まぐさ》はヤギのために残し、それ以外は売るように。あとには質問が続いている。家には食糧の蓄えがどのくらい残っているか、近所の人々はどうか、伯父は元気か。締めくくりに、「ご家族皆々さまに心よりのご挨拶を申し上げます」とあり、さらに「代筆者より一礼」とラムダンから聞き取って手紙を書いた人が記している。

誰もが満足に浸っている。二人の学徒のまわりに集まった家族全員が、一枚の紙の向こうに父親の姿を見ていた。その場で返事を書くことになった。必要なものはすべて揃っている。卒業証書保持者はしゃがみこみ、フルルがその一部始終を見届けようと凝視する。かの少年は古い読本の上に一枚のまっさらな紙を置き、フルルが両手で差し出すインク壺にペンを浸す。

初めての手紙を書く勇気がフルルにはないのだ。手紙にはいろいろな決まり文句があるのは知っているが、その文句を知らないからだ。これからは他人に頼らず手紙が書けるように、そういう慣用句を身につけるぞと密かに誓う。「ご健勝をお祈りしつつ」、「あなたの忠実な息子より」、それから「至急お返事を賜りたく」などといった結びも覚える。嫉妬のあまり来てくれた友人に十分な感謝も言えず、厚かましくも、綴り字の間違いを二カ所指摘したほどだった。翌日、学校へその手紙を持っていき、そこで集配人に渡してもらうことにした。先生は生徒の筆跡でないことに驚き、君なら自分でお父さんに書けるはずなのにと言った。しかし二週間後には、フルルは第二の書状を教師に見せることができた。封筒には、お習字の清書さながらにきれいなフルルの字で、父親の住所がこう記されていた。「パリ十八区、金の滴通り《グット・ドール》二十三番地、メンラド・ラムダン様」

先生はちらりと見て、フルルが何か言ってもらいたそうなのがわかった。

「いい出来だ！」と言ってやると、フルルは立ち去った。

フルルが父親に書いた三番目の手紙はこんな風に始まっていた。「謹んでお知らせ申し上げます。私こと、このたび、まことに嬉しいことに初等教育修了試験に合格し……」。学校の綴り方の時間で、あなたが合格したと仮定し、その知らせを友人に伝える文章を書きなさい、という課題の時に習ったこの定型句は、それ自体とても美しいと感じられたし、パリで読まれるに値すると思われたのだ。また仮定ではなく事実を伝えているだけにその美しさはいっそう高まり、初々しい学位取得者のペンで記されるにふさわしく思われた。フルルはこの手紙が父の「代筆者」に及ぼすであろう効果を見越して得意になった。

フルルは二人の級友とともに、つい先ごろ修了試験に受かったところであった。試験は村から二十キロ離れたフォール・ナショナルでおこなわれた。大勢のフランス人がいて、たくさんの建物と美しい通りときれいな店があり、ひとりでに動く車が走っている本物の町だ。ティジとは比べ物にならない。すべてが美しく、清潔で、巨大であるように思われた。それなのに人々は、ここはちっぽけな村にすぎないと言っている！　前の日に着いたので町を見て回る時間があった。自分がフランス語がわかるのを発見して驚き、嬉しくなった。まだほんの小さな子供たちが自分と同じくらい上手に、しかもなんだかもっと心地よいアクセントで話すのを耳にしてびっくりした。

翌日の早朝、受験生の名が点呼される。視学官が一人、試験官が数人、それからたくさんの本物の欧州人《ルーミー》たちがいる。フルルは教室におり、作文課題といろいろな試験問題が目の前にある。冷静さを取り戻し、全力を尽くした。合格して、口頭試験を受ける。いつもの引っ込み思案はどこへ行ってしまったのか？　質問に答えるのが少しも怖くない、まるで別人だ。先生が見てもフルルだとわからないだろう。

二人の仲間と彼は夜もふけた頃、疲れきって戻って来る。翌日、三人は誰よりも早く飛び起きて先生や生徒たちにどんな様子だったのかを知らせに行く。まさに天才児たちだとみんなが祝福してくれた。フルルは喜びとうぬぼれに酔いしれる。父親だって大いに認めてくれるにちがいなかった。

フルルは待ち焦がれた返事を二百フランと一緒に受け取った。父は手紙とお金を、同じところに住んでいた仲間で、フランスから帰ることになった男に託していた。この人が村に着くや、話を聞き出そうとみんなで家まで押しかけて行った。男は「お父さんの代わりに」と言ってフルルにキスし、お金を母さんに手渡した。それから鞄のなかから、細紐で括った靴会社の大きなカタログと「ゴロワーズ叢書《シリーズ》」の恋愛小説を取り出した。

「さてと、おまえさんはとっても勉強ができるそうじゃないか。ほうら、お父さんがおまえさんに寄越してくれた本だ。お父さんはとっても喜んでいたよ」

そして、フルルはその包みを受け取ったのだった。

3

次の十月、もう通わなくてもよいのに、フルルは家庭奨学金の試験を目指すために学校へ戻ることに決めた。心の奥では、家にいて羊飼いになった方が自分は役に立つとわかっていた。でも修了証を取った仲間が二人とも学校をやめなかったのだ。フルルは自分も彼らと同じにしないではいられなかった。それに、彼の世話する動物はヤギ一頭とその子供だけだった。しかも、このヤギには付きっきりでいる必要がなかった。村共同の群れに入れてあったからだ。フルルは三十日か四十日に一度、半日だけ休んで、共有牧草地《メシユメル》*に群れを連れて行ってやりさえすればよい。あとは自分の番が再び回って来るまで何もすることがなくなる。家でも、ヤギの餌やりはちっとも難しくない。夏はトネリコの葉の小さな袋を一つ、春は草をいく抱えか、冬にはオリーブかコルクの小枝を一束、あれば秣《まぐさ》を一束。これだけやっても、フルルと弟が好きなだけミルクをかけたクスクスを食べられないなら、ヤギは恩知らずだと言われてもしょうがない。

羊飼いはふつう家畜の番以外にもいろいろな仕事に精を出す。所有地を見張り、薪を集め、季節によってオリーブやイチジクを収穫する。だが、フルルには無駄に二人の姉がいるわけではない。彼女たちがいるおかげで、誰にも迷惑をかけずにフルルは学校に行くことができるのだ。学校に行っているあいだ母と姉たちが畑仕事をやってくれている。父はほぼ定期的に、大麦を買うのに必要な百五十フランか二百フランを送ってくる。市場には伯父のルニスが出かけ、必要なものを買ってきてくれていた。

学校をやめた子たちが少し羨ましくなるのは、オリーブの季節だけである。無数のツグミやムクドリがオリーブの樹を襲いにくる。大急ぎで男たちが実を叩き落とし、女たちが集め、ロバが運ぶあいだに、羊飼いたちは狩りに熱中する。そこらじゅうに輪差が仕掛けられる。一人が百、二百、三百、ときには五百も仕掛けることがある。凍てつく寒さの朝まだきに彼らは出かけて行き、餌の艶やかな大粒のオリーブを入れ変えると、罠が監視できる見晴らしの良い丘にある大きなオリーブの樹の下に、組に分かれて集まる。火を焚いて手足を温めながら、見回りに行く時間までわくわくして待つのである。

学校が休みの日にはフルルも罠待ちをして、期待で胸を高鳴らせる経験をした。子供たちは夢中になって食欲も忘れ、寒さも雨も棘の痛みも感じなくなる。地面に突き挿して丸くたわませた棒にムクドリの体が当たり、紐が締まって捕えられるのを見れば、疲れも吹き飛んでしまう。鳥の首を絞め、羽をむしり、フードいっぱいに詰める。夕方の最後の見回りの時に捕えた数羽だけは生きたまま持ち帰った。学校の前を通りかかるのがちょうど下校の時間にあたると、羊飼いの少年たちは自分らの境遇をみせびらかしに、わざと生徒たちの方へやって来たものだ。

フルルは一度ならず自分の畑に輪差を仕掛けてみたが、教室にいるあいだに罠は盗まれてしまった。取られたのが罠だけではなく、かかったツグミも一緒だったと知ると怒りは頂点に達した。仕返しとして、この「渡り鳥」たち——フルルが悦に入りながら説明してみせる用語である——が飛び去ってしまうよう心の底から念じ、野鳥狩りとオリーブの収穫が終わりになる三月が早く来ないかと待ちわびた。

学業のために獲物をふいにした以上、試験に合格するしかなかった。そして、フルルは見事にそれを達成した。そうならないはずはなかった。試験の課題はまるでフルルのために出されたようなものだったからだ。「フランスで働いているあなたの父親は無学です。お父さんはあなたに、読み書きができない者がそこで味わう苦労や、勉強を積んでこなかったことへの後悔や、教育の大切さについて話します」。フルルの父親こそ、まさしくこの通りであった。フルルは父親が買い物をする時や、仕事を探す時、職場の監督から命令を受けた時に、どんな困った思いをするかを容易に思い描くことができる。父親が地下鉄や通りで迷っているさまが想像できる。家族の秘密を守ることが叶わないのを知っている。なぜなら、父親は手紙を他の人に書いてもらわねばならないからだ。こんな風にいくらでもアイデアが湧き、フルルは良い作文を書きあげる。知識問題については誰もフルルの心配をしてはいなかった。お得意の課題だ。口頭試験ではまたもすばらしい受け答えをし、最優秀の成績で合格したという手ごたえを持って、フルルは帰宅する。

フルルはすでに、この朗報を父親に告げる優美な文面まで考えていた。しかし今回は実際には使うことができなかった。喜びは短時間でしぼんでしまったのだ。パリから戻ってきた村の青年アマルが、悪い知らせを持ち帰ってきたのである。アマルはカフェのそばでフルルに出くわした。少年から無事の帰郷を祝う口づけを手に受けると、青年は辛そうな表情になって言った。

「僕が君のお父さんと会ったかどうかを知りたくて来たんだね？　ああ、心配するな、会ったとも。さあ帰って、君のお母さんを呼んで来てくれないか。伝言があるんだ」

「父さんからの手紙を預かっているの？　僕にちょうだい！」

「手紙は僕のポケットに入っている。まずお母さんを連れて来るのが先だ。急いで行くんだ」

母親は息子の後について大急ぎで到着する。

「ファトマ姉さん」と青年は言う。「お子さんたちは運がいいです。村の聖者廟《クッバ》*にまたお供えをしてください。ご主人は死にかかったのです。でも今は窮地を脱しましたから、ご安心ください」

哀れな女とその息子は血の気を失った。

「何があの人にあったの？　あなたの言っているのは本当のこと？　亡くなったとか、危篤だというのなら隠さないで、私は平気だから。手紙が途絶えてからもう二カ月ですもの」

「そうじゃありません！　言った通り、ご主人は今は回復しているんです。工場で貨車にぶつけられたんです。入院しました。でも、まもなく仕事に復帰します。さあこれがご主人からの二百フランです」

「あの人はまだ病院にいるのかしら？」

「先週はもうじき退院というところでした」

「で、お金は？　あの人、身に着けていたにちがいないわ」

「大丈夫！　ご主人はあなた方に二百フラン渡してくれと私に頼んだのですよ。そこにある通りです。お望みなら、もっとお渡ししてもいいです。さあ、手紙だよ、フルル。みなさんにもご近所にも騒がないでほしいとのことでした。そうです、心配は無用です。たしかにこれまでは大変でしたが、よくなるでしょう。神様は子供たちからお父さんを奪おうとはなさらなかったのです」

母親と息子は悲しみに沈んで家に戻った。姉たちが畑から帰り、みんなが炉《カヌン》のまわりに集まる。どの顔も不安そうな表情だ。ファトマは腰布《フタ》の裾でときおり、目頭をぬぐう。家族一同が声を立てずに泣く。この不幸を近所に知られてはならないからだ。

伯父のルニスが夕方帰宅した。彼は、この知らせについて詳しい情報をたくさん仕入れてきた。子供たちをなんとか安心させようとするが、伯父自身、不安でしょうがないのがありありとわかる。では、アマルが教えてくれたのよりも、もっと深刻なのだろうか？　何か隠しているのかもしれない。母親はルニスに、知っていることは話してくれと懇願する。ルニスは弟の状態は心配ないと誓う。二人の男の子を連れて行って自分の家で夕飯を食べさせたいと思ったが、ファトマに断られ、伯父は不服そうに出て行った。めいめいが悲しみを抱え、怒りっぽくなっている。絶望が皆の喉を締めつける。手紙には一つも良いことが書かれていない。ごく簡潔な指示だけだ。「……二百フラン送る。なるべく長くもたせるように。これから数カ月は何も送れない。金が足りなくなったらヤギを売れ、次はどこそこの樹だ……」

翌日学校では、先生があるお話の教訓を解説してくれた。それはだいたいこのようなことだった。「子供時代は幸福の時である！　あなたたち生徒は、勉強するか遊んでいさえすればいい。あなたたちは安心して眠りにつき、何の悩みもない。あなたがたのお父さんはときどき、あらゆる困難に苛《さいな》まれて一睡もできないことがあるだろう。お父さんは子供たちのことを考え、しつこい借金取りたちのことを考え、空になった大甕《アクフィ》のことを考えるだろう。それに引き替え、あなたたちは気楽である。父親の苦悩を何も知らないからだ」。嘘だ！　嘘だ！　とフルルは先生が話しているあいだずっと思っていた。先生に言ってあげたかった。違います！　子供はもっと感じやすいものです。子供は両親を苦しめる貧窮を一緒に分かち合っているのです。

幾日もしないうちに、ラムダンをめぐっていろいろなひどい知らせが飛び交い、不幸な家族を悲嘆のどん底に突き落とした。脚を切断したらしい、両脚かもしれない。失明したと言う者もいた。ついには死んだと言う者も出てきた。ルニスはティジ＝ウズまで行って、弟の住んでいる宿の家主宛てに返信代先払いで電報を打った。返信が届き、そのあとすぐに手紙も来た。フランス人が嘘を言うわけはない。こうしてようやくみんなは、安堵の胸をなでおろすことになった。

4

ラムダンがフランスに行ってからすでに一年半が経っていた。九月のある夕方、フルルは弟と一緒に、草を食ませたヤギの群れを連れて野山から戻ってきたところだった。二人の子供は村の近くで、ロバに水を飲ませに水場へ行く途中の従兄《いとこ》のアフセンに出くわした。アフセンは身を屈めてダダルに顔を寄せ、その頬をつまんで言った。

「さあ家に走って行きな、お兄ちゃんよりも先にね。お父さんが帰って来たよ」

おチビさんはフルルを見上げた。二人はあまりの驚きにただぽかんとして、動くことも口を開くこともできず、小道の真ん中で立ち尽くしてしまった。にこりとしたアフセンはそのあいだにするりといなくなった。フルルは急にはっとして飛び上がると、ヤギの群れを放り出し、ダダルのことも忘れて、まっしぐらに駆け出して行った。ダダルは兄の後ろにくっついて行こうと必死で頑張った。

父のラムダンは家にいた。近所の男たちや女たちが取り囲み、母はというと、見るからに嬉しそうで、戸口に立って客を出迎えていた。子供たちが人をかき分けて父のところまで辿りつくと、父は独特のあの大きな笑い声を立てながら二人を抱きしめた。

「フルルは——神様がこの子をあなたのそばに置いてくださいますように——もうすっかり大人だね」と年寄りの女が父に向って言った。

「神様があなたに平穏をお授けくださいますように！　ええ、大きくなりました。そういう時になりました。私はもう歳ですよ」

「あなたが！　前よりも逞しくなったみたいなのに？」

実際、ラムダンは変わっていた。以前よりも太り、顔も手もほとんど白いと言っていいほどになっていた。頬は実に良い血色である。病人だったとはとても思えないほどだ。

「でも、以前ここにいた時だって、よく食べていたんですよ」とファトマが言う。「みなさんご存知のように、神様のお慈悲のおかげで、切り詰めた暮らしはしていませんから」

「フランスとここじゃあ、比べようもないさ」と皆は母に返す。

フルルは、早くみんなが帰って行き自分と両親だけにしてくれないかとやきもきしていた。家の隅にはぱんぱんに膨らんだ大きな袋と謎めいた気配のトランクがでんと置かれていて、フルルの目は抗いようもなくそちらへ吸い寄せられてしまうのだった。ダダルはもうまわりも気にせずトランクのところへ行ってその上に座ると、袋の口を縛ってある紐を歯と爪で懸命にほどこうとした。それを羨んだザズがダダルの邪魔をしようとして喧嘩になり、大人たちが少しのあいだそちらに注意を向けた。

ラムダンはといえば、パリに出稼ぎに行っている親類をもつ者たちからの質問攻めにあっていた。その誰もにラムダンは愛想よく答え、託されていた伝言を伝えた。最後に伯父のルニスが引き上げて行った時には、子供たちは大喜びした。たしかに父たち兄弟の会話は興味を惹くものだった。事故のことや、病院で耐えた苦しみが話題にされていたからだ。でもフルルには、これからいくらだってこの話を繰り返し聞かせてもらう時間があることがわかっている。目下の最大の関心事は荷解きである。学校で優秀な成績を修めたことも早く家族だけになって、じかに父に話したかった。

袋からは一ダースほどのパンと衣類が出てきた。トランクに入っていたのも同じだった。パンは切り分けて近所に配った。フルルと姉のティティがピストン輸送係となって近所の家々を回った。伯父にはパンを丸ごと二つ届けた。それからその晩、眠りに就く前に、子供たちに服が配られた。もらうとすぐに子供たちはそれを着こみ、みんな変てこな格好で大はしゃぎをした。お互いにからかい合い、笑いころげ、抱き合い、怒り合った。とうとうダダルが眠り始めた。さっき履かせてもらったスリッパのまま、真っ赤なチョッキを着て、耳まで隠れるベレー帽をかぶった姿だった。ザズは母親のために買ってきた長衣《ガンドゥーラ》にすっぽりと埋まり、頭だけをちょこんと出していた。黄色い絹のショールを頭に掛け、縁飾りを目の上に垂らしていた。フルルはきちんとした大人を気取って衣類一式を丁寧に畳んで枕元に置き、それを誰にも触らせまいと防衛した。年長のバヤとティティは自分たちの取り分を腿のあいだにしっかりとはさみ、両親が話し合っているのをうわべだけ耳を傾けて聞いていた。

ちょうどラムダンがどのように事故が起きたのかを語っているところだった。この話は二度目だった。明らかに子供たち、とくにフルルの注意を惹こうとしながら、父は財布を取り出して束になった書類をそこから抜き出した。

「ほら、本当に勉強を積んだのならこれを読んでみなさい。おまえの父さんがどこにいたのか、どんな病状だったのか、ちょっと見てみなさい」

フルルは見てみた。だが何もわからない。「ラリボワジエール病院」というレターヘッドがあり、その文字と紫色のスタンプだけは完璧に読めた。しかし残りは手書きで書かれていて、解読するには医師本人を連れて来なくてはとても無理そうだ。それは診断書だった。フルルは一枚一枚よく吟味したあと、さも理解できたかのように重々しく首を縦に振って父に返した。

「わかったか？」

「うん」

「よし！　よこせ」

「さあこれが傷だ」と父はシャツのボタンを外しながら付け加えて言った。「腹を端から端まで裂いたんだぞ」

子供たちは目をまん丸にした。父は皆を安心させた。

「何でもないさ！　ちゃんとそのあと縫い合わせてくれたんだから。長い傷跡が残っただけさ」

子供たちは近寄って、本当に父親の腹の上から下まで傷跡が走っていて、その真ん中ではお臍まで切られているのを見た。傷がまた開いてしまわないよう、おそるおそる子供たちは触ってみた。大丈夫だ。傷はしっかりと縫い合わされていた。まったく申し分なかった。

続いてラムダンはトランクから細長く紙を巻いたものを取り出した。何枚もページがあってノートみたいだった。大きくてきれいな文字で文章が書かれていて、今度はおおよそ、フルルは読んで訳すことができた。息子が勉強を積んだことを父親は心から納得した。それはセーヌ県の民事裁判所の判決だった。この判決は保険会社に、「メンラド・ラムダン氏」に対して三半期につき七十五フランの終身年金を払うよう命じていた。

「おまえのお父さんはやられっぱなしの人間ではないってことがわかっただろう」とラムダンは長男に向かって言った。「治安裁判所では訴訟に負けたんだが、父さんは民事裁判所に訴えて勝ったんだよ」

どうして治安裁判所とか民事裁判所なんかに？　理由はこうだ。メンラドはオーベルヴィリエの鋳造所で働いていた。彼はカビリーの畑でと同じように、休むことなく働いた。毎日残業するほかに、日曜日まで働いていたのだ。まさにそうしたある日曜のこと、レールの上をころがす貨車がラムダンを壁にはさんだ。ラムダンは会社の保健施設に入院し、一週間後には自分でも治ったように思った。外傷はまったくなかったのだが、身体の奥には痛みがあった。医者は退院を促した。ラムダンにとっては仕事の再開は願ってもないことだった。一日も早く借金を返す金を貯めて子供たちのもとに戻りたかった。そこでラムダンは退院し、工場に復帰した。最初の日が終わって居室に戻って来るや、痛みがぶり返してきた。これまでと比べて、はるかに強い痛みだった。半死の状態となり、再び入院することになった。

今度の入院先はラリボワジエール病院で、手術を受けることになった。ラムダンはそこで三カ月を過ごした。子供たちからも故郷からも遠く離れ、痛みと不安のなかで過ごす果てしなく長い三カ月だった。

労働事故の被害者に対して通常支払われる補償金をラムダンが会社に請求したところ、会社はこれを拒否したので、民事裁判所に会社を告訴した。親切な人たちが彼を支援し、助言を与え、訴えに行くべきさまざまな場所を教えてくれた。生涯決して忘れないであろう紆余曲折の出来事の後、ラムダンは当然受け取るべきであった「保険金」と、まったく要求してもいなければ願ってすらいなかった終身年金を勝ち取ったのであった。もしもフルルが奨学生試験の時にこの話を思いつくことができたら、父親の苦労を物語る段落を作文の最後にきっともう一つ書き加えたことだろう。そうしたら採点官たちはフルルの神童ぶりに驚いて満点をくれたに違いない。もちろん神童とは関係ないことだが。

ラムダンの話はすべて過ぎ去った過去の出来事なので、めいめいは結局、ファトマの考えに同調した。ファトマは、家族に約三千フランを一挙にもたらすことになったこの事故を、諸手《もろ》を挙げて祝ったのだった。

ところがこの三千フランをもらうには、父がさらに一年間、家を留守にすることが必要だった。ラムダンはこれを受け入れざるを得なかった。そして腹を縫ったものの借金を払えるだけの十分な金持ちになったラムダンは、昔通りの穏やかな生活を取り戻すべく、フランスから帰ってきた。そのポケットには約一万フランが収められていた！　これに加えてささやかな年金が、嗅ぎタバコ代を死ぬまで保証してくれることとなった。

医者たちは彼に、健全で豊富な食事を取りながら一年間完全に休養することを勧めた。おそらくこの先生たちは、カビリーの男がタフであり、医者の指示に従うのは逆らうだけの力もなくなった時だけなのを知らないのだ。ラムダンは自分が元気であることを医者たちよりもよくわかっている。畑が彼を今か今かと待っているのだ。友人も敵も、彼の様子を探っている。彼がいつだって頑健そのものだということを、これからみんなに見せてやるのだ。こうしてラムダンは二日しか休養をとらなかった。

それは十月のことだった。学校をやめて間もないフルルは毎日のように父に付き添って畑に出かけ、仕事を手伝っていた。すでに牛と羊が数頭ずつ、ロバも一頭買ってあった。家族にはみな一人一人やるべきことがいっぱいあった。良い日々が戻って来る気配が感じられた。父のラムダンは、息子がいっぱしに頼りになるのを見て嬉しく思っていた。まもなく、息子に向かって、もう子供にではなく一人前の青年に話しかけるように自分がしゃべっているのに気が付いた。ある午後、二人はイチジクの簀《すのこ》を入れる小屋のそばにいた。父は、長い留守のあいだにネズミに齧られてしまったロバの荷鞍を修繕しているところだった。

「いいかい、息子よ」と彼は言った。「俺たちには雄牛が二頭いるし、ロバ一頭と羊たちもいる。さらに羊を二頭、買うお金がある。俺たちは二人だ。二人なら無理なことじゃない。春になったら雄牛を売って、もっと若いのを二頭買おう。羊も三頭売ろう。雌牛を飼うこともできるな。油も、うちで使う分のほかにもう少しとれるだろう。今度の夏には、おまえが姉さんたちや妹と一緒に家畜の世話と土地の管理をして、そのあいだに俺が野菜をロバに積んで売りに行こう。そのうちロバをやめてラバにするんだ。そうしたら俺は商売に専念することにしよう。おまえもときどき、俺と一緒に市場へ来ていろいろ学ぶといい。神様のおかげで、俺たちがもう不幸を味わうことはないだろうよ」

父が自分の夢をどんどん語っていくのをフルルは驚きながら聞いていた。これまで考えてもいなかった世界が目の前に開けていく気がした。自分が農夫《フェッラーフ》になり、自分のお陰で家族に裕福な暮らしが訪れるさまが思い浮かんだ。しかしながら少し疑問も感じていた。フルルには別の夢があった。貧乏だけれど優秀な学生となっている自分の姿をいつも想像していた。この苦学生のイメージになじみ、ついにはそのイメージをいとおしむようになっていた。それが彼の理想像だった。ところがたった今、この理想像は父親のみごとな理屈により、五分もたたないうちに亡霊のごとく払いのけられてしまったのである。

それでもフルルは、いちおう気休めにこう呟いてみた。

「でも、もし奨学金がもらえたら？　父さんにお金の苦労をさせずに僕は勉強を続けることができるよ。先生がそう言っていたんだ！」

「まず、奨学金はだめだったんだ。夏休みが終わったのになんの通知も来ないじゃないか。それにだ、お金がもらえるとしても、俺たちが学校向きにできていると思うのか？　俺たちは貧乏だ。学校なんて金持ち連中のためのものさ。あいつらは何年も無駄に過ごし、あげくの果てに落第して、村に戻って怠け者として暮らすこともできる。高利貸しのサイードの息子がそうじゃないか？　ほかにもそういうのがアオグニ村に二、三人いる。俺は知っているんだ。勉強の道というのはとっても難しいんだぞ。フランス人たちがそうおいそれと席をくれるはずがない。それにひきかえここに残っていれば、おまえは俺と同じくらい稼ぐことができる。俺たちは何一つ不自由することがないさ。しかもだ、二年か三年もすれば、おまえもしっかりしてきて、フランスに働きに行けるようになる。そうしたら、二つも免状を持っているおまえはほかの連中よりずっとうまくやっていけるだろうよ。行くんだ！　おまえは俺が経験したようなみじめな目には遭わないはずだ。フランスは、すばらしいところだぞ。行けばわかるさ、おまえなら本当によくわかるはずだ。帰ってきたら、結婚させてやろう。これが、俺がおまえに薦める人生だ。俺たちに合っているのはこういう人生だけだ。弟が大きくなったら、おまえが導いてやるんだ。姉たちや妹が結婚したら、おまえが後ろ盾となるんだ。おまえが何でも俺の代わりをしてくれるようになれば、俺は心安らかにあの世に行くことができるだろうよ」

フルルは黙って聞き、この新しい未来図にうっとりしていた。父親が結婚のことを話した時には、恥ずかしさで真っ赤になって下を向いた。ラムダンは繕っている鞍の方を見ていた。父の話は終わった。その口から出ることはどれも道理が通っていて、反論すべきことは何もなかった。しばらく二人は口を開かず、それぞれにこの重大な話に考えをめぐらせていた。それからラムダンが息子にやるべき仕事を指示した。フルルは素直に立ち上がり、父の言いつけに従うために離れて行った。

その日の夕方、親子が村に戻ると高等小学校の校長からの手紙が届いていた。そこには奨学金の付与が決まったこと、新たな給費生のために席が用意されていることが記され、ただちに登校を始めるようにと告げられていた。まさにこんな風に、偶然はよき人々を試すのを好むのだ。

少年は頭がくらくらした。彼は絶望しかけていたところだった。今や貧乏学生のイメージが、あらゆる魅力を放ちながら戻ってくる。今では現実となりえるだけに、そのイメージは一層フルルの心を惹きつけた。父親もそれを信じ始めた。おかみ《ベイレク》*が毎月息子に百八十フラン下さるっていうのをみすみす断る馬鹿な真似ができるか？　いいや！　そうだろ？

父もフルルも、今さっき畑で思い描いていた夢に戻ろうとは思わない。二人してそれを忘れることにし、もっぱら奨学金や学校や勉強のことだけを話し合う。フルルはその晩、ヒーローとなる。姉たちや妹はすでに尊敬のまなざしでフルルを見つめ、ファトマはお祝いの夕食をこしらえる。当人であるフルルと父親は、少し離れたところで真面目な相談にふける。出発の準備をしなくてはならない、それもできるだけ早く発たなくてはならない。新生活を始めるのはどれだけ大変かと、二人で心配を無数に数え上げる。しかし家には金があるし、「金さえあれば」とラムダンは格言風に言う、「いかなる困難も乗り越えられる」。

ラムダンの言うとおりであった。翌日から真剣に準備にとりかかった。校長に会いに行って必要な情報を得て、登録をおこなった。アルジェに人を遣って必要なものを買い揃えた。たくさんお金を使った。そして新入生は、要る物をだいたい携えて、万聖節の休み明けに高等小学校へ入ることができたのだった。

父のメンラドは愚か者ではなかった。息子が大成しないであろうことはよくわかっていた。しかし町にいればフルルは村にいるより良い食べ物を口にできるだろうし、瞬く間に成長して、故郷で青年たちが送る過酷な生活を逃れることができる。息子の養育を国が助けてくれるというのだから、ラムダンは反対する気はない。彼にとって最も大事なのは、息子が早く一人前の大人になって、家族を養う苦労を分かち持ってくれることだ。

フルルの方はこういう考えになんの悪意も感じなかった。彼はまっすぐな人間だった。ただ純真に、卒業資格を得るつもりで高等小学校へ入ろうとしていた。そのあとは、師範学校に進んで教師になるつもりだ。教師に！　あらゆる職業のなかで最もすばらしく、一番良い給料がもらえて一番苦労の少ない、そしてどんな仕事よりも高貴な職業である教師に！

5

フルルは出発し、家族は急に寂しくなった。みんながフルルのいなくなったことを悲しんだ。家そのものが前より悲しげに思われた。晩ご飯に家族が集まると、何か穴があいているように誰もが感じた。前の日よりも家族の輪がずっと小さくなった気がした。まるで青年が一人で三、四人分を占めていたかのようだった。そしてみんなは彼のことを、もっぱら彼のことだけを話した。姉たちは、将来の偉人に対して犯した自分たちの過ちを思い出し、何千回もあった小さな諍いのたびに我慢してあげればよかったと後悔し、これからはフルルにうんとやさしくし、かわいがってあげるのだと誓った。母親は一口ごとに、このクスクスを届けてやりたいと思った。今晩、息子がどんな風に寝床の支度をするのかを案じた。これからずっと、眠る姿を見守ってくれる人もいないのだと思うと心配でいられなかったのだ。自分がそばにいて面倒をみてやれないのが悲しかった。父親は繰りごとを言う妻を慰めようとしたが無駄だった。ファトマは目に涙を浮かべた。父親はしっかりしなくてはと、二、三度咳払いをした。でも、しまいには彼も庭に出て行って涙をぬぐうのだった。

ところがフルルは、なんの不安もなく、すっかり身を落ちつけていた。母親にも姉たちにも想像もつかないものを食べて、生まれて初めて本物のベッドに入り、家族のことを考えるどころではなかった。彼の過ごしたその日、というよりこの三日間には、実にたくさんのことがあり、まるで夢のなかにいるようだったのだ。それで眠りに就く前に、あったことすべてを事細かに思い返してみなくてはと思った。何か間違いをしていないかを確かめるために、そしてこの幸福が現実のことなのだと確かめるために。

土曜日の晩。彼は自分の家にいた。支給されたわずかばかりの衣類を受け取ったところだ。校長はフルルを寮生に登録するつもりでいたが、お金がないので父親は断った。フルルは通学生として登録されたが、貸し部屋が見つからない。食事の方は街の安食堂でなんとかなるにしても、住むところはどうしたらよいかわからないままで父親は帰宅した。落ち着き先が見つかるまでは、もしかしたらホテル住まいも仕方がないかもしれない。大変な出費になる。ラムダンは困った。息子を一人で町におっぽりだすのか？　それとも寮に入れるためにまた借金をするか？　校長からは、ぜひとも寮にと薦められていた。

日曜日の朝。神様は決して不幸な者をお見捨てにならない。フルルのもとに、アジルという好青年の姿をした神様が訪れた。アジルはフルルと同い歳で、アオグニ村の出身である。高等小学校の生徒だ。フルルのことやフルルの奨学金のことを話に聞き、いろいろ教えてあげようと考えて、わざわざ迎えに来てくれたのだ。アジルのたたずまいに初対面から信頼の念がわいた。アジルは金髪で青い目をしている。口元にはいつも、いかにも親愛の気持を掻き立てるようなにっこりとした微笑みを浮かべている。彼の言葉には、ひどくややこしい事柄を一気にすっきりさせる、すごい力があった。

「僕も通学生なんだよ」と彼はフルルに言う。「それから君と同じように奨学生で、君とは同郷でもある。僕は高等小学校で独りぼっちだから寂しいんだ。よかったら一緒に住んで、友達になろうよ」

フルルはアジルに抱きつきたくなった。アジルは問題を解消しようとしてくれている。遮ったり質問したりしない方がよいだろう。

「僕の父さんは寮費を払えるほど金持ちではなくてね。ティジ＝ウズには、山から来た通学生を寄宿させてくれるプロテスタントの宣教師がいるんだ。僕は彼のところに住んでいる。三十人ぐらいいるかな。もう君のことは話してある。僕たちは一部屋もらえることになっているんだ。電気もあるし、机一つと椅子二つ、そしてベッドも二つある。朝にはコーヒーとパンがでて、しかもこの全部がただなんだ。布教館の場所は学校のすぐそばだよ」

本当に信じられなかった。アジルの説明によれば、宣教師というのは貧しい人を助けるのを目的とする慈善家で、だいたい白衣神父《ペール・ブラン》みたいなものだけど、ずっと気前が良くて口うるさくはないそうだ。不幸な山の子たちをこんな風に面倒見てくれる代わりに、毎晩、宣教師様は寄宿生を会堂に集めて自分の宗教の話をし、助言を授け、教え導くのだという。すばらしい。フルルは大満足であった。即座に承諾した。いくつか具体的な忠告（持っていく荷物、お金、本など）をもらったが、うわの空でしか聞いていなかった。翌朝の待ち合わせを約束した。フルルは新しくできた友達と別れるのは残念だったが、準備を終えなくてはならなかったし、父親にこの朗報を知らせて悩みを晴らしてあげなくてはならなかった。さて、ラムダンは息子の話すことがとても信じられなかった。奇跡だ。神様が助けに来てくださったのだ。

月曜日の朝。八時までに着くよう急いで出発する。初めてのバス！　これは夢なのか夢でないのか？　宣教師のランベール氏には会わず、先に学校に行く。フルルは大勢の生徒たちに囲まれすっかり動顚していて、何が何だかわからない。ほかの生徒たちと同じブレザーの制服姿だ。ネクタイは学校に入る前に、アジルがいかにも慣れた手つきで丁寧に結んでくれた。誰もフルルに注意を払っていない。フルルはアジルの後ろに隠れて歩き、わけもなく絶えず赤くなる。口を開くのが怖い。何人かの生徒が、フルルの友達に挨拶するついでに彼の手を握る。みなにならって、先生の前を通るときには帽子を取るが、先生の方はまるでしらんぷりだ。教室に入る。鞄から何でもいいから他の生徒と同じようにノートを取り出して、先生が講義することを機械的に書き取る。自分では何一つできず、他の生徒たちのしぐさを真似た。幸いなことに、誰も自分の存在に気づいていない。放っておかれている。責め苦は一時間続いた。息が詰まり、自分はここに居るべきではないと感じる。じゃあ出ていけ、ヤギの番人あがりめ！　大きなガラス窓、ぴかぴかに輝く新しい机、触らないでも汚してしまうのではないかと心配になるほどきれいなものばかりあるこの大きな教室が、彼に向いているというのか？　丁寧な言葉で話し、説明や質問をし、みんなに恭《うやうや》しく「あなた」と呼びかけるこの美しい御婦人が、彼に向いているというのか？　良い身なりをして上品に育ち、とても賢そうに見えるこの少年たちみんなの仲間となるにふさわしい顔つきを、彼がしているというのか？　フルルは、自分が目も眩むこの新しい社会のなかに割り込んできた闖入者であるように感じた。それほど離れていない席に座っているアジルがときどき振り向いて、励まそうと微笑みをかけてくれる。感謝の気持ちがあふれてくる。休み時間になると、少し落ちつきだす。生徒たちは、最初の日はおおむね親切である。他のクラスの子たちは彼に気づきもしないが、級友たちは逆に——少なくともそのうちの何人かは——彼の注意を引こうとかまってくる。笑わせようと無理をして冗談を言う者もいれば、フルルも十分に理解している定理を大仰な身振りを交えて説明してくれる子もいるし、あるいは通りがかりに、「カミーユの呪詛」を暗唱してみせる子もいた。自分と親しくなろうとしてくれる生徒たちの一人ひとりを崇めたいような気持になった。その気持ちは学校じゅうの生徒にまで及び、これらのまばゆい才児たちのなかで、自分だけが小さく、冴えない、哀れな存在であるように感じた。

十一時、フルルは親友と一緒に安食堂で昼食を食べる。スープ、肉の入ったじゃがいも料理、そしておしまいにサラダ。すごいご馳走だ。なのに喉を通らない。食欲が湧いてこない。胃がきりきりと痛む。

四時、ランベール氏のところへ連れて行ってもらう。

ランベール氏は実にすばらしい人物である。やや屈み気味の高い背丈、士官のような少し強張《こわば》った歩き方、美しい顔を縁取る長い髭などが、怖れとともに尊敬の念を掻き立てる。また、抑制のきいた、重味のあるしっかりとした声をしている。しかし、そばに近寄り、やさしさと素朴さのあふれる腹蔵のないまなざしで見つめられると、その尊敬の念はただちに絶対の信頼へと変化する。どうしてもっと早くこの第二の父親とめぐり合わなかったのかと、誰だって不思議に思うはずだ。持ち前の率直さですっかり相手を魅了しながら、自分にはあなたを教え導く義務と力があるのだと述べる。誰だって喜んで意に従うはずだ。高等小学校の生徒はみな自分の責任の重さを感じ、たえず反省を繰り返している。両親が苦労して学費を出してくれている、だから自分が必ず成功しなければならない、と。したがって、やるべきことは実に明快である。「ランベール生」たちはそうではない。こういう責任は宣教師が黙って肩代わりしてくれている。彼に庇護されている生徒たちの目標はただ一つしかない。彼を満足させることである。そして彼が満足するなら、どんな親も満足しないではいない。彼の館に住む根なし草の生徒たちにとって、彼は時に応じて厳しい先生でもあり、見守ってくれる父親でもあり、遊び友達でもある。

フルルは彼に好印象を抱いた。

「君がメンラドか！」

「はい、ランベール様」

「やめなさい！　はい、隊長って言うんだ」

「はい、隊長」

「アジルから君のことは聞いているよ。君はアジルと相部屋だ。必要なものは全部揃っている。ここの慣習にならってもらうことになるからね。行儀はよくないといけない。君がタバコを吸わないといいんだが」

「私は吸いません、隊長」

「よし。少し君の家のことを話してくれるかな」

メンラドは家族が何人いるか言った。家計の状況をかなり正確に話した。すると宣教師はすぐに、この子がまったくの貧乏であることを理解した。また一人増えた。

「君には奨学金がある。それが絶対に大事だ。もらい続けるには、しっかり勉強しなくてはいけないぞ。ここの学友たちはみんなとてもよく勉強する。それを真似るんだ。それからボーイスカウトをやってもらうぞ！」

「はい、隊長」とメンラドはとりあえず答えた。

「どういうものなのかはそのうち説明がある。じきわかるようになるさ」

フルルはすっかり緊張をほどいてこの善意の人のもとを去った。「ランベール生」たちの大きな家族の一員に間違いなく自分もなったのだと感じていた。そう思うと元気が湧いてきた。その晩、何人もの「ボーイスカウト」を見かけたが、彼らはとりわけやさしく親切な印象だった。

今や最初の一日が終わり、小さなベッドで眠りにつく前に、フルルはこうしたことすべてを回想した。彼は幸福を感じ、神に感謝した。弟や姉たちや妹、そして両親のことは考えなかったが、山に残って羊飼いとなった幼なじみのアクリのことを思い浮かべた。メンラドの方は想像を超えたこの環境に身を置いて自分を伸ばしていくことができるのに、アクリはこれからもずっと羊飼いをするのだろう。「それだって勉強を積むのと同じくらい立派なことだ」と呟いてフルルは眠りに落ちた。

6

高等小学校からほんの道一本隔てただけのランベール布教館は、町の高台にある。その敷地は一辺六十メートルほどの正方形をなしている。建物の一つの角の一、二階が宣教師の家族の住まいで、その脇に礼拝室がある。これはがらんとした大部屋で、椅子が並べてあり、黒い机が一つとオルガンが一つ置かれていた。ロの字型の一つの辺全部を生徒たちの部屋が占めており、一階に六室、二階に六室が設けられている。建物で囲まれた内部には中庭があり、手入れのよい庭園と緑陰の池、そしてあずま屋が二つと大きなベンチが二つある。この温かい雰囲気の寮で、メンラドとその親友アジルは猛勉強の四年間を送った。ここで二人は努力することの純粋な喜びを数え切れぬほど一緒に味わったのであり、二人はけっして時が摩耗させることのない固い友情の絆を結んだのである。それはひたすら互いを敬い、互いを理解することだけを目指した友情であった。

メンラドはまもなく、能力の開花を妨げていた劣等感から抜け出した。級友たちがみな「鬼才」だというわけではないのがわかると、優等の成績を取ると固く心を決めて勉強し始めた。まもなくフルルは親友とともに「ガリ勉」として通るようになる。二人ともこの渾名《あだな》を侮辱だとは感じなかった。そう呼ばれることに異存はなかった。そのうちまわりは二人を放っておくようになった。

毎週日曜日は、隊長の指揮のもと一同そろって森に出かけ、二人もボーイスカウト活動の初歩を教わった。宣教師のような大の大人たちがこんな子供っぽいことで時間の無駄遣いをしているのを知って、フルルは驚いた。それじゃあ、故郷の羊飼いたちもボーイスカウト活動をしているっていうことか？「ボーイスカウト憲章」の理論や教訓やさまざまな条項に非難の余地はない。しかし、教訓というものはいかなるものもみな非難の余地のないものである。二人の若者の熱は、あるスカウトの青年がみずからの憲章に反して偽善的で嫉妬深く嘘つきであるのを知ると急速に冷めていった。たしかに隊長は最も厳格な意味でのスカウトであった。でも、それは例外であった。というわけで、同郷の二人はまもなく日曜の遠出をただ課された苦役としてこなすようになった。二人にはスカウトの階級を欲しがる様子は全然見られず、関心はひたすら勉強に向けられていた。隊長はそれに気づいたが、二人の生活態度は申し分のないものだったので、まことに正しい人であった彼は、それ以上何も求めることはなかった。

礼拝室での夕べの集まりでも二人は同じようなふるまい方をした。きちんと毎晩参加し、聖書の章句をみんなと同じように読み、まじめに讃美歌を歌い、隊長の説教を謹んで聞き、部屋に戻ると中断された勉強を即座に再開した。二人が聖書の言葉の注解を求めたり、宗教の奥義を調べに図書室に赴いたり、自分たちのために祈ってくださいと隊長に頼むことはなかった。心からであるのも、そうでないのもあるこうした訪問はよくあることで、宣教師はそれを喜んで受けていた。しかしこの二人については、彼は心をつかんでいないことをよく知っていた。二人の小さな意志は一つに結束しており、これを手なずけることは難しく、引き離すことは無理であった。しかしながら、そうした態度の裏に悪意は寸分もなかった。プロテスタント教に対してはいささかも反感を抱いていなかった。反対に、だんだん時間が経つうちに、その単純さと寛容さに好感を覚えだした。旧約聖書にも新約聖書にも精通するようになった。教わったキリストを称える讃美歌を、自分たちだけで歌って楽しむことすらあった。しかし心のなかでは、これまでに見慣れてきたやり方で祈ることが多かった。こうしたこと全部が、自分たちの目標とは関係ないと二人は思っていた。

宣教師のところに住む二人の目的は、必死で勉強して成功することだった。それ以外は眼中になかった。邁進する二人の意志は猛烈で、決心は何があっても揺らぐことがなかった。十五歳から十九歳まで、勉強一本やりの四年間を二人は嬉々として過ごした。傷つきやすい青年期の、誰にとってもその後の人生の健康と幸福の土台を作る貴重なこの年月を、二人はこのように過ごしたのだ。昼は教室での勉強。夜は夕べの礼拝の後、十時までは電灯で、そのあとはローソクの灯《ともしび》一本で勉強し、十二時か一時よりも前に寝ることはけっしてなかった。本を前にして突っ伏した二人が、カビリーの村の礼拝呼びかけ人《ムエッジン》が一日の最初の祈りを呼びかける夜明けの吟唱の声で、はっと目を覚ますことも一度ならずあった。

ああ、冬の長い夜！　二人は一生忘れることがあるまい。館じゅうがひっそりとしている。外は風が吹き、雨が瓦を打って音を立てる。みんな寝ている。ただ二人の部屋だけが、鎧戸の隙間から頼りなげな弱い明かりを漏らしている。ローソクの灯だ。二人は外套《ブルヌース》にくるまって椅子に座り、差し向かいで、それぞれ開いたノートに相対《あい》している。二人はしゃべらず、じっと本を読んでいる。眠気と闘っている。哀れな頭は疲れきって、そばの部屋で健やかに眠っている学友たちを羨ましいと思っているが、それでも頑張り続ける。先に寝ようと言った方が、翌日相手から非難される。四年のあいだ、二人は一日も欠かさず、習っている課を隅々まで理解し尽くし完璧な自信を携えて教室に行ったのだった。のちにメンラドは、師範学校に入り同じだけの努力がもうできなくなった時、自分がいかに無駄な努力を費やしてきたか、各課に書かれていることを闇雲に全部覚えようとして、いかに健康を損なう危険を冒していたかということに気づき、我ながらあきれ返ることとなる。

このようにがむしゃらに勉強に打ち込むだけでなく、二人はできるかぎり切り詰めた生活をしようと努めた。理科の本で、カロリーとか一日の最低必要摂取物とか成長期の必須栄養素とかを読んでも無駄で、端《はな》から信じていなかった。二人でコンロを買い、部屋で自炊した。食べたのはじゃがいもで、ひたすらじゃがいもだった！　なんと言っても調理が簡単で、それにおいしい。とくにメンラドにとっては、じゃがいもは味わい深い思い出とつながっていた。それでも二年が終わる頃には正直うんざりしてきた。じゃがいもを再びおいしいと思うには、何年かのち、アルジェの最高級のレストランに行くようになるまで待たねばならなかった。アジルの方はどうか。いつかあなたが彼と知り合いになったら、ぜひじゃがいもについて聞いてみていただきたい。さて、ときどきは目先を変えて、十一時に冷たい食事を大急ぎでとることもあった。二人でパン半分、七十サンチームのジャム二瓶、それだけだ。毎月支給される百八十フランのうち、二人はそれぞれ八十フランだけを使い、残りは両親に渡したのだ。

ところで、父ラムダンとアジルの父モハンドは、ときおり子供に会いに来て泊っていくことがあった。二人とも、こんなにも節約家でこれからもずっとそうすると約束してくれる息子を持って喜んでいた。父ラムダンはとても幸せだった。村の誰もが息子のことを良く言ってくれたし、ほんとうに学費はまったくかからなかった。しかしながら、息子の手が借りられなくなって困ったことにも触れておくべきである。ほどなくラムダンは二頭の雄牛を諦めて手放し、イチジクとオリーブの畑だけに専念することにした。夏休みに学生が帰宅すると、羊飼いがするのとは違った食事をさせてやらずにはいられなかった。朝には一杯のコーヒーを、またときどきは肉を出し、クスクスには少しセモリナ小麦粉を使った。贅沢が少しずつメンラド一家に忍び込んできた。家族はだんだんそれに慣れ、節約は忘れられていった。青年が修了試験を受けた時には、洋服の新調とアルジェでの滞在費の工面のために借金をせざるをえなかった。ラムダンは高利貸しを訪ねるのを長らくためらった。しかしひとたび行ってしまえば、苦境から救い出してくれる融資のありがたさにはまるのは簡単だった。しまいには、味をしめて長期の貸付けを重ね、要るたびに金を借りるようになった。もう闘いに疲れ、骨折りもご免だった。時代はどんどん厳しくなっていった。ラムダンは一家を支えるという難儀な荷を下ろして高利貸しのなかでも最もあこぎな人に頼った。この金貸しはうまく膨らませた借金の重荷を、この先好きな時に、フルルの真新しい肩にずしりと負わせることとなるのである。

勉強に専念していたフルルはこうしたことに少しも気づかずにいた。それに、父親はどの道ほかにやりようはなかったのである。大事なのは金貸しを見つけることであった。子供たちは今やみな大きくなり、その分、物要りになった。家族の人数は多く、一人ひとりがますます多くを必要とするのに、父親の力はだんだん衰え、収入は変わらない。イチジクが数袋、ブドウが振り分け籠《シュアリ》いくつ分か、油が数十リットル、それだけだ。結婚の年頃を迎えたバヤとティティは、求婚者が現れるよう良い服を着せ、ちゃんと食べさせなくてはならないし、もう畑を駆け回らせるわけにいかない。学校に行かせている息子はむろん大事な時期だし、その弟のダダルと父親がろくろく食べてもいないことには誰も気がまわらない。それに、成功の望みがみんなの心にだんだん根を下ろし、そのうち自分たちは裕福になるのだと高をくくり、未来につけを廻し続けるのであった。

バヤの結婚はあらゆる点で惨憺たる悲劇だった。わが家は貧乏で、そのわが家からバヤは貧乏人のところへ嫁いだのだ。しかもこの貧乏男はすでに何度も結婚を重ね、そのすべてを破綻に追い込んでいた。彼の家にはわがもの顔で権力をふるう姉が一人いて、父親と母親は嫁を守ってやる力を持たず、娘に唯々諾々と従うばかりであった。この娘は義理の妹たちをことごとく目の敵にした。夫の方は自分が食べられればそれでよく、モール式カフェで日がなたむろし、算段がつきさえすれば、季節が来るたびに新しい嫁を迎えるにやぶさかではなかった。こういう暮らし方に飽きてくると、両親と妻たちを放り出してフランスに出かけた。そして二度と帰って来なかった。バヤは赤ん坊を一人抱えてメンラド家に戻ってきた。赤ん坊は温かく迎え入れられた。それというのも大人ばかりのこの家に、笑顔と無邪気さを届けてくれたからである。

反対にティティの結婚は本当の結婚だった。いかにも長続きしそうであったし、実際にそうなった。夫のベライドには父親も母親もなく、姉妹もいなかった。将来平穏に暮らせる保証が得られたようなものだ。フランスでどのようにしてかは誰も知らないが十二年ほど過ごして戻ってきた男だった。職を転々とするのにも疲れて生まれ故郷に戻ってきた彼は、ここで一生身を落ちつけるつもりになり、一家を構えたいとメンラド家の父親に申し出た。ベライドがとくに貯めるつもりもなしに貯めて持ち帰ったわずかな金を、メンラドと一緒に使った。何にもない家ではあるが、ティティは結婚すると同時に家の女主人となった。

ベライドは自分と義父の貧乏を一つにつなぎ合わせ、遠慮会釈なく家族のなかに入ってきたが、それは復活祭の休みと夏休みのあいだのことだった。フルルは学校から戻ってみて、義兄が自分の両親の家にすっかり根を下ろしているのを知った。ベライドはカビリーの仕事にはほとんど慣れていなかったけれど、というよりたぶん、何であれ仕事というものに慣れていなかったけれど、精一杯手を貸していた。仕事に不慣れだった代わりに、おしゃべりは得意だった。彼の舌はのべつ幕なしに話すことに慣れていた。まさに疲れを知らなかった。自分についてよく話し、それ以外の話題は皆無だった。自分の良いところ、自分の知っていること、自分の頭の良さ、自分の計画などを話した。フルルは最初、厚顔無恥なこの闖入者を見て唖然としつつ敵意を感じていた。しかしベライドの欠点は、ただこのたわいもないしゃべり癖だけで、その心は単純で善良だった。村には遠い親類がいるだけだったので、初めからどこへも寄らずに、全幅の信頼を寄せてメンラド家へとやってきたのだ。そのことを理解すると、フルルは義兄を受け入れた。彼がフランスとフランス事情について知ったかぶりで話すのを聞くのも、それなりにおもしろいとさえ思うようになった。さらにはベライドのことが好きになりだし、ベライドがたぶん自分が学業を終えるまで父の支えとなってくれると考えて、とても嬉しくなった。

フルルの考えは間違っていなかった。ベライドはこの上なく心根の善良な男だった。しかしながら、人は定められた運命《メクトウーブ》*を超えることはけっしてできない。ラムダンは借金をして、婿の最初のフランス行きの旅費を出してやった。この渡航は期待どおりの結果をもたらさなかった。「一家は運がない」とベライドはたえず手紙で繰り返した。彼は仕事を見つけたのだが、辛くて、実入りのよくない仕事だった。満足できないのも当然だった。力がそれほど強くもないし、厳しい仕事に慣れてもいなかった。工場で一週間一度も休まずに働くことは稀だった。仕事の後、ほかのカビリー人たちのように、部屋で簡単に自炊するなんていうのはまっぴらだった。ベライドはデリケートな人間で、だからレストランで食べる以外ありえなかった。ときどき仲間たちと「憂さ晴らしに」酒を呑んだ。口癖どおり、「自分の地位にふさわしく」洒落た身なりをするのが好きだった。寛大な人には十分理解できるものかもしれないこうした欲求をまずは全部満たし、それでもいくらか余っていれば義父に送金することで責務はすっかり果たしたものと確信するのだった。

ラムダンとその息子は、ベライドが奇跡的に舌だけを動かしていればよい工場を見つけ、しかも生活費が――ワインの小瓶代こみで――支給されるのでなければ、一家に運が向くことはとうていあり得ないと観念していた。

ベライドは帰郷し、できるかぎりの努力を尽くしたことを弁じ立てた上で、再びフランスに戻って行った。その結果はあいかわらずの不運となった。こうして彼は、何度も渡航を繰り返すことになるが家族の状況は一向に良くならず、負債だけが着々と増えていった。

そうこうしているあいだ、ティティは子供を産み始めた。まずは女の子、その次もまた女の子を出産した。これからもどんどん産みそうだった。こうしたすべての負担にすでに今から押しつぶされる思いでいるフルルの絶望感は、果てしなく重くなった。

ベライドは前にこんなことをフルルに言っていた。「育てあげる力がないなら、子供なんて持たない方がいい」。フルルにはわかり始めた。もちろん姪っ子たちは、口だけは達者な父親を当てにすることができないわけではない、だがあの娘たちが将来実際に頼るのは、まず、叔父の私であるだろう。

7

師範学校への入学試験は一週間かけておこなわれた。土曜の夕方、ギユマン大通りの学校のバルコニーの上から、メンラドと二十人ほどの受験生の合格が発表され、彼は嬉しさのあまり我を忘れた。

笑いは浮かばなかった。泣きもしなかった。蒼白になり、口を開いたまま、試験官をじっと見つめていた。心臓が早鐘のように打っているのがわかった。身体のなかが空っぽになったようで、頭のなかにはいちどきに沢山のことが浮かんでごちゃまぜになっていた。本当に合格したのだろうか？　ずっと描いてきた夢がついに実現したのだろうか？　地上の楽園への切符が手に入ったのだろうか？　とても信じられなかった。では将来、自分は教師になれるのか？　小さい時から手の届かない理想だったあの師範学校に、自分が行けるのか？　では両親は？　家族は？　これでみんな、安心して暮らせるようになるんだ。

「ああ幸せ！　なんて幸せ！」とメンラドは繰り返した。

たしかにそうだ、彼は幸せだった。自分の顔も身体も何も変わっていないのが不思議なぐらいだった。これほどの喜びに浸っている時には、たとえば空を飛べてもおかしくない。でも、どうやら飛べないことは間違いなかった。歓喜が身体じゅうに満ちわたり、それで窒息しそうなほどで、自分の外にまで溢れ出していた。それがよくわかった。きつい服みたいに自分の身体が窮屈に感じられた。脱ぎ捨ててしまいたいような気持ちだった。人間というのはそれほど弱い生き物で、大きな悲しみにも、極度の喜びにも耐えることができないのである。この世には完璧な幸福は存在しないと本でも読んだし、よく人からも言われてきた。おそらく、それは私たちの弱さのせいなのだ。

少なくともわずかのあいだは、メンラドは完璧に幸せだった。学友たちに抱きついたし、できれば自分自身を抱きしめてやりたかった。これまでの恨みも嫉妬も忘れ、自分を嫌っている子たちのところにも行った。皆を喜ばせたいと思ったし、この天にも昇る悦びを分けてあげたかった。だが、それはできないことだった。受かったと思っていたのに落ちた子もいた。そういう子たちは、どうしようもないほど落ち込んでいた。平静なそぶりの子や露わにそねむ子もいて、メンラドに皮肉いっぱいの薄笑いを向けたり、不愉快な言葉を投げてきたりした。その一つひとつにひどく傷つけられ、心に痛手を負った。泣き出したい気持ちになった。やがて、この成功を喜ばしく思っているのは自分だけなのだということに気がついた。最初手放しではしゃいだことが恥ずかしくなり、感情を内に押し込めながら、喜んだ自分のことを悪く取ったり素直な気持ちを表わしたのにそれを嫌味だと受け取ったりした学友たちに軽蔑を抱いた。ああ嫌だ！　この世に完璧な幸福はないと言った人たちは正しいのだ。友人たちこそ、まっさきに幸福に翳を差すものなのだ。

それでもメンラドは、一点の曇りもないこの喜びを両親はわかってくれると思って心を慰めた。それは間違いではなかった。家族は全員、この試験の意味するところを正確に理解していた。自分たちの息子が家族を深い泥沼から救い出してくれるという確実な保証を得たのである。皆は神を称えた。しかし、この喜びを近所の人たちや親類や友人と分かち合おうとしないだけの分別はしっかり持っていた。

フルルは師範学校に入学し三年間を過ごした。――それ以上、言いようがないように思われる。彼は今でもこの三年間をとても貴重なものと考えているし、この三年間は人生のなかで格別の意味を持っているので、まさしく経験したとおりに、あるいは思い出として蘇らせたいとおりに蘇らせる筆力もないのにこの年月について語ろうと試みることは、冒涜だとさえ思われる。しかしながら、その一切はまことに単純だった。師範学校《ブーザ＊》でフルルがしたことは、数語に要約できる。青年として入学し、学校が彼を一人前の大人に、そして教師へと育て上げたのだ。どこで過ごそうと、たとえば自分の村に留まっていたとしても一人前の大人になったであろうことは、十分にわかっている。しかし、もしそうだったら今とは全然違った大人になっていたはずだ！

メンラドはカビリー人である。それは落ち度でもなんでもないはずだ。フランス人のことは幼い頃から見て知っている。最初に見たのは憲兵たちだった。憲兵たちがやってくると、フルルはほかの子供たちと一緒に広場《ジェマア》から逃げ出したものだ。それから子供たちは、村の長《アミン》も一緒なのに気づいてみんなでほっとし、元の場所に戻って来た。とはいえ、恭《うやうや》しく少し離れて陣取り、何か少しでも危ないことがあったらすぐに逃げられるようにしていたものだ。そうしながら、こんなにも白くて清潔で、立派な身なりをしていかにも強そうで、そして自分たちにはとてもわからないフランス語を話す男性たちを、感心して眺めていたものだ。村の長《アミン》が悪い人を震え上がらせる時にいつも名前を出した行政統治の一番上の人物には、当時のフルルは一度もお目にかかったことがなかった。それでもやはり、彼はフルルにとって恐ろしい存在であり、同様に、欧州人《ルーミー》たち全員を怖いと思っていた。

もっと後になって高等小学校に通うようになると、この恐怖は完全に消えはしないものの、ある種の敬意へと形を変えた。自分とは別の出自の、一見して明らかに自分よりも裕福で見かけがよくて知性に富み、より幸福そうな、そしておそらくより徳の高いはずの人々を前にすれば誰でもが知らず知らずに覚えてしまう感情があるが、これはそれに近いものだったと言ってよい。事実そんな思いを、カビリー人の生徒たちが言い交わすこともあった。優雅な紳士《ムッシュー》や美しい御婦人を見かけるとすてきだと思わずにはいられなかったし、こういう人たちはきっと卑劣なことなどできるはずがないと空想した。ただいくら彼らをすてきだと思っても、尊敬の念や親愛の情を感じることはほとんどなかった。なぜなら田舎町に住むフランス人というものはお高くとまって、よそよそしい連中であるからだ。彼らは現地の人を蔑み——それも仕方がない面もあるのだが——、なんとしてでも特権的地位を守ろうとし、自分たち以外の人間には目を向けようともしないからである。フルルは若くしてこうしたことを学んだ。そしてしまいにはこの事実を受け止め、優れた者がいて劣った者を嫌うのは自然の法則なのだと思うに至った。

教師たちもあからさまにフランス人生徒や寮住まいの何人かの生徒を贔屓した。自分は宿命的に劣った嫌われ者なのだとフルルは感じ、そのまま諦めた。

師範学校の先生たちがくれた最初の、そして最高の贈り物は、フルルに尊厳を取り戻してくれたことだった。だからここの先生たちのことは忘れようにも忘れられるはずがない。そこでは垣根が取り払われ、「フランス人」も「原住民」もなかった。あるのはただ生徒と先生との関係だけで、しかも先生たちは誠心誠意、親身の指導にあたってくれたのだった。自分の人生のなかの最も貴重なこの時期のことを捻じ曲げたり想像で勝手に変えて話したりする人がいると、それが誰であれ、フルルはどうしても許せない。ここの先生たちをフルルは今でも慕っており、ぜひみんなには真実を知ってほしい。真実をわかってもらえさえすれば、フルルの愛着も理解されるはずだ。校長をはじめとして教員たちの第一の使命は、原住民の生徒の頭から不信感や不安感や劣等感を根こそぎ取り除くことにあった。先生たちは一丸となって、最初からいきなり彼らをほかの生徒たちとまったく同列に置いた。全員をただ単に、生徒として扱ったのである。そして生徒として、教師の関心を降り注いだのである。その見返りに教師たちが得たものは、絶対の信頼であった。まだ若い貪欲な精神が経験豊かな教養ある人間の精神に傾ける信頼、熱しやすい青年の心が誠実で善良な心に対して抱く信頼である。次に教師たちが生徒たちみんなに教えたのは、善を愛し悪を憎むことであった。たしかに、それには三年が必要だった。三年のあいだ、若者たちは来る日来る日も、二十人におよぶ大人たちが、なすべきことを過《あやま》つことなく、しかもごく自然になす姿を目にし続けたのである。教員たちの誰もが美徳について話したというわけではなく、教師はそれぞれの教科を教えただけである。だが、その姿が美徳にあふれていたのだ。また、教師たちはそう強いられてもいた。実際、教師たちのどんな些細なふるまいも、どんな小さな行動も、二十歳かそこらのこの生徒たちによって意味を量られ、善し悪しを問われていた。そしてそのことを教師たちは十分に知っていたのである。

　どれだけ記憶を掘り返してみても、フルルはどの先生にも非難すべきところを何一つみつけることができない。こう思っているのはたぶん彼一人ではないはずである。そしてそれはフルルが三十歳を過ぎ、一家の父親になった今でも変わることがない。とはいえ、師範学校《ブーザ》についての彼の見解がまったく不動のものだとはお考えにならないでいただきたい。田舎に帰り、社会生活のなかで次から次へとやってくる苦労の種や抜け出せない問題、失望せざるを得ない出来事や悲惨そのものであるような状態にどっぷり浸かるようになってみると、教育活動を通し、またみずからが模範となって、誰にも信じられないようなたくさんのすばらしい事柄を彼に教えてくれたあの人たちは、ちょっと頭がおかしかったのではないかとさえ思えてくる時が、フルルにはしばしばある。

　フルルがしょっちゅう思い出しては、胸がいっぱいになるこんな話を紹介しよう。二年生のときのことで、数学の学期末試験のあとだった。うまく答案が書けず、フルルはとても悪い点をとった。ところが数学の成績は、高等教育免状の第二学年の要件のなかで一番重要な項目だったのだ。フルルは校長に呼び出された。もちろん、お褒めの言葉をもらうためにではない。

「さて、メンランド君。君の数学の点は実に惨憺たるものだ。でも数学が第二学年のとても大事な科目だということは君もわかっているのだろう？　どうしてこんな成績を取ったのか説明してごらんなさい」

「数学の勉強をさぼったつもりはありません、先生。でも解答できませんでした。どうしてなのか自分でもわかりません」

「学期末試験だよ！　授業でやった問題ばかりだ。君はよく復習しなかったのだね？」

「いいえ、やりました、先生」

「そんなわけはない！　勉強しなかったのだ。それ以外ない。君がこんな勉学態度をとるとは思わなかったよ。もう下がってよい。君には失望した」

「先生！……」

「じゃあ聞こう。もしこの落胆を覆せるような理由があるというなら、かまわず話してみなさい。何があったのだね？」

「先生」とメンラドは一息に言い切った――「教室に入る直前に家から悪い知らせが届いたんです。これがその手紙です」

「わざわざ私に見せてくれなくても大丈夫だよ」と、突然やさしい口調になって先生は言った。「どんな悪い知らせだったのかだけ教えてくれないか。ご両親のどちらかが病気になったとかかい？」

「いいえ先生、そうではなくて……」

「そうではなくて、何だい？」

「手紙を書いてきたのは僕の弟なんです。その前に僕は、少しだけお金を送ってほしいと父に頼んでいたんです。どうか手紙を読んでください。これがその返事なんです」

先生はついに手紙を受け取ることにした。金の無心に対する返答として、ダダルは兄に、自分たちの方がフルルよりも、もっとお金に困っているのだと書いてきていた。まだ冬は長いのに、家族全員分に大麦がわずか二十リットルと現金が二十五フランしか残っていない。フランスにいるベライドは何も送ってきてくれないし、高利貸しは今では相手にもしてくれない。だから、フルルの方に、なんとか家族を窮地から救う方法を、せめてひと月かふた月食いつなぐためのお金を見つけてほしい、と頼んで来ていた。それを見つけるのは、代数の問題を解くことよりももっと難しいことだった。

先生はフルルに手紙を返した。

「次の学期は頑張ると約束するね？　期待しているよ。君のような境遇にいる人間は、しっかり勉強しなくてはならない。君にはしつこく言うまでもあるまい。ともかく、ご両親の抱える心配事で、君自身があんまり頭を悩ませるのはよくないことだ。ご家族のみなさんが飢えて死ぬようなことはあるまい」

メンラドは先生のやさしい言葉に感謝を述べ、退出しようとした。

「待ちなさい、君がご家族にささやかな援助を送れるよう、渡すものがある。拒んではいけないよ。私がこれをあげるのは、君に対してではないのだからね。さあ六百フランある。日曜日に為替でご家族に送りなさい。このことは誰にも言わないように。ほら遠慮しないで！　もしそうしたいなら、君が教師になったときに返してくれればいい」

だが、フルルがこの金を返すことはついになかった。彼の敬愛する先生は一年後、不慮の事故で亡くなってしまったのだ。しかし、カビリー教師の書類のあいだを探してみれば、光沢紙の封筒に、アルジェの新聞の切り抜きとともに収められた一枚の写真を見つけることができるはずだ。そこに写っているのはフルルの恩師で、フルルはこれからもずっと、まるで形見の品のようにそれを大切に保管し続けるだろう。

また同期の学友たちのことも、フルルが忘れることはあるまい。その一人ひとりの良い思い出をフルルは故郷に持ち帰った。たしかに級友たちには欠点もあったろうが、それはフルルだって同じだ。今では、良いところしか思い出さない。彼らのことを懐かしい気持ちで思い返し、あの頃と同じままのみんなに、また会いたいと思う。だが、今はもう昔と同じでいるはずがないことを、フルルはよくわかっている。では自分は変わっていないだろうか？　過ぎ去った時はけっして戻らない。考えが変化し、気持ちも移り変わり、過去はかすんでいくものだ。ときにはかえって、それを面白がることもある。学友の何人かはすっかり田舎町のフランス人になっているかな？　ほかの、原住民生徒のいく人かはもとの不信感に埋没して、敬意なんて忘れてしまっただろうか？　こういう嫌な想像は極力しないように努めている。

あらゆる思い出のなかでもひときわ愛おしい師範学校時代の回想をする時、フルルは好んで卒業パーティーのことを思い浮かべ、そしてそれより後のことはけっして考えないようにする。先生と生徒が一堂に会した和やかな宴だった。閉会にあたってのスピーチもなければ、仰々しい挨拶もない。さりげない言葉がそっと先生から生徒にかけられたり、生徒どうしで交わされたりして、これだけは気をつけてなどと相手を思いやる。少しだけ涙ぐんだり、感動を込めた握手が交わされたり……。そして別れて行ったのである。

8

師範学校での年月はフルルの人生のなかでまったく別個の、一言で言ってかけがえのない期間を成している。愛情に満ちあふれていたことや、この教育機関の比類のない知的な充実ぶりと道徳的な豊かさはむろんのこと、この学校がさらに一層この青年にとって貴重であるのは、ここでの年月だけがフルルがフランス人と本当に一緒に過ごした期間だからである。師範学校に入る前はフランス人とはほとんど接することがなかったし、三年間が終わった後は元のように遠くから彼らの姿を眺めるだけになる。フルルは初等教員の免状と山のような思い出ととびきりの感動の数々を携えて故郷の村に戻っていく。

ふるさとに帰るフルルの頭に、高等教育修了資格試験の問題文がよみがえってくる。「自分のまわりにいる人々に目を向け、互いを知り、愛しあうことを学ばねばならない……」。まさにフルルは師範学校で自分のまわりにいる人々に目を向け、愛することを学んだのだ。そして、そのご褒美も得た。「学び舎《や》」を卒業する時、学年の最良友人賞を受賞したのだ。誇らしいことである。フルルにとっても、その級友たちにとっても、これは誇るべきことである。彼が過ごしたこの小さな社会は実に麗しいものであった。

しかしよく考えてみれば、師範学校生たちの作るこの世界は、フルルが懸命に言い立てるほど理想的なものではなかった。瑕疵《きず》もあった。無頓着な若者たちはそれをさらりと流していた。加えて、生徒たちには利害の衝突というものがなかった。師範学校生たちが理想主義者を演じていられたのも、このようなわけだったのだ。

教員の卵たちはおしなべて礼節を身につけており、他人に親切で、偏見や差別には断固反対の立場をとっている。しかし彼らのあいだに微妙なへだたりが限りなくあるのも事実だ。わざわざ注意を凝らさなくてもすぐにわかることである。

まず最初は、同じ地方の出身者たちが自然とグループを作る。だがどうもぎこちなく、互いの違いが目立って長続きせず、失敗に終る。次にフランス人の生徒たちだけが一つのグループをなし、それにならって、スペイン人、ユダヤ人、アラブ人、カビリー人もそれぞれグループを作る。だがそこでも共通点が薄い。教会の鐘が必ずしも信徒を一堂に集められないのと同じで、人種もうまくはいかない。残るは社会階層や身なりの違いや親の職業である。もちろん厳密な規則とはなりえないが、生徒たちを分ける最も深刻な壁となったのは、人種でも宗教でもなく、身体的・精神的な違い、財産の有無、そして家庭の教育環境であった。

つましい出であるフルルは、父親や母親が校長をしていて、兄も教師だというようなフランス人生徒とは住む世界が違っていた。級友が親切な人でフルルの礼儀がいきとどいていても、それはどうしようもないことである。互いに親しげな口調を使うが、それだけである。親密さはみじんもない。また、ほかの親が弁護士だとか通訳官だとかいう、トレムセンやオランから来たムスリムの上流家庭の子息で、生粋の都会育ちの生徒もフルルにとってはフランス人と同様、縁遠い存在である。そうした級友たちよりフルルにとってはるかに身近なのは、親がスペイン系でカフェの給仕をしており、五人も六人も子供をかかえ、メンラド家の父親と比べても少しも裕福でないような家の長男である。また、フルルはメデア出身のユダヤ人と、ブ・サアダ出身のアラブ人については胸の温まる思い出を今も持ち続けている。同じくらい貧乏だったので、フルルは心おきなく自分の村や家族のことを話すことができたのだ。しかし師範学校で一番仲良くなったのは、結局のところ同郷で同じ境遇を持つ、何から何までフルルとそっくりの身の上のカビリー人二人だった。だが、たしかに師範学校生たちは互いの違いにこだわらないので、彼らのあいだには大人たちに見られる悪意が存在しなかったのは事実であったし、こうしたことを掘り返してもあまり意味はないかもしれない。かしこくも、フルルはいちいち深く考えないようにしていた。彼はカビリー人であり続け、その運命に黙って耐えたのだ。

毎週日曜に騒々しくバスに乗り込んでアルジェへと向かう時には、師範学校生たちはみんなを同じに見せるいつもの無個性な長い上っぱりを着ていないので、いやでも違いが目についた。趣味の良い服を着て、きれいに髭を剃り、髪を整え、シャツに糊を利かせた、気品漂う美青年たちがいた。それとは別に、フルルとその友人たちがいたのである。

アルジェの街では、きれいな女の子たちにフルルは目をやることができた。若い娘に魅惑を覚える年頃であった。自然なことである。しかしフルルは自分がそういうことに不向きなのを悟っていた。一度も恋の冒険に手を染めなかったし、恋の夢に酔ったこともない。それだけのお金もなかったし、恋愛に適した性格も才智も持ち合わせていなかった。同郷の、自分と似た人たちとしかうまくいかないと思っていた。都会での数年間、フルルは傍観者として、興味は抱くが実際に誘惑に溺れることのないまま過ごし、免状を獲得すると、残念な気持ちも腹立たしい思いも持たずにふるさとに戻ったのである。フルルは生まれつき感受性とやさしさに富んでいた。古典作家たちが描く恋愛感情の美しさや精神の高揚に感激して浸った。書物のなかで知り、そしてたぶんある程度は現実世界のなかでも知った愛の観念は、フルルにとって新発見だった。しかしながら、そうした現実は、カビリーの現実とは異なるのではないかと思っている。自分が持つことになる妻は詩人たちが謳いあげるヒロインとは何の共通点もないに違いないと確信していた。少しがっかりだけれど、自分もまた本の主人公とは似ても似つかないことはよくわかっていた。仕方ない、やれるようにやるだけさ。幸せを諦めたわけではない。

とにかく故郷では全然違うのだ。カビリーの子供は幼いうちから自分の起源を教わる。どこから自分が出て来たのか知っているものだし、そうでなければ友達が教えてくれる。男の子と女の子がどう違うのか、大人の男性と女性がどう違うのか、解剖学的な差異を自分の目で見て知っている。父親がなぜ母親と一緒に寝るのか、理由がわかっている。五、六歳になると男の子は従姉妹《いとこ》の女の子とまねごとを始める。もう少したつと、たぶん相手を男の子に替えてやる。なぜなら十歳になると女の子は、女性集団のなかに入れられてしまうからだ。すると女の子は男の子とふざけて遊ぶ自由を失い、厳しい監視下に置かれ、とりわけ大人の女たちから一切を教え込まれる。性の問題で教わらないことは何一つない。その結果、娘たちは警戒心と恐怖心を持つようになり、性に対して奥手になる。未来の夫と出会うまで無傷でいなくてはならない。これが娘たちが叩きこまれる第一の決まりだ。十五歳から二十歳までのあいだ、若い男女は二つの峻別されるカテゴリーを形成し、互いに近くに住んでいても、知り合うことのないままでいなくてはならない。いかなる関係も禁じられる。見交わすことがあったとしても言葉を交わすことはないし、求め合う気持があっても触れることはない。お付き合いもダンスパーティーも、宴会もデートもない。たまたま何かのお祝いで歌や踊りをするときには、用心怠りない女性たちは中庭や家の一角に固まり、青年たちは反対の場所に集められる。こうして老人たちの監視のもとで、歌ったり踊ったりするのである。むろん、女性を目にして、うっとりし、熱い思いに駆られることもある。血のにじむほど唇を噛みしめ、その姿を記憶に焼きつける。豊満な胸を、しなやかな腰を、悩ましく眠りをかき乱す笑顔を。そして眠りが訪れない時には……。いいや、そんなのは人のすることではない。我々の地方では、名誉と風紀を守るにはこうすべきだとされている、恋心から湧きあがるものを押し殺すべし、と。青年は悪徳を経験し尽くしてからようやく結婚する。娘の方では男性を欲するようになる。男なら誰でもよいということになり、求婚者が現れれば大歓迎となる。それでも「危険な関係」が存在しないなどと思っては間違いである。世界のいずことも同様に、これにはこと欠かない。事前交渉は性急にすっとばし、男と女は一直線に目的へと向かう。チャンスは稀だし、危険はあまりにも大きく、欲望は激しく燃え盛るので、ぐずぐずと表面的な愛撫に時間をかけてはいられない。女性たちが身を任せるのにうぶな若者を選ぶことはめったにない。軽率な行動をとられたり、秘密を洩らされたりする心配があるからだ。ああ、カビリーの哀れな若者たち！　彼らを憐れんでやらねばならない。しきたりでは純潔を強いられているが、本当に女性を知る前に無垢をなくし放蕩の味を覚える。それでも彼らはおぞましい野獣ではない。その証拠に、結婚するとたちまちおとなしくなる。ただ結婚する前はあらゆる無茶に身を投じる。自分たちもそこを通ってきたから理解のある親たちは、そんな若者たちを大目に見ている。それに、結局はこの方がよいのだ。

フルルは夏休みのあいだ、故郷の青年たちと遊ぶ。みんなが歌を歌ったり、笛を吹いたり、痛ましい詩人シ・モハンド*の感動的な詩を朗誦したりするのを聞くのが好きだ。夜、村から遠くまで出かける。月のおぼろな光のなかに山々の山腹が沈み込み、稜線がほのかに見分けられる。谷底に漂う靄《もや》であたりが包まれ、背の高い樹々がぬっと影を膨らませ、彼方の丘の連なりがひとつの暗く寂しい塊をなす。星のまたたく天空は、夢さながらに、冴え冴えとしたこの世ならぬ青白い光を放っている。薄闇の哀愁、声のハーモニー、笛のやさしい音色、心地よいリズムの詩から湧きあがるイメージなどがすっかり気持ちをなごませ、心はさまざまな映像で、身体は甘い陶酔で満たされる。

こうした夜にはそれならではの魅力がある。ダンスや乱痴気騒ぎで過ごす騒々しい夜には代えられないものがあるとフルルは感じる。ただ、夢見る相手、歌に歌う相手がそこにいないということだけが若人らの心にぽっかりと穴をあけている。しかし、カビリーの青年たちは慎重なので無茶な危険は犯さない。実は、閉ざされたドアの向こうに押し込められ、両親にぴったり守られている若い娘たちもまた、同じことを夢見ているのだとしても。

女性については、こういうものだとフルルはずっと思っていた。だが、やがて全身が女性を求める時がやってきた。みんなが自分の顔から欲望を見抜いているように思われた。広場《ジェマア》にいると、美しい娘が通りかかっただけで意味もなく真っ赤になることがあった。女性がいるところではフルルはあがってしまい、ぎこちなくなり、体が震え、目を上げられない。美しい姿や魅力いっぱいのスナップ写真がうっかり目に入ってしまうと、一日じゅう頭から離れなくなってしまう。

サダは村の有名な女だった。だいたいの事の成り行きはみなに知られている。夫はフランスにおり、最初はうまくいっていた。送金もしてくれており、親類の従兄弟《いとこ》の誰かが受け渡し役をしてくれた。サダは家に一人きりで、目を光らせる姑もいなければ、怖い義理の兄弟もいなかった。さきの従兄弟《いとこ》も義理の間柄で、しかも夫の兄弟ではなかった。最初の相手はこの男だったともっぱらの話である。夫ははるか遠くだ！　そのあとお金は海を越えてこなくなった。サダは気丈な女である。羊毛を紡いで自分の生活費を稼ごうとする。ご多分に漏れず、彼女は秘密の喜びを近所の確かな男と交わし、次いでまた別の、いき当たりばったりの男と交わすようになっていく。当然、噂が囁やかれるようになる。最初の証言は事情通の近所の女によるもので、口喧嘩のさまが報告される。サダは次第に大胆になり、まわりの女たち全員を平然と敵にまわし始める。それからどうなったかというと、夫は相変わらず何も送って来ないし、羊毛の仕事はたいしてお金にならず、最初の愛人は情け容赦なく敵の陣営に鞍替えしてしまう。こうなったら世間の評判など糞食らえとばかり、サダは完全に吹っ切れた女になる。かくして青年たち、さらには老人たちの歓びの源になっているのだ。

サダの歳は三十で、目は深々と黒く、口はとても大きくて、唇はぼってりと厚くいつも濡れている。男ばりに力持ちで筋肉質である。薄絹やさらにはクレープ・デシン生地のきれいな長衣《ガンドゥーラ》だとか、チュールの縁飾り付きの長衣《ガンドゥーラ》だとかを買うようになってからは、ぽってりした肩や二段腹の乗ったむっちりした腰をこれ見よがしに引き立てる装い方をすっかり心得だした。とびきりの美人というわけではないが、なんともそそられる！　しかもお堅い女ではないから、男たちは軒並みくらくらになる。サダを見る男性は誰でも、財布の許すかぎりの欲望を覚えるのである。

ある夏の日の真昼間のことだった。畑から帰るときにフルルは突然サダと鉢合わせになった。それは狭い山道で、彼女は背中に空っぽの籠をしょって村から降りてきた。サダは情事に向かうところだったのだ。すれ違うにはどうしても触れることになる。フルルは動顛した。顔がかっと熱くなり、耳がうなりだし、心臓は早鐘を打った。二つの真っ黒な瞳が情け容赦なく自分に向けられているのを感じた。魔法にかけられた鳥のように、フルルはぴくぴくと痙攣した。勇気をふるって前に進んだ。目はかたくなに下にやったままだ。二人はすれ違った。自分の膝に張りのある温かい尻の肉がそっと押し付けられるのを感じた。そしてサダは深いため息をはぁーと吹きながら通り過ぎた。待つそぶりもなく、すんなりカーブを曲がって消えて行く。サダはフルルのことを知っていた。フルルが大胆な行動に踏み切れないことを確信しているのだ。男の欲望をそそるのはサダにとってはなんでもない。目当ての場所に着く前にちょっと食欲を覚ましておいただけのことだ。案の定、フルルは猛烈な興奮に襲われる。斜面によりかかり、熱っぽい手を機械的に額にやり、何度も汗をぬぐう。積み藁のなかにも、採石場にも、谷間にもサダの姿が見える。木陰で、あるいは藪で、彼女が手あたり次第に誰か若い男と、あるいは老人と一緒にいるところが思い浮かぶ。サダの輝いた目、いかがわしい微笑み、開き直った不敵な態度が目に浮かぶ。あっちへ行け！　俺を放っておいてくれ。急にフルルは落ち着いてくる。激しく緊張していた神経が緩み、湯に入れた角砂糖のように極度に混乱した感覚が体のなかで溶けていく。頭がすっきりし心が落ち着いてほとんど幸せな気分になる。誘惑に屈するのを妨げてくれた自分の間《ま》の抜けたふるまい方を、むしろよくやったと思う。さまざまなことを思いめぐらす。自分に必要なのは、まったくサダなんかではない。落ち着きが戻った後には嫌悪感が湧いてきた。初めは置かれた境遇とまわりの男たちのせいでそうした状況に追いやられたのかもしれないが、今では慎しみをかなぐり捨てたこの女へ抱く嫌悪感だ。なぜなら、彼女は自分のしていることを嬉々として楽しんでいるからだ。そしてまた、イチジクかなにかの樹の下で彼女を待つ男への、つまりは、誰にでも身体をすり寄せる女をそれと承知で愛撫しようとする男への嫌悪感だ。それにしても、彼女はどこに行くつもりなのだろう。真昼間に、目撃者はセミしかいないような場所で、誰と会うのだろう。あとを追いかけて突きとめたいという気持ちが、ほんの一瞬だけよぎる。「どうだっていいさ」とフルルは考え、村へと上って行った。

カビリーの諺には、「心のゆくえは心がけ次第」というのがある。だからカビリーのまともな家の人間は、名誉だけを心がける。モラルの命じるところにそって人の性質が作られる。不在の夫を十年も待ちながら清廉潔白な女たちだっている。尊敬を受ける息子はけっして噂の種になってはならない。ひたすら結婚を待つのだ！

たしかに若者の相手をしてくれるサダのような女たちもいるし、村は見て見ぬふりをしている。だが家には汚名が着せられてしまう。そのあとどうなるかは言わずもがな、評判が次の世代へと語り継がれるのだ。

故郷の人々が男女をほとんど信用していないのをフルルは非難するつもりはない。社会の乱れを避けるためには、心の方を無理やり押さえつけるのも致し方ない。フルルはしきたりどおり、自分は地元で結婚するだろうと想像し、カビリーの良き家どうしの鎖がつなぐ妻との縁を定めだと受け止めていた。

9

みずからの限られた運命に満足しながら
ガルスはかつて生まれた地で生を終える。
かくて汝もガルスが賢者であることを知らん。

J＝M・ド・エレディア

老聖者ガルスとメンラドは似ていると言いたいところだが、とんでもない。ガルスは独り身だったし借金も背負っていなかった。他方、メンラドは最初の稼ぎを得る前に、巨額の負債と大人数の家族、それにすでに裕福になったつもりの両親を抱えていた。夏の休暇が終わると、彼は小さなクラスを受け持ち、ささやかな「月給」をもらった。それは翌月の給料が入る前に消し飛んだ。毎月同じことになった。永遠にこれが繰り返されるのだと、彼はほどなく観念した。たしかに両親が自分たちはもう金持ちになったと思うのも仕方がない。要るものはみな足りているし、昔のような心配は遠く去り、安心して未来を思い描くことができる。フルルだけがこの先を案じて真剣に悩んでいるというのは、彼の特権でもあり、両親のように「棺桶に片足をつっこんでいる」わけではないからである。それに両親はほんとうに長いこと重荷に耐えて頑張ってきた。今はもうゆっくりさせておいてほしいのだ。

おおかたのところは、彼らが正しい。親を敬う従順な息子である青年は、月々の給料をいつもそっくり渡していた。老いた父はその金を家族みなの求めに応じて、つまり、食べたいだけ食べるのにどんどん使った。ありがたいことに教師には良い友人がいて、高利貸しへの返済金の全額を用立ててくれた。借金は莫大であった。けれどもこの友人が利子を無《な》しにしてくれたので、借りが膨らむことはなくなった。ラムダンは大喜びした。そこで本来なら、貸してもらった金を息子の友人に少しでも早く返せるよう、一層倹約に励むべきところである。しかし、単純さゆえに、としか言わないでおくことにするが、ラムダンはそれとは逆に、これで丸きり安泰だと思いこみ、収入を家族の要り用に合わせて使いきってよいのだと考えるようになってしまったのだ。

肩にかかる重荷は実際にとても重かった。養うべき家族は十二人もいた。冬に伯父のルニスが亡くなった。食糧の蓄えは空で、家にはただ、すっかり大人になったのに、まだ一人もまともに結婚していない娘たちが絶望のあまり泣き叫ぶ声だけが響いていた。フルルはこの従姉《いとこ》たちを見捨てるわけにはいかないと思った。いちばん苦しい時期の面倒をみてやった。しばらくすると、まとまった援助を差し伸べようとするたびに、ルニスの娘たちを好いていないファトマが反対を唱えるようになった。従姉《いとこ》たちはけなげにも働き始めて、叔母の善意にすがらないですますようになった。

ラムダンとファトマは婚資のための節約をする気はないものの、息子を結婚させようと決心した。フルルが拒絶すると、彼の番だと言われた。姉二人はすでに結婚していたからだ。フルルは妹を先にと望んだ。結局、この結婚もそれまでと同様、幸せなものではなく、ザズは甥と姪を何人か産み、その面倒を恭《うやうや》しく兄に委ねることになった。

「こうなったら僕自身が結婚した方がましかもしれない」とフルルは考えた、「女の子しかできないかもしれないが」。とはいえ、母親が繰り返しこう言ってフルルの心配を払ってくれた。赤ん坊は生まれてくる前に、天から一生分の食べ物を授かって来るのよ。今ではフルルもそう信じている。

郷里の人々が普段する通りの、それ以上でも以下でもない仕方でフルルは結婚した。だからわざわざ語るまでもない。この儀式のことは多くの人が知っているし、知らなくても、どうということはない。結婚とはいずれも、借金を増やすだけのものだ。ともあれ、十カ月後、フルルは一家の父になった。妻や新婚生活や夫婦の愛情についてもやはり、彼が語ることはあるまい。繰り返さねばならないが、カビリー人にとってその種のことは厳密に私的なものなのだ。それは、いささか強すぎる嫉妬心を怖れてのことでもあろう。というのもカビリー人は、自分の妻に対しては敬意を払ってほしいと望むくせに、他人の妻には敬意を払おうとしないことが多いからである。この点に関する男たちの名誉心ときたら……。いや、ひとまずこの話は置いておくことにしよう。

フルルには女性というもの一般について、またそれとは別に自分の妻について、彼なりの考えがあった。それは家族みなの考えとは一致していなかった。きっと学校で勉強なんかをして、変な考えを持つようになったのだ。たとえばフルルは、自分の伴侶を愛するのは義務であると信じていた。また妻もそれによく応えてくれた。二人はそのことを特に隠さなかった。紛れもなくそうだとわかると、家族の面々は一斉に騒ぎだした。一生懸命苦労して育ててきたのに、幸せになるのを夢見て彼の帰りを待ちわびていたのに、よそのつまらぬ女が自分たちから息子を横取りし、フルルに当然の義務から目を逸らさせ、その代わりに心を独り占めするなんて、こんなことがありえるのか？　いいや、絶対に許せない。たちまちいざこざの開始だ！　最初の衝突は結婚からひと月もたたないうちに、ささいなことで起きた。若者は必死になって妻を擁護した。その姿を見て母親は半狂乱になり、姉や妹たちは泣きわめき、父親はしばらくのあいだ声もかけてこなくなった。そうした反応を前にフルルは折れ、謝りを入れた。父親は冷酷なやり方で関係の修復を求めた。その方法とは何であったか？　妻を離縁しろ、そして別の女を娶《めと》れ、というのだ。女ならいくらでもいる。家族みんなが大賛成する。次の花嫁はもう選んである。正気の沙汰とは思えぬこうした展開に、若者は断固対決姿勢をとることにした。家族のみなには深く恩義を感じてはいるが、だからといってけっして妻を替えたりはしないと宣言した。だいいち、この女性を僕の妻に選んだのはあなたたちではないか。この日以来、哀れな娘は嫌われ者となり憎しみの的となった。

ティジで一緒に暮らす期間はずっと、彼の妻はみんなから何かといじわるをされ、仲間はずれにされたり、悪口を浴びせられたりし、物をもらえないことすらときどきあるほどだった。女たちが固まって一人を相手にいじめをやりだしたら、誰も口をきかないようにしたり、反論しようとしても罪を全部かぶせたりするのは、実にたやすいことだった。真っ赤な嘘もおかまいなしだし、汚いののしりも四六時中だった。これほど悪意が渦巻いているというのに、フルルは何もしてやれなかった。二年間、卑怯にも自分の妻を、母親と姉妹たちからなる連合軍の攻撃に晒しておいたのだ！

フルルの学校は生まれ故郷の村から離れたところにあり、学期中は姉たちのうちで夫がフランスに行っているバヤが若夫婦と一緒に住み、家事を仕切った。しまいには生活は耐えがたいものになった。フルルは両親でさえ自分のことをもうかわいく思っていないのがわかった。フルルが稼ぐ金さえあればいいのだ。フルルの方でも軽蔑しながら稼いだ金だけをくれてやっていた。

せっかくの長男がこんなことになるとはがっかりだ！　ファトマも、その娘たちも、ラムダンも、希望の星の失墜をしつこく嘆いた。無償の愛を注ぎ、尽くしに尽くし、わが身を犠牲にしてきたのに！　滔々たる大河も空しく海に消えていく、と箴言家が言うのもまさにこういう輩《やから》のことを指してにちがいない。

だが親たちを恨むべきではない。フルルは結局のところ彼らの息子なのだ。自分で思っている以上の大きな恩がある。もしかしたら妻を替えるべきで、自分が間違っているのかもしれない。いやそれなら初めから結婚などしなければよかったのだ。もし両親を養い、甥っ子姪っ子を育てるためだけに働くことにしていれば、誰も文句はなかったはずだ。なんで自分だけの家族を持ちたいなどと思ってしまったのだろう？

師範学校卒業生は絶望の真っただ中にいた。どうしたらよいのかまったくわからなかった。みんなを置いてどこか遠くへ、ずっと遠くへ行ってしまおうと何度も考えた。だがそんな必要はなかった。少したってからそのことに気づいた。カビリー人は運命論者であるだけではない。そのうえに、楽観主義者なのだ。身に起こったことはすべて避けることができず、自然で、当たり前のことだと考える。だがカビリー人の本当の姿を見誤ってはいけない。我慢の限界を超えると、フルルは大きな決断をした。つまり、みんなのもとを離れて遠くへ行ってしまうのではなく、妻子を連れて任地に腰を据えることにしたのだ。両親には静かに暮らすことがどうしても必要なのだと説明し、毎月、月初めに給料のいくらかを渡すことを約束した。これには半狂乱も激怒もなかった。もっともらえないかと要望したり、不満を表わしたりしたが、結局は、ほとんど喜んで承知してくれた。すべてを失うかもしれないと合点すると、フルルが提案した額を呑んだのだ。もちろん村人たちの前ではフルルのことをこぼし、いかに恩知らずな息子かを並べ立て、あらゆる悪口を言いつのった。だが信じる者は誰もいなかった。それどころか家族内で喧嘩が起きると、息子のふるまいの方が正しいと村人たちは認めたりもした。両親は自分たちが間違っていたと認めた。それからついにはフルルと和解し、愛情を寄せるようになった。もっともこれまでも愛情を全部失くしたわけではなかったのだが。フルルは別に驚きもしなかった。人生とはこんなものだと思った。そして自分の立場をくずさないだけの強さを持ち続けた。小さなわが家を邪魔することはけっして誰にも許さなかった。こうして年寄りたちは折れた。

今では、毎月の月初めに、生活の糧をもらいに息子に会いにやってくると、ラムダンは二人の孫を代わるがわるに膝に乗せ、幸せそうに長い髭でこすりまわした。嫁は台所で心づくしのもてなし料理に精を出し、フルルは今や子供に帰ってしまったような老いた父にやさしい言葉をかけて、その深く刻まれた皺を伸ばしてやるのだった。

すっかり平穏が戻ってくる。若夫婦はできるかぎりの節約をする。家族の新しい長は真剣にその役割を果たそうとして、身内の者にだんだんと厳しくふるまうようになる。かつての父親と同様、自分にも家族にも一切贅沢を許さない。金が飛ぶように消えていくさまざまな「祭《アイド》」が近づいてきたり、また、貯蔵食糧が飛ぶように消えていく冬が近づいてくると、身震いする。借金は少しずつ減っていく。弟は成長し、まもなく一人前の大人になるだろう。真面目で頭が良いので、きっと兄の大事な支えとなってくれる。未来は明るく思われた。メンラド一家はついに貧乏から抜け出すことができるのだ。

「丘の斜面の」緑に囲まれた自分の学校で、小さなクラスと、小さな校庭と、小さな家庭を持って暮らしているフルルは、もうじきわが身もそうなるのだと考えてガルスの運命にふと思いを馳せることがあった。それは春、カビリーの光り輝く春のことであった。フルルは自由を感じ、愛と尊敬に包まれる幸せを味わっていた。時は一九三九年、平和な最後の春だった。騒然たるドイツの怒りのこだまが、山あいのフルルの村にまでごくかすかにだが届き始めていた！

第三部　戦争

1

九月のある霧深い朝、戦争が勃発したが、それに驚くカビリー人はいなかった。みんなこの時を待ってさえいた。待ち望んでいたと言ったら言いすぎかもしれないが、それが真実に近いところだろう。誰もがどこか、わくわくしていた。変化が必要だったのだ。平和が長く続きすぎた。カビリー人はこの長すぎる平和に苦しんでいたのだ。「大病には荒療治」というわけだ。倉庫はいつも穀物で満杯、店にはいつも布地が山積み、食料品店ははちきれんばかり。商人たちは行きかう人の誰かれに景気よく媚を売りまくる。ごく小さな村々にまでトラックやタクシーが騒音をとどろかせる。望むものすべてが、おまけに望んでいないものまでもが溢れていた。みな不幸な気分になる。こんなことがいつまでも続くはずはない。治療法は戦争しかない、というわけだ。

「生存圏」だとか「鋼鉄協約」だとか何とか軸だとかが、戦争の原因だというのは間違いだ。そのことをカビリー人はよくわかっている。かつて一四年の戦争を、さらには七〇年の戦争を経験した老人たちは説明を始める。戦争は避けられないもので、神に従わない人間どものもとに天から下されるのだ、と。あるいは、この地上には人が増えすぎたので、人類の一部を消し去ることが残りの人がゆったり暮らすには必要なのだ、と。こういう年寄りたちはJ・ド・メーストルと紙一重で、結局「生存圏」の主張に行きつく。要は、理屈をこねまわしているだけだ。若者たちの方は、経験はなくとも、人々が今苦しみのなかでもがいているのを十分に理解している。そして幸せを得るためには戦争が必要だということも。おそらく死者も出るだろう。だが、まだ先のことだ。それに戦争が起きなくたって、どうせ人は死ぬものだ。運命《メクトゥーブ》しだい。けれど終わった後には、ぐっと良い暮らしになるさ！

かくしてその朝、めいめいの村人たちは心は軽やかに、頭のなかにはいろいろな算段を浮かべつつ、生のイチジクをかじりながら別れていき、近所を訪ねてはこの事件のことを話し、ニュースをふりまいては別の情報を仕入れた。どこから来たものかはよくわからないが、すでにいろいろな知らせが届いていた。さまざまな情報が一挙に押し寄せて来ていた。確乎たる、議論の余地なき、明白な、それでいて食い違う情報だった。

一方、フルルは生粋の平和論者だった。戦争が起きないようにとたえず祈っていた。とはいえ、村人たちの興奮の輪に加わらずにはいられなかった。だが心ではこう思っていた。今起きていることはやっぱり不幸なことで、カビリー人もほかの人々と同じくこの不幸な経験の代償を払うはめになるのだろう。しかしながら、周囲のみなと同じく彼も、日々の暮らしがすっかりひっくり返ってしまうかもしれないなどとはまだ思ってもいなかったし、突如いろいろな価値の転換が起こるかもしれないとか、人々にしても社会全体にしても、今は安定して豊かで快適さを謳歌し、力や元気がみなぎっているとしても、ずっとその状態が現実に続き、障害も乗り越えてそのまま維持されていく保証など何もないとは考えてもみなかった。要するに、みな平和に浸りきっていたというわけだ。だから戦争なんてひょいと偶然に起こったことで、長引くわけはないと高をくくっていたのだ。

戦争が始まって最初の数カ月は、カビリー地方の単調な毎日にはなんの変化も現われなかった。例外は、国旗のもとに若者たちが召集されたことだったが、それとて人口のうちのわずかであったし、日々の暮らしはいつもどおり穏やかに、なんということもなく、驚くような事件もなく、拍子抜けしたまま退屈に過ぎていった。兵士たちからの手紙を読んでも恐ろしい感じはしなかった。誰もがいぶかしんだほどだ。「まったくこれが戦争かい？　ちっとも物騒じゃないね、これなら。ヒトラーを怖がることなんかなかったし、もっと前から戦争をおっ始めとけばよかったんだ。それどころか、こんなものにすぎないなら、わざわざ始めるまでもなかったね」。冷めた態度？　いいや、無邪気で、慌て者だっただけだ。私たちカビリー人はこうなのだ。「変化を欲して」、揚々と、奈落へ向かって突進して行ってしまうのだ。

だがメンラドの心はざわついている。心配性の彼は、この怪しい静けさのあとに来る恐ろしい嵐を予感していた。いつまでもこのままでいくはずがないと、彼にはわかっているのだ。恐怖がおさまらない。彼が日記に書いた文章を紹介しよう。「一九三九年十二月二十五日。九月に始まった戦争が続いている。

エキサイティングなことは全然ない。寂しいか？　不安か？　退屈か？　よくわからない。私にも召集が来るだろうか？　それもわからないが、今はあまり怖いとも感じない。出征するときはしぶしぶだろう。それだけは間違いない。どれほど気がかりを抱えたまま発つのだろう！　十二人もの家族を路頭に迷わすことになるのだ。ああ、すべては神の思し召しだ！……」

学校からも家族からも遠く離れたどこかの前線にいる自分を、ときおり想像しようとしてみる。はっきりした姿が全然浮かばない。彼の分身霊は頑《がん》として、現にある肉体から遊離しようとしてくれないようだ。おそらく、戦争には自分なんて用なしというわけなのだろう。いいか、落ち着け。おまえは栄光や苦痛や犠牲などとは縁遠い人間なのだ。お呼びでないというわけだ。だから自分の生徒たちを大事にするがいい。授業に心を注ぐのだ。モール式カフェで農夫たちから暇つぶしに、先生、戦争について話してくれよ、村で一人だけ新聞を取っているんだから、と頼まれることがままある。それでは、と乗り気になっておまえは話し始め、説明したり、自分の見解に引き入れたりしようとする。でも結局のところ、小学校教師のおまえさんの意見などには、いかにも田舎者という連中ですら一人も説得されやしない。初めから、おまえが食い扶持の出どころである政府の肩を持つに決まっている、とみなは心得ているのだ。

不幸なメンラドにとってこの数年ほど以上に、取るに足りない自分の存在が一層無意味に思えてくる時はなかった。

校庭に立つたび、眼前に広がる風景がフルルには自分の人生を如実に表していると思われた。どちらも狭く閉ざされている。赴任しているアイト・タブス一族のこの村は、カビリー地方のほかの村とは反対にほとんど谷底の、山裾が平らに広がる場所にある。三百人の住民と、そのほかには二頭のラバと何組かの雌雄の牛と、あとは野良犬が三十匹ばかりいるだけだ。学校はそのちょうど真上の斜面にある。丘は数百メートル上で空へと接している。フルルはいつも、学校の建っている位置が実に象徴的だと思うのだが、いくら説明しても農夫たちはちっとも象徴というものを理解してくれない。学校の正面には別の丘がそびえ、こちら側と同様にぶっきらぼうに空を切り裂いている。左手にも右手にも丘陵が連なっている。その頂がぐるりと一続きになって直径何キロメートルかの円を描く。その奥底にいるフルルに会いに来てくれる人は誰もいない。

どうやら少なくとも当面のところは、兵隊に動員されることはなさそうだ。数年前は徴兵審査委員会での籤引きで服役を免除されたのだった。よく言われるのとは反対に、あの時ばかりは、籤はでたらめではなかった。メンラド家の人々を憐れんで、稼ぎ手を残しておいてくれたのだから。

2

戦争が始まっても最初の頃は、フルルは平和な毎日のつつましい暮らしを送っていた。おおむね順調である。ずっと遠くのあちら、ライン川国境の地帯では、マジノ線と、それを守る「小さな兵隊たち」が敵を迎えるべく、堅固で難攻不落のみごとな防御壁をなしている。新聞各紙はこぞってそう請け合っていた。

突然の悲劇的な事故のように大惨事がフランスを見舞った時、フルルはただ思案をめぐらせているほかはなかった。新聞紙面には責任追及の記事や原因の解説、その証拠などが氾濫して、フルルはすっかり悲観的になり、弾劾記事のどれもがそのとおりであるように感じられた。ある日、学校の教師こそがこの敗北の元凶だ、ときっぱり言いきった記事を目にした。一瞬、「ペストにかかった動物たち」の寓話に出てくるロバに自分をなぞらえたくなったが、頭を切り替えた。だが本当はどうなのだろう――。

「おまえはアイト・タブスの人たちをこの敗北に少しも巻き込まなかったと言えるのか？」と自分に問う。「胸に手を当てて考えてみろ。そして必要なら自分を責めるべきだ」

やはり、何も悪いことはしていない！　でも本当にそうか？　頭を冷やして考えてみよう。一九四〇年の十月以来、あまたの文書やお説教、コメントやおしゃべりや格言が我らの不幸の原因を論じて、義務の忘却、忠誠心の危機、得意のおざなり主義、規律の欠如、怠慢、不誠実、腐敗などのせいだと結論づけてきた。「そういうこと」のどれもがたしかに私たちのもので、だから負けたのだ。そして教師のおまえは、「そういうこと」に対して何もしてこなかった。生徒たちがビー玉をごまかしたり、嘘をついたり、カンニングをしたりするのを目にしてきたではないか。おまえさんは、正々堂々と胸を張れるのか？　反省すべき点は全然なかったのか？　そうだ、首《こうべ》を垂れるがいい！　さあ、これがおまえの罪状だ。よし。それじゃ赦《ゆる》そう。ただ知っておくがいい、再び立ち上がるには、フランス全土とフランス帝国が芯から身を清めなくてはならない。当然、煉獄を経ることになるだろう。しかし、その後には天国が待っている。

フルルが改悛僧よろしく自らに教訓を垂れている一方、いかにもといったこんな様子を尻目に、近所に住む農夫たちは冷静に状況を分析し始めた。

「百年来の敵に打ち負かされたフランス人たちは新しいトップを選んだ。このリーダーは、前任者たちをさんざんにこきおろし——いいだろう、敗者に弁明の余地はないものだ——、その一方で敵をほめそやしている。メルセルケビールの港では、フランスの軍艦を古くからの盟友が壊し放題だ。俺たちも鞍替えしたのさ。今じゃヒトラー派だ。悪く言われる筋合いはない。だが、それでどんな得があるだろうか。逆に損は？」

損の方は以下の通りである。まず、食べ物がなくなる。それもぱったりと。ときおり、カフェでの話題が食べ物のことになった。ホシン爺さんが、ノルマンディーの農家で何度もごちそうになった絶品料理の思い出を披露し、腹ぺこのみんながよだれを流す。行商人だった男は、フランスのあちこちの町で経験した至福の数々を嬉しそうに話す。労働者として働いていた男は、パリやリヨンやサンテチエンヌで過ごした「麗しい日々」を事細かに描き出す。今となってはすべておしまいだ。フランスが破壊され、略奪を受け、ボロボロになってしまったことをみんなが知っている。慰めようとして、また元のような日が来ますよ、とフルルが言うと、村人たちは首を横に振った——。

「いいや、先生。あんたには、フランスがどんだけ豊かだったかも、だからどんだけのものを失くしてしまったのかもわかんねえだろうな。フランス人たちは贅沢しすぎたんだ。だから神様に罰をくらったんだ。おかげで俺たちまでもな。壊すのは簡単だが、作るのはそう早くはいかないもんだ」

まさにこの台詞どおりで、かの大元帥はすでに、とことん彼らを痛めつけ苦しませてやると宣言する。みなは運命の前にかしずくしかない。神の思し召し《メクトゥーブ》のまま！

3

カビリー地方は突如、これまでにない人口過剰に見舞われた。それは、フランスへの出稼ぎ労働者が一挙に帰還したからだった。続いて兵士たちも戻ってきた。捕虜に取られた者はわずかだったし、戦死者はほとんどいなかった。どの村も住民数が限界にまで達していた。公式の算定によると、カビリー地方で一年間に生産する食糧では、すべての住民を一カ月しか養えないとのことである。にもかかわらず、この先何カ月ものあいだカビリーの人々は、痩せた山岳地帯から穫《と》れるものと、海に沈まずに持ち帰れたいくらかのお札だけを頼りに生き延びなくてはならなくなるのだ。

たちまち店からは品物が消え失せ、価格はつり上がって不自由な生活になる。農夫たちは、この気配を感じ取っていたとおり、まさに恐ろしい悪夢の前夜にいたのである。この悪夢は何年間も続くことになった。そしてその一年一年が、十年に匹敵するほど長く感じられることになるのである。

フルルは依然として元の学校に勤めている。ここまでは静かでおだやかな日々を、外の騒ぎからは遠く離れた、身勝手な小さな自分の世界のなかで過ごしてきた。俸給をもらい、それを親族で分け合っている。わずかな給料で大人数の家族が暮らす。その数、今や十五人！　故郷を離れているのは、アルジェで学校に通っているダダルだけだ。ベライドが老いたラムダンを手伝って、ほとんど上がりも出ない土地を懸命にいじっている。みなで寄ってたかってフルルの稼ぎを使い果たしながら、なんとかしぶとく生き延びている。このまま行ければ良しとしよう、とフルルは悟ったように考えた。だが不幸なことに、そのままでは行ってくれなかった。暮らし向きはどんどん厳しくなる。すさまじいまでの厳しさになる。それは、メンラド家の面々にとってだけでなく、郷里のすべての人々にとってもだった。

市場に大麦が出回っているあいだは――もちろん通常の価格で、ということだが――カビリーの人々は不平をこぼすようなことはなかった。穀物の流通が差し止められ、ある特別の部署が管轄する特別の倉庫からわずかずつ配給されるようになると、貧しい農民たちは、生まれた時から飢えには多少慣れてきたものの、凄絶な飢餓を経験することになった。フルルは前に、クスクスが、つまり大麦が、私たちの地方にとって唯一の食糧だと書いてはいなかったか？　カビリー人から大麦を奪うことは飢え死にを宣告することにほかならない。なるほど奪いはしなかった。だが人々に与えず、逆に倉庫に貯めたのだ。倉庫はあちこちに建てられていた。メンラドの住むベニ・ラシ地区にも作られた。

「ベニ・ラシの倉庫の話は、みなの記憶に悲劇として刻まれることになるだろう」とフルルは日記に書いている。「子供から孫へと語り伝えられるにちがいない」

谷底に建てられたこの倉庫から近隣の村々へ配給がおこなわれるのだが、村はどれも丘の頂にあり、十キロメートル四方にわたって点在している。したがって倉庫へと向かう道はどれも急坂である。この場所はタンクトという名で呼ばれていた。このタンクトという名は今後、ずっと呪われ続けるだろう。なぜなら将来繁栄が取り戻された時も、この名が口にされるたびに、悲惨な光景が呼び起こされずにはいないからだ。なぜと思う方は、大麦の配給を受けに、毎月のようにタンクトへ降りて行ってみるがいい！　たとえば十二月に。そうしたらおわかりになるだろう。もしどこかに神様がいらっしゃるのならば、ヒトラーをほかのもっと大きな罪と同じように、この罪によっても罰されるにちがいない。そうならないのなら、ああ、ドイツの虫けら野郎、おまえは人間を超えた存在で、おまえのゲルマン人たちもみんなそうで、そして地上の残りの者は全員畜生だということになろう。

タンクトで目にされるのは、まさに哀れな家畜の群れだ。ぼろをまとった男たちが扉の前で列を作っている。みんな、若者でさえ老いさらばえている。顔は青ざめ、深い皺が刻まれており、髭は五ミリほど伸びて触りようがないほどぼうぼうだ。目はぎょろぎょろとしているがすっかり落ちくぼんでいる。彼らは羊の皮でできた小さな袋を片手につかみ、もう片方の手にはしわくちゃになったカードと汚れた紙幣を不器用にたたんで握っている。外套《ブルヌース》を羽織っている者は十分な身なりをしていると言えるだろう。だが、列に並んでいるある若者は、恥じる気配もなく汚れた尻の端を後ろの人たちに晒しているし、出てきたばかりの男は窮屈なズボンの破れ目からはみ出した黒ずんだ睾丸を隠そうともしない。その姿に顰蹙《ひんしゅく》を感じる者は誰もいない。男は背中に袋をしょっているのだ。あと何歩か進めば、持ち主と同じくらいみすぼらしいロバに荷を乗せ、男は外套《ブルヌース》で身を包むことだろう。そうすれば体裁は繕われることになる。十歳ぐらいの子供たちが、年寄りと同じぐらい深刻な表情で、同じぐらい心配そうに順番を待っている。寒さと恐怖で身を震わせながら、彼らは一言も口をきかず、おとなしく、卑屈な様子をしている。自分たちがお恵みを施される身なのだということを、まさに不幸のなかにいることを知っているのだ。

少し離れたところには、まわりの連中と同じくひどい身なりの男が立っている。きっとまだ若い男だ。だが、こめかみにはすでに白いものが目立っている。肌を透かして顔の骨がくっきりと浮き出ている。人々を眺めて驚くとともに茫然としている様子だ。まるで深く考えるのを怖れているかのようである。フルルが近づいて行く。昔の級友だとわかる。これが三十そこそこの男だろうか。

「おい！　タリシュ、元気か？」

「運命《さだめ》のなすがままさ。ご覧のとおりだ。昨日、妻が子供を産んだんだ。家には食べ物が何もない。奴が俺に食糧を配ってくれるかわからない。俺の村の順番は明日だからな」

「タリシュ、一緒に頼んでみようじゃないか。もしかしたら情けをかけてくれるかもしれないさ」

「いいや、あいつだろ。みじんも情けを知らない奴さ。家にどうやって帰ったらいいんだ。今晩口に入れる物もまったくないんだ」

倉庫の裏手には年老いた女たちがひと塊にされている。若い女たちもいる。まるで家畜のように窮屈に集合させられ、地べたに座り、頭を下げ、足のあいだに籠をはさんでいる。ここに彼女たちがいるのは、代わりに来てくれる男が見つけられなかったせいか、あるいは何かほかの理由があってのことだ。みなぼろをまとい、程度の違いはあるにはあるが、誰も彼もが垢まみれでおぞましい姿をしている。性別というものが、いや、人間らしさというものが、みじめにも消え失せてしまっている。ヒトラーは正しい。その姿を見ていると、まさにこれは十四番目の人種で、こんな連中には憐れみをかけることすら無理だと思ってしまいそうだ。冷笑で十分だ。女たちは、知性と同様にすりきれてしまったような無表情な視線をときおり何を見るともなくさまよわせながら、黙ったまま、我慢強く、感情を押し殺して待ち続けている。

倉庫のなかには偉い地位に納まった男が陣取り、煉獄の苦しみにあえぐこれらの人々に聖なる糧を分配している。この人たちで終わりではない。明日にはまた違う連中がやってくる。あさってもまた。顔ぶれは変わるものの、同じ光景の繰り返しだ。数週間のあいだ、人間の姿をした悲惨が哀れきわまりない行列をなすのだ。行列がやむと、事態はさらに深刻だ。なぜなら、倉庫が空になり、次の補充まで住民の一部は何も食べ物を口にできなくなることを意味するからだ。

かの偉い人物は、この辛い任務をこなすのに必要な資質を何一つ欠いていない男だ。奴に道義心やモラルがあるなどと幻想を抱く者は誰もいない。名前はアクリといい、以前はアルジェのあやしいホテルのボーイだった。このホテルを辞めて、約二万人を受けもつ人物になったのだ。ホールの給仕時代のお追従根性が、今では残忍さにかたちを変えた。チップをもらうのに媚びへつらっていた分、傲岸に威張り散らすようになった。金持ち相手にへいこらせざるを得なかった恨みを哀れな村人たちで晴らそうというのだ。奴は見事に成功した。絶大な力を手中にしたのだ。今や時の人で、みなが呼ぶ名も、役目をとって「倉庫のアクリ」とあいなった。うまい仕事にありついて、アクリは幸せいっぱい、なんの心配もなく暮らしている。しかも仕事はたえず延長されている。人々の悲惨を眺めては笑いがこみ上げる。農夫をどやしつけて震え上がらせる奴の叫び声が遠くにまで聞こえてくる。ささいな事にいきり立って、配給を止めると脅す。真っ赤になって怒りだし、臆面もない罵倒の言葉を浴びせ、ちんちくりんの身体をそらせながら、脂肪でぶくぶくの胴体を苛立ちで膨らませ、すでに出ている腹をさらにぐいと突き出して、あわや発作というところまで行き、ようやく落ち着いて椅子に座る。係員たちの方は上機嫌で、ためらいもなく、気の向くまま適当に秤にかけて袋を詰めていく。連中が勝手に決めた分だけを農夫はありがたく受け取るわけだ。すでに代金は渡してある。端数分のフランは取られっぱなしになる。お釣りはくれない！　まるでこそ泥のように農夫は出て行き、誰にも目を合わせずにそそくさと消え去る。怒り散らしているムッシューを相手に、「風袋分は？」とか、「きちんと目方を計っていただけましたか？」などと訊けるものではない。そんな勇気は誰にもない。怒ってみせるおかげで、ひと袋量るごとに、奴には一キロか二キロの儲けが残る。しかも袋はいくらでもやってくる。

まったくもって卑劣な野郎だ！　ぼろきれをまとった女たちのなかに、貧乏にやつれ果ててはいても、いくばくかの魅力が残る不幸な女を見つけると、奴はしきりに取り入る。女が受け入れることもときにあった。晩か朝方、みんながいなくなった後やまだ集まりだす前に、女は戻って来るのだ。すると余分に何キロかの大麦がもらえるというわけである。

家に帰り着くためには、村によっては六ないし八キロ、あるいは十キロの道のりを辿らねばならない。しかも斜面をよじ登って行くのだ。ロバには耳まで荷が覆いかぶさる。ロバも友人もない者は、自分一人の背中に「配給」を全部背負う。やっとのことで前に進む。寒さのなかも、暑さのなかも。だが不平をこぼしたりはせず、ありがたいと思っている。「ナマ・エル・ラビ」、つまり神様の穀物である大麦が手に入るなら、耐えられない苦労などないというのだ。ああ！　もしも足りるだけの量をもらえたのなら、どれだけ急坂を延々歩こうと、彼らがうめき声を洩らすことなど、断じてありはしない！

一九四二年の七月から一九四三年の六月までのあいだ、フルルは五人家族の分として三二〇キロをもらった。十二カ月でだ。一人頭六十四キロ。なんと一人ひと月にして五キロ！　カビリー人に大麦五キロで三十日生き延びろなんて、笑い話にもならない。鶏《にわとり》だったら足りるかもしれないが、それすらぎりぎりだろう。農夫たちが倉庫の配給に頼って暮らしている場合はまさに悲劇である。だが、それよりもまず彼らが頼りにしているのは神様であり、つまるところ自分たちである。うんと節約して十日間を配給分でしのぐ。残りの二十日は、おのおのがそれぞれのやり方で「なんとかする」のである。

一番良い解決法は、毎月の足りない食糧を非合法的によそから調達することである。つまり闇市だ。大麦は二十リットルで二百フランし、次いで三百フランに、それから五百フランに、ついには千フランに……と値段はつり上がっていく。小麦は二倍に高騰する。五人家族を養うには最低五千フラン必要になる。生きて行きたいなら、ふんだんに金がなくてはならない。ふんだんに金があるか、あるいはフルルのように給料をもらうことだ。まったく今や、フルルが面倒をみるべき家族は十五人にふくらんでいる。だが幸い、どうにかやりくりをつけている。給料取りでなく、ふんだんに持ち金があるのでもない場合、人々は農地を売り払う。そしてついになけなしの財産を売り払ってしまったら、返済のことは棚上げにして、計算もせず羞恥心も捨てて、金を借りる。借りた金は絶対に返さないとだけ、心に固く決めて。友達を騙すのも、兄弟を罠にはめるのもへいちゃらだ。クスクス鍋を満たせるなら嘘もつくし、約束も破る。正直の徳など、もはや誰も気にしない。各々が自分の命と子供たちの命をつなぐことで精一杯だ。

土地のある者はすみずみまで耕して大麦を播く。ひたすら大麦を。「大地に戻れ！」というわけだ。しかしなんという大地だろう！　二倍播いたところで同じ収量か、むしろ少し減ってしまうぐらいなのだ。その上、刈り入れ間近のある朝、畑が夜のあいだに根こそぎやられてしまったのを発見したりする。しかもその犯人が、もとは正直者で知られた隣のあの男だとは！

頭の回る連中や度胸のある連中は商売に手を出す。こういう者たちは家畜を引き連れ、山々や平原を越えて、オリーブ油を売ったり穀物を買い入れたりしに出かける。一週間に何百キロも歩きまわり、昼も夜も働く。何があってもひるむことなく、まさに疲れを知らない。生きなくてはならないのだ。そして人生は過酷なのだ。無理なら仕方ないが、ふつうは服も着なくてはならない。ところがカビリーの粗末な女性用長衣《ガンドゥーラ》の値がつり上がって、昔の値段で言ってのことだが、パリの最高級の仕立屋で作らせる絹のドレスと同じにまでなっているありさまだ。

金もなく畑もなく、信用もない者たちは、憤りを抱えつつも諦めるほかはない。一切のためらいは捨て、他人の持ちだしで食えるありとあらゆる機会に飛びつく。そういう機会が見当たらなければ、腹をすかしてただ待ち続けるのだ。ほかにどうしようもない。

カビリー人はぼろを着て暮らすのは平気である。垢や埃まみれでもかまわない。砂糖とコーヒーがなくても大丈夫。だが、大麦なしでは生きていけない。腹は情け容赦ない暴君だ。腹の要求だけは我慢のしようがない。彼らでなくても、人とはそういうものだ。

文字が読めないのでカビリーの人々が読むことはけっしてないが、ヴィシー政府の新聞にはどれも、闇市は道徳に反すると書いてある。こんな悪い冗談があるものか！　肥沃なミティージャを抱えている国で人々が餓死に瀕しているのだ。しかも、そういう人々に向かって、もっと早く死なないのがいけないとでも言いたいのだろうか！

結局のところ、それが真実なのかもしれない。政府の新聞の方が正しいというのが、どうやら天の思し召しらしい。「恐怖をふりまく病気」というのがある。まさにそれがカビリーに襲いかかる。これまで経験のない、わけのわからぬ病が、もっても一、二週間で人の命を奪っていく。アイト・タブス一族の住む小さな村では、二十六日間に二十七人が死んだ。地方官《カーイド》が報告をまとめ、医師が助手に見て回らせる。もはや疑いない。チフスである。そうとわかれば、これからは対策が取られるはずだ。ゆっくりかもしれないが確実に。じきにワクチンが届くであろうから、それを待つことになる。チフスは蔓延し、村から村へと飛び火する。だがカビリー人は懼《おそ》れにおののくことはない。一刻も早くワクチンをくれと騒ぎもしない。そんなものが何になるというのだ？　すべてはいと高きところで決められているのだ。

それで死ぬことになっている者は、それで死ぬだけだ。神のご意思を阻むことが可能だと考えているとすれば、フランス人どもはお馬鹿さんだ。注射が届く。どの村にもワクチンが行き渡り、病はおさまる。誰も驚きはしない。聖者たちが預言者様に取りなしてくれたのだ。フランス人は自分たちが救ってやったんだとうそぶくかもしれないが。

アメリカ人とイギリス人がアルジェリアに入ってきた時、自由な身分の人々はこぞって喜んだ。ここ二年重くのしかかっていた軛《くびき》から解かれたと感じたのだ。メンラドも同じ興奮を覚え、それを同郷の人々に伝えようとした。だが、みんなはそっけなかった。あれやこれやの自由も麗しい約束も必要としていなかったのだ。望んでいたのはただクスクスと長衣《ガンドゥーラ》だ。とりわけクスクスの方だ。

「先生よ、あんたは好きにしゃべればいいや」と村人たちは言う。「あんたの言葉を信じようじゃないか。アメリカには小麦と服があふれかえっているんだろ。カナダの大麦はうちらのよりずっと大ぶりだってな。だが受け取らなきゃ話にならない。俺たちゃ相変わらず、待っているだけだものな」

またもや道理があるのは、おしゃべりでお人好しすぎる教師ではなく、少なくとも部分的には村人たちの方だ。というのも。アメリカ人たちのもたらしたものは、途方もない期待を抱いた教師の言ったとおりではなかったが、絶望しきっていた村人たちの思っていたこととも違っていたからだ。たくさんの労働力が求められるようになり、カビリー人は小さな組や大きなグループを成して働きに出た。そうして金を稼ぎ、衣服を手にして村へ帰った。多くの家族がどん底から救い出された。けれどもいくら稼いでも追いつかなかった。めまいがするほど物価が上がり、生活はいつまでたっても苦しいままであった。だが、カビリー人はもう嘆くことはない。病気に罹った者はやまを越えたことを自分で悟る時があるものだ。そこで死ななかったらもう大丈夫だ。あとは良くなっていくだけ。だんだん良くなって最後には回復するのだ。治療法をありがたがることはない。病気に打ち勝ったのは自分のなかにある、何か自分を越えた力のおかげだと感じる。今の農夫たちがまさにそうである。苦しみはすでに頂点に達した。だからあとは良くなっていくだけだ。みな一年、二年、かれこれ四年も苦しんできた。これ以上はあり得ない。「終わりの始まり」にいるなどと、わざわざ教えてやるまでもない。みな、それを自分で感じているのだから。

ここ数年経験し、今なお続いているこの悲惨を、まるで過ぎたことのように彼らは話す。フランス人たちが置かれた境遇や、占領されたり爆撃を受けたりした国々の状況と、自分たちとを比べてみる。難民となった人々、投獄された人々、収容所に送られた人々、銃殺された人々、拷問を受けた人々などの苦しみに思いを馳せる。こうした不幸が自分たちに降りかかってもおかしくなかったのだと考える。自分たちは妻や子供たちと引き裂かれることもなくすんだと振り返る。粗末だが、わが家も、そして自分も無事だ。たしかに飢えは経験したが、血も凍るような恐怖にさらされることはなかった。神の御加護によってこれまで難を逃れることができたこと、そしてもうじきこの恐ろしい地獄から無事に抜け出すことができることをよくわかっている。

今やカビリー人たちはたった一つのことしか考えていない。彼らがひたすら考えているのは、いつか訪れる日のことだ。平和が戻ったら、傷が十分に癒えていなくても、切符を手にして懐かしいノルマンディーへ、アルザスへ、サンテチエンヌへ、あるいはリヨンへ、パリへと向かう、その日のことを。その日が来たら、過去のことはすべて忘れるだろう。壊されてしまった慎ましやかな幸福をまた建てなおすために、元気いっぱい、もう一度働きだすのだ。

ときにはフランスを疑うという小さな罪を犯したかもしれないが、そんなことはもう忘れてしまうだろう。良心が痛むことなどまったくないに違いない。なぜなら、たとえ口から出る言葉が時流に流されることはあっても、彼らの素朴な心が変わることは一度もなかったからだ。

一九四四年十月

エピローグ

人間のなかには軽蔑すべきことよりも賛美すべきことの方が多くある。

A・カミュ

停戦が調印されて何カ月にもなる。戦争は終わった。フランス人、カビリー人、アラブ人、みなが苦しみを味わった。今は修復作業を始めて建てなおしに邁進し、奈落の底から立ち上がるべき時であり、これまでの一切を忘れるべき時である。こうしてこそ物事は正しく進むものだ。だが、実際にはそうはいかない。闇を払うはずの曙の光はまだ兆しもない。社会の混乱と無秩序のなかで思想も混沌としている。無数の善良なる庶民はただわけがわからないでいる。人々はこれでもかというほどの苦しみを味わい、死をみとり、破壊に立ち会ってきた。もう憎しみはご免のはずだ。そうであるはずなのに、あふれんばかりの憐みや同情や親愛の気持ちを隣人に抱いている一方で、人と人とを引き裂き、反目させ、対立に追い込もうとする運命の仕業に、やすやすと操られてしまっているのである。そんな運命の声に乗せられていたら、人間とは醜悪な怪物であり、問題ばかりの、理解不能な存在だと信じ込まされてしまうのに。

たしかに人間は複雑きわまりない！　人は自分で自分を問い糺《ただ》し、自分の病を見つけ出し、自分で治癒法を探さねばならない。だがフルルを含め、告白をおこないつつも、本当の自分から目を逸らさない者はいない。だからその告白は虚飾をまぬがれず、美しい外観が虚栄と偽善に由来することを教えるために福音書で言われる白く塗った墓や、あるいはカビリー人がよく言うムナイエルの厩舎をそれは思わせずにはいない。

とはいえ、厩舎のありのままを描きだすことは簡単なことではない。自分の真の姿を推し量ろうとしてみれば、その難しさはすぐに理解できる。そこには血統のよいサラブレッドもいれば、老い果てた駄馬もいるだろう。敷き藁や秣《まぐさ》や動物たちは冬には小さな小屋をぬくもりで満たしてくれるが、おかげで空気はカビ臭く、秣で咳こまされるし、すえた屎尿《しにょう》が鼻を突きもする。だいいち厩舎にあるすべてのものに目をやることは無理である。中は薄暗いのだ。蠅や埃のついた蜘蛛の巣をいちいち調べあげ、堆肥のなかにうようよいるウジ虫をことごとく把握し、藁に隠れた鼠たちや、その鼠を狙って垂木の裏を這い寄る蝮《まむし》にまで、十全に意識をはりめぐらすことなどできるだろうか。おのおのの厩舎には、一つの世界全体が含まれているのだ。フルルが自分のなかをすみずみまで見透そうと試みる時、どんな当惑が襲うかは容易に推察できよう。そこで彼はさかのぼって物事の発端を捉えなくてはならないと考える。なぜなら結局、現在のこの混乱した不安定な状態にはその大元があったはずなのだから。これはまさに、医者が病気を診断するときのやり方だ。だがそれはまた、藪医者が頼る方法でもある。

フルルは自分を分析し、自分を治療したいと、つまりは自分自身の医者になりたいと願っているらしい。その意志は立派だ。けれども結果はそうとは言えなさそうだ。フルルはたぶん、藪医者の部類なのに違いない。とはいえ、へぼであるとの非難はほどほどにすべきだろう。人は好きなことを好きなようにしゃべることができるが、どのみち完璧な医者になどなれないのだから。

もしかしたら本当は、人間の存在というものは、フルルが考えているよりもはるかに単純なのかもしれない。彼の郷里の人たちにとって、問題は悩みの種にはならない。なるべく良い人生を送りたい、それだけだからだ。たしかに死は突然襲いかかってくるが、逆に言えば、それだけ人はみな生きることに懸命だということだ。誰もが自分の日々の務めや、さまざまな思惑や、あるいはつまらぬ魂胆に没頭して暮らしている。いろいろなことに考えをめぐらし、宗教や政治や社会体制について議論をこねる。たまにはそれもよいことだ。ゲームに興じることのない理屈好きのご仁がモール式カフェで暇をつぶすにはもってこいで、聴いているうちの誰かが大いに感じ入って、みんなにお茶をふるまってくれることもあるだろう。だがフルルはそうした人たちのなかに、みんなの理想のために自分の利益を犠牲にする人をめったに見たことがない。下心があるか、理想へのこだわりの裏に都合のいい望みが隠れていることがほとんどで、損得抜きの信念からなされることはごくごく稀にしかない。彼が知っている人すべてにこうした裏表が見られる。意見は意見、行動はまた別、というわけだ。もちろん、行動とずれているからといって、意見がまったく尊重に値しないわけではない。理屈の立て方もいろいろだろうが、当人はそのつど本気で思案しているのだ。たいていはみな、善と悪とを峻別したがる。間違っていても気にしない。また、たしかにたまには自分の誤りを認めることもある。その時は、こういう態度こそ知的だとされ、弁証法的発展だと自負され、良い経験だとしてしまう。すばらしい知見を誰かが披露すると、とりあえず畏れ入ってみせ、あとで使って賢者を気取るためにしっかりと覚えておく。まあいい。所詮、頭で考えたことでしかないのだから。

神の前での平等を唱えるこうした僕《しもべ》たちが、野蛮なふるまいをし、弱きものをくじき、うぶな正直者を騙し、正義をないがしろにするさまを、フルルはどれだけ見てきたことか！　こうしたことに驚いているようでは、自分がうぶと言われても仕方がない。これらは何千年にもわたって繰り返されてきたことなのだから。それに、人々がなんとか生きていこうとするのを悪く思うべきではない。そうだとも、彼らが正しいのだ。しかし一方では、道義を作りあげ、人の生き方をより良い方向へと導き、精神性を高めようとすることもまた、正しいはずだ。それは、いつの時代も失敗に終わってしまうのであるが。まことに残念なことだ！　動物には、ひたすら生きるという考えしかない。究極的には人間も同様である。しかし人間はその反対のこと、つまり「人の尊厳は思考のなかにこそ存する」ということを証明しようともしてきた。なるほどその通りだろう。なぜって、人の尊厳が行動のなかに見出されることはあまりないのだから。けれども、こうした問題はソクラテスはじめその手の人たちがさんざん論じてきたのだから、フルルが頭を悩ませるべきではないのかもしれない。とはいっても、いつの日か人類が生きることだけをひたすら目指して、一つか二つの考えで全員一致となったらどうだろう？　いやはや、それこそまるで動物ではないか。たとえば、そう、蜜蜂の群みたいになったら！　まったくもっておしまいだ。だが幸か不幸か今のところ、人間はせいぜいスズメバチというところだ。どちらも毒をたっぷり宿し、耳障りなうなりをあげ、蜜のない巣をこしらえる。フルルもほかの人と同様、一匹のスズメバチにすぎないわけだ。ちっとも慰めにならないこんな考えに、フルルはふけっている。

さらに三年が過ぎた。実際、スズメバチどもはひたすらぶんぶんうなるだけで、貧乏人は依然として放っておかれたままだった。人がやったことと言えば、残念ながら戦争でくたばってくれなかった地上にはびこる気に食わない連中を、大量に虐殺したことぐらいだ。正義の使者を気取りたいらしいが、極悪非道な人殺しの顔丸出しである。人々は終わったばかりの悪夢をもう忘れてしまうのか？ 個々の人間がぺてん師で、同じく国民や民族というものもおしなべてぺてん師の集まりにすぎないのだろうか？ それならば、私たちが到達しえるのはぺてんの平和でしかないだろうし、私たちにふさわしいのはそれ以外にはないことになろう。

あるいは、断固として絶望を拒否すべきだろうか？ 人間は物質を思うがままに操るようになった。今後なすべきことは、自分自身と自分の運命を操る存在となることだ。艱難辛苦にあえぎながら石段をのぼりつめ、ついに詩人の謳う燦々と輝く太陽に出合うということも、ないとは言い切れないではないか？ 「人間とは！ この語がいかに意志と愛と希望を示すかを、みずから証し得る者であるはず」なのだから。

さてフルルよ、苦難と死で覆われた歳月を、大した災難にも見舞われずに生き延びたおまえは、これからなすべきことをよく考え、自分をしっかり見つめ、身近な出来事からおまえに合った教訓を引き出すのだ。それは、けっして忘れられることのない、恥辱と忍耐と愛情の教訓にほかならないだろう。老いた者たちの最期の日々に寄り添い、自分の子供たちを育て、その未来のための準備をせよ。それから、子供たちがメンラド家の一員として分を超えた夢を持つことがないようにしてやれ。成しうる範囲で、まわりの人のためになることを、いくらか成せ。自分を非難せずにすむにはそれ以外にないと覚えておけ。

死が訪れるのを待ちながら自分の庭を耕すのだ。それがおまえの子供たちと、そして、ほかの子供たちの庭をより豊かに耕すことになる。ほかの子供たちもおまえの子供たちだ。学校の先生をしているのもなるほど無駄ではない。

そうしていれば、これからの人生でも心配事は尽きぬだろうが、死ぬ時に悔いはなかろうし、おまえはきっと、温かくあの世に迎え入れてもらえるにちがいない。

一九四八年

原注

＊　主にカビリー地方特有の語彙を一覧にしたものである。一部、北アフリカやアラブ世界一般にみられる事象もある。本文中でルビを使用して訳した場合には、ルビを見出しにとり、邦訳語を（　）内に示した。なお、本文では初出の際に「＊」を付した。（訳者）

アイド――宗教上の祝祭。

アミン（村の長《おさ》）――村の首長。村人の代表権限をもつ。行政責任者の提案を受けて県知事が任命する。その提案は〔現地民のなかから選ばれる〕地方官《カーイド》の意見に従ったものである。実態としては、その指名をおこなうのは地方官《カーイド》であり、地方官《カーイド》に一番多く貢物をする人が選ばれるのである。村の長《アミン》には報酬はなく、その職務は、地方官《カーイド》、収税吏、憲兵の仕事が円滑に進むよう補佐することである。村の各地区つまり各「一門《カルバ》」の長は「家門長《タメン》」で、家門長《タメン》は村人が選び、ほとんどが年配者である。

現在では、フォール・ナショナル共同体の村はみな〔新式の〕市町村区分の単位となり、それぞれに長官一名と補佐官数名が置かれている。村の長《アミン》や地方官《カーイド》はもはや存在しない。

アクフィ（大甕）――藁を混ぜた粘土で作る日干しの大きな甕。ふつう屋根裏の物置き場の床に据え置かれる。平行六面体の形をしていて、上部に円形の大きな開口部があり、そこから中にものを詰める。前面には握りこぶしが入る大きさの穴があけられている。この穴にはコルクで栓をする。また前面には、三角や菱形や短い線などの幾何学模様による装飾が浮き彫りされている。大甕《アクフィ》はカビリーでは家が裕福であることの徴となる。家族で食す穀物やイチジクを貯蔵する。

貧乏人は大甕《アクフイ》を持てない。

カーディ（法官）——イスラーム教の判事。カビリー地方では公証人の役割をする。

ガンドゥーラ（長衣）——原住民が着るそでなしの長いシャツ状の衣服。

クッバ（聖者廟）——丸天井《ドーム》の建物。

シ・モハンド——カビリーの詩人。

ジン（魔物）——妖霊。

ソフ（一族）——氏族。

ターレブ（大先生）——教養ある人、学者。

ティブラリ——二月のこと。昔、ジュルジュラ山地に住む老婆に罰を与えたいと思った「一月」に、「二月」は一日を貸してやった。この日は「貸《アメルデイル》し」と呼ばれる。

　二月の最初の日、ひとりの老婆が、一頭の雌牛と何頭かの雄牛に牧草地で草を食ませてやろうと、すっかり安心した気持で小屋から出た。雪と凍てつく寒さの月は終わった！と。日差しに包まれ、生え始めたばかりの草の上に座った。バターをこしらえるために筒を振りながら、一月を悪く言う台詞を歌にして口ずさんだ。一月が仲間の二月にこのことをこぼすと、二月はこの不遜な老婆を罰することができるように、二月の最初の日を一月に譲ってやることにした。一月の復讐は凄まじく、老婆は石に変えられた。凍って固まった筒を手にし、牛たちを脇に添わせたその姿は、老婆も牛も筒も形はくずれてはいるが、今なおジュルジュラの山のふもとに見ることができる。

　こういうわけでカビリーの年老いた女たちは貸《アメルデイル》しの日にはけっしておもてに出ない。一方このおかげで、フルルは、祖母の口癖から自分の誕生日を正確に知ることができたのである。大事な出来事が大事な日と重なっていたため、忘れられることがなかった。

デッブス（棍棒）——短めの丸い棒。相手をなぐるための道具。

ナナ——「お姉さん」。「ダダ」が「お兄さん」を意味するのと同様。自分より年上の人物に対して尊敬の意味を込めて用いる言葉。ナナなにがし、ダダなにがしという呼び方をする。未婚の若い女性は当然ナナと呼ばれることをあまり好まない。大きく歳の離れた弟がいても、弟が姉にこの呼称を使わなければその姉は若くみなされていることになる。一方フルルにこう呼ばれた歳の若い叔母も、やはり若く見られていたことになる。というのも、叔母と呼ばれるのに比べれば姉と呼ばれるのはより若い扱いになるからである。ハルティと呼ぶとより年長のニュアンスが生じる。

バラカ（神の祝福）——神がもたらす祝福。

ハルティ——母方のおばを指す言葉。

フェッラーフ（農夫）——農耕民。

ブーザ（師範学校）——ブーザレアの略。

フタ（腰布）——布、腰巻。

ベイレク（おかみ）——政府。

ベルブル（雑穀）——カビリーの女性たちが作るふだんの料理。大麦の糠に少し小麦を混ぜて作る粗野なクスクス。

マラブー（道士）——宗教者。

メクトゥーブ（運命、神の思し召しのまま）——原義は「書かれたこと」。

メシュメル——一部族の共有地。

訳注

一〇頁　**今のうちも、やがて年をとってからも……**——アントン・チェーホフの戯曲『ワーニャ伯父さん（田園生活の情景）』（一八九七年）の最終部分より。老いた大学教授が田舎の領地を売りに出そうとすることで起きる騒動を描くこの作品の最後では、この領地のために身を粉にして働いてきたワーニャは絶望に襲われるが、その絶望を乗り越えて生きていくことを姪のソーニャが訴える。エピグラフはこのソーニャの台詞から（神西清訳『ワーニャ伯父さん』新潮文庫、新潮社、一九六七年より）。

一二頁　**農夫**《フェッラーフ》——エジプトや北アフリカの農民を指すアラビア語の単語「ファッラーフ」の転訛。もとはアラビア半島から移住してきたアラブ人と区別して、被征服者としての現地民農民を指すために用いられた語。十九世紀からのフランス植民地支配下でも、北アフリカ地域の現地農民を指す語として広く用いられてきた。

一二頁　**モンテーニュ……ディケンズ**——それぞれ自伝的な作品や随想・回想録を残している。モンテーニュの随想『エセー』、ルソーの自伝『告白』、ドーデの自伝小説『プチ・ショーズ——ある少年の物語』や回想録『パリ三〇年』『ある文学者の思い出』、ディケンズの自伝的小説『ディヴィッド・コパーフィールド』。

一三頁　**ヨシキリ**——原文ではスズメ目ムシクイ類を指す「fauvette」が用いられているが、それに属する比較的分かりやすい鳥としてヨシキリと訳した。一般にムシクイ類は、地味な色の小さな鳥である。
一三頁　**メンラド・フルル**――メンラドが姓。フルルが名。作品ではフルル・メンラド（Foulourou Menrad）という呼び方と併用されている。ちなみにこの名前は作者の名前（Mouloud Feraoun）のアナグラムから作られたもの。主人公の姓も名も、実際にはカビリー地方には存在しない名前である。
一五頁　**ティジ**――カビリー地方には中心都市ティジ＝ウズや、フェラウンの生まれ故郷の村であるティジ＝ヒベルなど、「ティジ」という名を持つ地名は多い。ここではティジ＝ヒベルをモデルとしながら、フェラウンはやや虚構化・匿名化して村の名を「ティジ」としている。ちなみに「ティジ」は「丘」や「（あまり高くない）山」を意味する。
一五頁　**クデ**――一クデ＝約五十センチ。フランスで用いられた昔の長さの単位。肘から中指の先までの長さ。
一六頁　**ジェマア**――アラビア語で「集会所・寄合所」を指す単語で、アラブ世界で「公園、広場、フォーラム、会合場所」などの意味で広く用いられる。カビリー地方では小説の記述にあるように、まわりの建物の壁から突き出た石のベンチをもつ、主に男性がたむろする場で、地区共同体の大事な空間。のちに出てくるようにカビリー語では「タジュマイト」（ないし「サジュマアス」）と呼ばれる。「広場」と訳したが、実際には数メートル四方程度の、こじんまりとした空間であることが多い。また「ジェマア」は住民の議決組織や会合を指す語でもある。
一六頁　**下の地区は上の地区から羨ましがられている**――カビリー地方特有の双分社会構造への言及と思われる。カビリー地方の社会ではさまざまなレベルで、反目する二つの集団からなる組織がみられる。たとえば一つの村が、二つの対立するグループ（一族《ツフ》）に分けられ、住み分けられる。これを「住区」などと呼ぶが、ここでは一般的な呼び方で「地区」と訳した。それぞれは実際の、または想像的な血縁集団からなる。「羨ましがられている」とあるが、対抗意識ゆえの主人公の思いなしであることが暗示されている。
一六頁　**広場**《タジュマイト》――「ジェマア」のカビリー語での言い方。
一七頁　**モール式カフェ**――アラブ諸国によくみられる男性だけが出入りし、トルココーヒーなどを出すカフェ。ヨーロッパでは北アフリカ地域を指して「モール」ないし「ムーア」という言葉がよく用いられてきた。
一七頁　**ムナイエル**――カビリー地方の中心都市ティジ＝ウズから西へ三十キロほどのところにある内陸の町ボルジュ・

ムナイエル。オスマントルコの支配時代から馬の飼育で有名で、立派な厩舎が数多くあった。

一八頁　**一門《カルバ》**――フェラウンは「karouba」という表記を用いている（実際の発音は「ハルヴァ」に近く、カビリー語表現として正確には「サハルヴス」）。カビリー特有の複数の家族の結合組織で、同じ祖先を共有する血族の集団。その上に地区のまとまり（アドゥルム）があり、さらに村を二分する一族《ソフ》のまとまりがある。

一八頁　**タルタラン**――『陽気なタルタラン』（一八七二年）に始まる、フランスの作家アルフォンス・ドーデの連作小説〈タルタラン・シリーズ〉の主人公。出身地である南仏の田舎町の名をとって、タルタラン・タラスコンと呼ばれる。ほらふきで陽気な「勇士」で、アルプスやアルジェリアに冒険にでかける。ドーデの作品をもとに数多くのマンガや映画や演劇が作られ、広く親しまれてきた。

一八頁　**アイト**――「〇〇家（の）」を意味する。先祖とみなされる人物の名に「アイト」を付けて、その一門を指す。「アイト」は古い形で、現代では「アス」（発音に近いアルファベット表記は「Ath」）という形が一般に用いられている。しかし、「th」の音がフランス語にはないため、とくにフランス語では「アイト」（Aït）の表現が一般化している。現在でもカビリー人の姓として、「アイト・〇〇」ないし「アス・〇〇」という名は多い。

一九頁　**イチジク**――作品で何度も出てくるように、オリーブとならぶカビリー地方の重要な作物。地中海地域で古代から栽培されてきたが、とりわけアルジェリアのカビリー地方が主要な産地であった。イチジクの実の収穫は秋で、熟した実を生でも食用するが、乾燥させて間食や昼食の代わりに、また冬の主要な保存食として食べる。

二〇頁　**屋根裏の物置き場**――次の段落にあるように、カビリー地方独特の住居内の造りで、大きな居間の約半分の部分を上下に仕切って、下を家畜用のスペースとし、上を保存食糧などを置く物置き用の空間とする。この物置き場は屋根の内側の空間を利用したもので、部屋の残り半分の居住スペースよりは高くなっているが、壁等で仕切られてはいない。

二〇頁　**大甕《アクフィ》**――カビリー地方特有の食糧保存用の背の高い甕。原書ではこの箇所は複数形の「イクファン」が用いられているが、訳文ではわかりやすさを重んじてルビを単数形で付した。

二〇頁　**炉《カヌン》**――カビリー地方の伝統的な住居に見られる調理と暖房のための装置で、床の土を二十センチメートルほど掘り下げ、直径四十センチぐらいの円形の火床とする。周囲に石を置いて鍋などを載せられるようにする。また火鉢として用いるくぼんだ形状の土器もこの名で呼ばれる。

二一頁　**犠牲祭《アイド》**——「アイド」はアラビア語の「イード」の訛化で、原注にあるようにイスラーム教の宗教上の祝祭を指し、いくつもの種類がある。そのうちのもっとも大きなものとして、日本では「犠牲祭」の名で知られる、旧約聖書のアブラハムの犠牲の逸話に由来する「イード・アル＝アドハー」がある。この作品では「アイド」はおおむねこの行事を指している。敬虔な信仰と神への感謝をあらわすために羊を屠り、家族や貧しい人々と分かち合う機会であり、現在も広く世界でおこなわれている。

二一頁　**庭**——カビリー地方の典型的な住居では、敷地が石の塀で覆われ、その中の庭を囲むように居住スペースが配置される。家長のもとに、未婚の子供たちおよび既婚の男子とその妻子が同じ敷地内に暮らし、一緒に食事をとる大家族の形式が伝統的。

二五頁　**長　衣《ガンドゥーラ》**——北アフリカで日常着られるチュニック状の長衣。フードつきの場合もある。

二七頁　**マダガスカルの戦役**——フランスは、一八九四年十二月から翌年十月にかけて二万一千人のフランス兵（うち北アフリカ・西アフリカなどの植民地からの派遣兵士七千人）を動員して、マダガスカルのホヴァ王朝と交戦した。この征服により、マダガスカルは一八九六年にフランスの植民地となる。

二七頁　**法官《カーディ》**——イスラーム法にのっとって司法や裁判にたずさわる伝統的な役職者。アラビア語の使用に精通しているためか、ここでは土地の登記や相続にかかわる公証人の仕事をしている。

二八頁　**長老《シャイフ》**——アラビア語。ここでは道士《マラブー》ほか地元のさまざまな立派な人物を指す一般的な名称として用いられている。なお、第一部第7章のフルルが初登校するくだりでは、父親の台詞のなかで学校の先生を指す言葉として使われている。

二九頁　**不名誉**——女性が一族以外の男性と結婚すること、また、それによって財産や所有地が別の一族の手に渡ることをここでは指している。逆に「名誉」とは女性が一族の男性と結婚し、土地や財産が一族のもとで受け継がれることを意味している。

三三頁　**「二月の貸し」**《テイブラリ》——〈寒の戻り〉の現象に相当する。この伝承には、地域によって若干のヴァリエーションがある。なおアマジグ人は古代から、十二カ月からなる農事暦を用いてきた。このアマジグ暦（ベルベル暦）はグレゴリオ暦とは二週間ほどずれるのが一般で、アルジェリアでは一月十二日がアマジグの新年として祝われる。「二月の貸し」はアマジグ暦の「一月」の最終日、グレゴリオ暦では二月十一日にあたる。

三三頁　**私を見ることはまかりならない**――この記述の背景には、世界の多くの地域同様、北アフリカでも広く信じられている「邪視」という考え方がある。邪視は、見られることによって災いがもたらされるという考えに基づく。とくに〈良いもの〉は他人の嫉妬等を掻き立てるので、人から見られないようにしなくてはならないとされる。

四一頁　**一族**《ソフ》――カビリー地方独特の、先祖を同じくする（と信じられている）家族の一団。強い結束力を持ち、しばしば他の一族《ソフ》と対立し抗争する。

四三頁　**トネリコ**――セイヨウトネリコ。北半球の温帯に広くみられるキンモクセイ科の落葉樹。たくさんの葉が茂り、とくに若い葉や茎は代表的な秣《まぐさ》（家畜の飼料とする草や葉）として用いられる。また幹は堅くてしなやかなので、さまざまな工芸に利用される。

四四頁　**縁なし帽**《シェシア》――アラビア語。北アフリカでよく見られる男性用のフチなしの赤いフェルト帽子。

四七頁　**腰布**《フタ》――カビリーの女性たちが腰から脚元にかけて身体のまわりに巻く大きな布で、鮮やかな赤を基調に黄色や黒などで縦の縞模様が織られていることが多い。ウェストのところを帯で締めるのが普通。現在でも村では日常の服装としてよく見られる。

四八頁　**道士**《マラブー》――「マラブー」はアラビア語の「ムラービト」（修道僧）に由来する北アフリカの表現。イスラームの修道場で修業をする修道士で、霊力をもつとされ、しばしば住民の指導者的な役割を担う。優れた人物である場合は聖人とみなされ、死後、信仰の対象とされる。呪術などを扱うことが多く、この小説では金儲け目当ての怪しげな呪術師の姿が描かれている。

四九頁　**欧州人**《ルーミー》――アラビア語。もともとは「ローマ人」を指す語だが、ひろくヨーロッパ人あるいはキリスト教徒を指す言葉として、とりわけ地中海沿岸地域のアラビア語圏で用いられる。

四九頁　**地方官**《カーイド》――「カーイド」は元はオスマントルコ時代に設置された地方統治の役職の一つで、当時は族長ともみなしうる存在であった。フランス植民地時代は、「原住民」が住む地域を統治するために、多くは地元の名士のなかから、フランス語とアラビア語に通じた者が選ばれ、俸給を支給される官吏として、複数の村に渡る地域の裁判権、税の取り立て、警察機能を担った。「土民官」とも訳される（原注「アミン」の項参照）。

五〇頁　**ティジ＝ウズ**――現在、カビリー地方第二の人口（一三万五〇〇〇人）をかかえる中心都市であり、またここを中心とする地域・県の名でもある。オスマントルコ時代は小さな村であったがフランス植民地時代に町として発展した。一八八八年にアルジェと結ぶ鉄道が開業、裁判所や郵便局、学校などが置かれ、カビリー地方の中核都市となった。フェラウンの故郷の村ティジ＝ヒベルからは北へ二十キロほどの位置にある。

五一頁　**棍棒**《デッブス》――堅い木でできた、喧嘩用の棍棒。

五一頁　**家門長**《タメン》――カビリーの村では、通りごとやおなじ地域に、ひとつの家系の家族が寄り固まって住んでいる。その同一家門のグループ「一門《カルバ》」のまとめ役（原注「アミン」の項参照）。

五二頁　**振り分け籠**《シュアリ》――ロバなどに負わせる二つつなげた籠。フェラウンはカビリー語のまま「シュアリ」と記している。

五三頁　**外套**《ブルヌース》――北アフリカで現地民が伝統的によく着る、全身を覆う縫い目のないマント。毛織物で作られる。フードが付いていることが多い。

五三頁　**神の祝福**《バラカ》――アラビア語。神の恵み、祝福。この語は北アフリカで広く用いられたことから、「幸運」といった意味で、二十世紀初頭にフランス語にも浸透した。

五四頁　**開端の章**――コーランの冒頭の章で、七つのアーヤ（詩句）から構成されており、ムスリムが一日に何度も唱えるもっとも大事な章句。「慈悲あまねく慈愛深きアラーの御名において」で始まり、アラーを讃え、アラーに恵みを請う言葉がつづく。

五八頁　**ハルティとナナ**――本文にある通り、本当の名前ではなく愛称として、それぞれ「おばさん」「お姉さん」という呼称を用いたもの。原注の「ナナ」と「ハルティ」の項を参照。ナナの本当の名前としてあとで「ヤミナ」が出てくる。

六八頁　**ムキズシュ少年**――アルジェリアの民話に出てくる冒険心に富んだ主人公で、霊界族《ジン》の少年。現代でもマンガが描かれるなど、広く親しまれている。

六八頁　**ヘシャーーイシー**――おそらくカビリー地方の伝説上の人物。フェラウンはその著『シ・モハンドの詩』（一九六〇年）のなかで、放浪生活を送る飄々とした夢想家として紹介している。

七四頁　**まず十月**——カビリーの古い農事暦では、一年は夏の終わりか秋の初めに始まり、夏で終わる。

七九頁　**篤信家**《ハウニ》——カビリー地方ではかつて、アラビア語でコーランを学ぶ熱心なイスラーム教の信徒が、「ハウニ」と呼ばれていた。敬意を受けるとともに、古くさい人と思われていた面もあるようだが、通夜がおこなわれる際には、宗教的な章句などを朗誦して死者を弔うという役割を果たした。

八一頁　**「おまえが死んでからなら、赦《ゆる》してやろう」**——十七世紀フランスの劇作家モリエールの喜劇『スカパンの悪だくみ』（一六七一年）から。大金持ちだがケチなジェロント氏が、息子の従者でペテン師のスカパンにさんざん騙された果てに言う、作品の最後のシーンの台詞。

八五頁　**ふっくらした丸パン**——酵母を使って膨らませたパン。高級品である。

八五頁　**セモリナ小麦粉の白いクスクス**——大麦を食べるのがやっとの人々にとって、セモリナ小麦粉は高級品。現代では「白いクスクス」は、トマトなどの赤いソースをかけたのではなく、透明なスープなどで炊いたものを言うことが多いが、ここでは上質なクスクスの意であろう。

九二頁　**アマレン**——おそらくアラビア語の「仕事《アマル》」に由来する表現で、とりわけオリーブの収穫作業を手伝う季節労働者を指す古いカビリーの語として知られる。貧しい働き手が、より裕福な家の収穫などの作業を手伝う。

九三頁　**二人は茂みと溝をきれいに拾い尽くす**——カビリーの村ごとに決められる慣習法では一般に、共有の場所に落ちているオリーブの実を拾うことは厳しく禁じられ、罰金も定められている。こののちに記される村はずれの道のオリーブの樹からの収穫と同様、ヘリマたちの行動は、大変きわどい行為である。

九四頁　**雑穀**《ベルブル》——「ベルブル」は乾いたパンをクスクス状にしたものを指す地域もあるが、カビリー地方ではより質素な、大麦などのもみ殻をもとに作るクスクスを言う。

一〇六頁　**アーシューラー**——イスラーム暦における一年で最初の月（ムハッラム月）の十日目のこと。北アフリカなどスンナ派の地域では、ユダヤ教以来の伝統を受けて、この日に自発的な断食をおこなう、宗教上、重要な日とされる。（なおシーア派の地域では、第三代イマームであったフサインの死を追悼する殉教祭として、身体に鞭を打ったり、傷つけ血を流しながら泣き叫ぶ、一年でも最大の祭りの日である）。

一〇九頁　**最期の姿というものは……刺激してしまうものだ**――このあたりは、キリスト教文化で、デスマスクをとったり、臨終の姿を画に描いたりすることに対する違和感の表明ともとれる部分。ちなみにスイユ版ではこの段落初めからの二文と、段落最後の三文は削除されている。

一二四頁　**セバウ河**――ジュルジュラ山地から地中海沿いの町デリスの近くへと注ぐ、カビリー地方を縦断する大きな河。

一二八頁　**小さな義務を日々たゆまず果たすには……**――ルソー『告白』第三の書から。ルソーは回想録のこのくだりで、少年時代にある神父から成功者と対比した普通の人々の美質について教えられたことを述懐している。原文は神父の言葉の想起なので過去形になっているが、フェラウンはこれを現在形に改めているほか、強調の副詞を除くなど、引用のなかでも若干の変更を加えている。

　なお、スイユ版ではこのエピグラフはフランスの歴史家ジュール・ミシュレ（一七九八－一八七四年）の次の文章に替えられている。「私の家族が昂然と気高くも堪え抜いたあの赤貧が今日の私の栄光をなしている。だが当時はそれを恥じてできるかぎり隠そうとしていた。さもしい見栄！」。ミシュレの回想録『私の青年時代』（一八八四年）第十四章からの引用。原文では「迫害によって生じた」赤貧とあるが、この小説と合わない背景と考えてフェラウンは削除したようである。両親が政治的な迫害を受けていたために、ミシュレは青少年期を貧窮のなかで過ごした。このくだりでは、コレージュに通う十六歳のミシュレが日々激しい空腹に苦しんでいた様子が語られている。

一三〇頁　**彼は告白録の筆を折る**――スイユ版では、第二部冒頭からこの文までの部分は削除し、代わりに第二部の序文として新たな断章が置かれている（巻末の「スイユ版での主な加筆断片」を参照）。

一三三頁　**大先生《ターレブ》**――アラビア語でイスラームの学問を積んだ人。ここでは長老《シャイフ》も道士《マラブー》も大先生《ターレブ》も同一人物を指しているが、あえてアラビア語を用いることで、もったいぶったこの人物に対して多少の揶揄を込めていることが感じられる。

一三三頁　**「ヴァデ・レトロ、サタナス」**――中世以来カトリック教で悪魔祓いのために唱えられる決まり文句。ラテン語で「悪魔よ下がれ」の意。

一三四頁　**「セミとアリ」のお話**――十七世紀フランスの詩人ラ・フォンテーヌの『寓話集』（一六六八年）に収められて

いる有名な逸話。イソップの寓話をもとにしている。日本では「アリとキリギリス」の話として有名。ラ・フォンテーヌのこの話は二十二行の詩句からなる短いもので、フランスでは昔から小学生の暗記課題とされてきた。

一三九頁　**イチジクの木に雄の実《ドッカル》をかけてやる**――「ドッカル」はイチジクの雄の木、またはその実。一般的にイチジクは雌雄異株で、雄株と雌株がある。共生している蜂によって雄株から雌株に花粉が運ばれ受粉するが、より収穫量をふやすには、人工的に受粉を促進する必要がある。父親が指示しているのはそのための作業で、雄イチジクの実を数珠状につないで、良い果実の成る雌の木にかけてやる。

一四一頁　**金の滴《グット・ドール》通り**――パリ北部十八区にある実在する通り。その付近一帯が金の滴《グット・ドール》地区と呼ばれる。モンマルトル寺院が見えるこのあたりは、ゾラの『居酒屋』の舞台としても知られる貧困層が住む界隈であり、二十世紀初めから移民などが多く住んだ。モディリアーニら貧乏画家や貧乏詩人が多く住んだことでもよく知られる。隣接して靴工場など、さまざまな移民を雇う工場がパリ北部に多数あった。第二部第4章で出てくる父ラムダンの働いていた工場のあるパリ郊外の町オーベルヴィリエにも近い。

一四一頁　**フォール・ナショナル**――標高九百六十メートルの丘（小山）の頂に位置し、フランスによるアルジェリア征服時代の一八五七年に軍事要塞として城塞が築かれ、最初フォール・ナポレオン（ナポレオン城塞）と名付けられた。一八七一年にフォール・ナショナルと改名され、この地方（フォール・ナショナル混合共同体）の行政中心地として庁舎が置かれた。次第に町としても発展したが、軍事拠点は沿岸のデリスに移され、また都市としてもそれほどの発展はみなかった。現在の名はラルバア・ナス・イラスンである。フェラウンの故郷の村ティジ＝ヒベルからは直線距離では東へ十キロ強のところにあるが、多くの山や谷で隔てられており、迂回しながら長い道を徒歩で向かわねばならなかったと思われる。ティジ＝ウズからは南東へ約二十キロ弱の位置になる。

一四二頁　**「ゴロワーズ叢書《シリーズ》」**――二十世紀前半にフランスで出回った安価な大衆小説のシリーズ。大人の娯楽向きの安直な恋愛小説などが多かった。

一四三頁　**家庭奨学金**――貧しい家庭の子供の教育を促進する目的でつくられた奨学金。フェラウン自身、成績が良かっただけでなく、家庭が極度の貧困にあったため奨学生となることができた。

一四三頁　**共有牧草地**《メシュメル》——村が共同で飼っている羊やヤギに草を食ませるための共有の土地。

一四六頁　**聖者廟**《クッバ》——アラビア語。クッバは丸天井を指し、それを伴う建物のことも言う。北アフリカでは地域信仰の対象である聖人（マラブーら）の遺骸がまつられ、人々がしばしば願い事をしにお供え物を持って訪れる。

一五二頁　**ラリボワジエール病院**——パリ十区にある実在の大医療施設。十九世紀半ばに建てられた。ラムダンの住んでいた金の滴《グット・ドール》地区のすぐ南に存在する。

一五三頁　**オーベルヴィリエ**——パリの北側に隣接する町。十九世紀半ば、産業革命の波とともに工場が建設され始め、ベルギー、アルザス、ロレーヌ、ブルターニュ、スペイン、イタリアなどから労働者がやってきた。七十カ国以上の労働者たちは、郊外に混ざり合って暮らし、首都よりも低賃金で働いていた。

一五七頁　**高等小学校**——一八三三年から一九五九年まで存在したフランスの学校制度の一つ。初めは初等教育の枠内の教育機関として設置され、初等小学校の修了者が入ることができた。一九二六年以降は次第にコレージュ（中学校）に近いものとみなされるようになり、一九四一年の法律により実質的に廃止されてコレージュに移行した。なお、スイユ版では「高等小学校」ではなく「コレージュ」と記されている。

一五八頁　**おかみ**《ベイレク》——「ベイレク」は「ベイリク」の訛り。「ベイリク」はオスマン帝国が北アフリカに置いた摂政統治区。もとはアナトリア（トルコ）地域の君侯国を指す語。アルジェにデイ（太守）を置きアルジェリア北部地域を支配下に置くとともに、地方ごとにベイ（地方長官）が配され、その統括地域がベイリクと呼ばれた。ここでフェラウンは、あえて古いこの語を使うことによって、フランスの統治時代もオスマントルコ時代と同じく、住民は支配される存在であること、その意味では住民の意識に大きな変わりはない面があることを示そうとしているように思われる。

一五八頁　**万聖節**——カトリック教会で十一月一日に祝われる「諸聖人の日」。

一五九頁　**師範学校**——師範学校は小学校などの教員を養成するためのフランス制度下の教育機関で、アルジェリアには一八六五年に男性教員の養成学校がアルジェに初めて作られ、そののちコンスタンティーヌとオランにも設置された。就学期間は三年間で、全寮制、学費は不要。アルジェの師範学校は、一八八七年にアルジェ郊外のブーザレア地区に移転され、以後、この地名で、ないしは略してブーザの別称で呼ばれてきた。現在も、高等師範学校（人文・数学部門、男女共学）が当時の建物を生かしたまま存在している。
なお、フェラウンがアルジェの師範学校に入学した一九三二年度は、〈ヨーロッパ人部門〉の受験者六十四名・入学者五十四名、〈原住民部門〉の受験者三二八名・入学者二十名であったという。

一六二頁　**白衣神父《ペール・ブラン》**――正式名は「アフリカ宣教団」。アフリカへのカトリックの布教のために作られた団体で、アルジェ大主教に任命されたラヴィジュリによって一八六八年に創設された。アルジェリアを中心にチュニジアなど北アフリカ地域で布教と慈善活動、教育・文化活動に尽くした。慈愛の精神にもとづいて庶民に手を差し伸べたと評価される一方で、気位の高さなどへの批判もある。

一六四頁　**「カミーユの呪詛」**――十七世紀フランスの劇作家コルネイユの悲劇『オラース』（一六四〇年）の第四幕第五場で、許婚キュリアスを実の兄オラースによって殺されたローマの娘カミーユが、国家の名誉を偏重し人の心を踏みにじるものとして祖国ローマを呪詛する有名な口舌。祖国への冒涜を兄は赦さず、カミーユを殺害する。

一六九頁　**礼拝呼びかけ人《ムエッジン》**――イスラーム教の礼拝を呼び掛ける人。一日五回、高い塔（ミナレット）の上から周囲に呼びかける。

一七一頁　**フルルの真新しい肩にずしりと負わせることとなるのである**――以下、スイユ版では新たに章を立てて第7章とし、作品の最終章としている（巻末の「スイユ版での主な加筆断片」を参照）。
なお、エマニュエル・ロブレスが編纂したフェラウンの撰文集『記念日』（一九七二年）では、『貧者の息子』初版の第二部第7章から巻末までの部分が、題目を新たに付けるなどして再録された。したがって、第二部第6章のこれより後章末までの叙述（フルルにのしかかる重荷の肥大と、姉ティティの夫ベライドの紹介など）は、スイユ版の『貧者の息子』と、『記念日』に収められた初版での削除部分とを合わせて読んでも知ることができないままとなった。

一七四頁　**運命《メクトウーブ》**――「書かれたこと」を表わすアラビア語「マクトゥーブ」の訛化。神によってすでに定められたこと、そこからどうにもならない運命、さだめを指す。

一七六頁　**ギユマン大通り**――アルジェの中心地にあり、海から昇っていくすばらしい公園を伴う大通り。その行き着いたところにコレージュなど学校施設があった。師範学校の合格発表はここでおこなわれた。

一八七頁　**学年の最良友人賞**――師範学校の同学年の学生たちが、卒業時に、自分たちのなかから一番すばらしいと思える人物を選んで与える賞。フェラウンは稀な現地民学生であるにもかかわらず、実際にこれに選ばれた。

一八八頁　**トレムセンやオラン**――オランはアルジェリア西部沿岸にあるアルジェリア第二の都市。トレムセンはその内陸にある。オランにはヨーロッパ人とともに裕福なアラブ人が多く住み、またトレムセンはアラブ人の貴族的な町として有名。

一八八頁　**メデア／ブ・サアダ**――メデアはアルジェの南方約八十キロ、ブ・サアダはアルジェ南方約二百キロのところにある田舎町。

一八八頁　**長い上っぱり**――師範学校生の制服のようなもので、ちょうど医者が羽織る白衣のような形をした紺色の服。

一九一頁　**シ・モハンド**――一八四〇～四五年に生まれ、一九〇五年に亡くなったカビリー地方の吟遊詩人。裕福なムスリムの家庭に生まれたが、故郷の村がフランス人による征服によって破壊され、その後植民地支配に抗した父親が処刑され一家離散となった。以来、孤独な放浪の人生を送り、各地でときに小さな仕事をしながら詩作をおこない賢者としても遇された。数百に及ぶ彼の詩はその人生を反映して、追放、故郷への愛、恋愛、運命などを謳うことを特徴とする。人々の記憶のなかに残ることだけを重んじて、みずからはいっさい詩を文字に書きとめなかった。彼の詩集はその死の直前に先駆的アマジグ語学者サイード・ブーリファによって編まれたほか、ムルド・フェラウンが一九六九年にフランス語への訳詩集として出版し、ほかにアマジグ語研究でも知られる作家ムルド・マムリが一九八二年に刊行するなど、幾度か紹介されてきた。さらに近年も研究や掘り起こしがおこなわれている。彼についての映像作品も二〇〇〇年以降複数制作されている。

一九六頁　**J＝M・ド・エレディア**――ジョゼ（ホセ）＝マリア・ド・エレディア（一八四二－一九〇五年）はキューバ生まれの詩人。父親はキューバの農園主、母親はノルマンディ出身のフランス人で、十九歳でフランスに定住した。代表作の詩集『戦利品』（一八九三年）は一一八のソネットを収録。翌年にはアカデミー会員に選出された。エピグラフはこの『戦利品』所収の詩「山小屋（ガルス）」より。ガルスとは聖ガルとも言われる、アイルランド出身でスイスに移り住んだ六－七世紀の聖人。エレディアはこの詩で、老ガルスが山野のなかの孤独でつましい暮らしに満足している様子を謳っている。なお、ガルスの建てた小さな茅屋はその後修道院となり、現在では中世からの歴史を誇る壮麗なザンクト・ガレン修道院となってその図書館とともにユネスコの世界遺産に指定されている。

一九九頁　**この日以来……**――撰文集『記念日』に再録されたテクストでは、ここから、二〇一頁の「すっかり平穏が戻ってくる。」の前まで、大幅な削除がされている。

二〇五頁　**戦争が勃発した**――一九三九年九月一日、ドイツ軍のポーランド侵攻によって第二次世界大戦となる戦争が始まる。

二〇五頁　**「生存圏」**――「生活圏」とも訳される。具体的には土地と資源を指す地政学の用語で、国家が自給自足をおこなうために必要な、政治的支配が及ぶ領土を意味する。この考えは以前から存在したが、アドルフ・ヒトラーは著書『我が闘争』において、ドイツ人の生存圏は東欧に見出しえるもので、そこに居住しているロシア人をはじめとしたスラヴ系諸民族を排除し、新たにドイツ人の領土とするべきであると主張した。このヒトラーの主張に基づき、ナチス・ドイツはオーストリア、チェコスロバキア、ポーランドをはじめウクライナ、ベラルーシ、ロシアなど東方における侵攻を政治的、軍事的に推進した。

二〇五頁　**「鋼鉄協約」**――一九三九年五月二十二日に調印されたイタリア王国とナチス・ドイツの合意協約。正式名称は「ドイツ・イタリア間の友情と同盟に関する協約」。イタリアのベニート・ムッソリーニは、当初この合意を「血の協約」と称していたが、これはイタリア人に一般的に受け入れられなかったため、「鋼鉄協約」と改称した。

二〇五頁　**何とか軸**――ドイツとイタリアは一九三〇年代半ばから「枢軸」と称して連繋を強めた。第二次世界大戦は、これに数カ国を加えた「枢軸国」と、英仏米などを中心とする「連合国」との戦いとなった。

二〇六頁　**一四年の戦争**――一九一四年に始まった第一次世界大戦を指す。第一次世界大戦では、北アフリカから多くの現地民が兵士としてヨーロッパの戦場に送られた。歴史家バンジャマン・ストラは、アルジェリアに関して以下のように記している。「原住民の徴兵は八万七五〇〇人の志願兵を含む一七万三〇〇〇人を賄った。二万五〇〇〇人のムスリム兵士がこの戦争で死ぬ。同時に一一万九〇〇〇人のアルジェリア人ムスリムが本国のフランス人労働力の代替として徴用される」（バンジャマン・ストラ『アルジェリアの歴史』小山田紀子・渡辺司訳、明石書店、二〇一一年、八四―

八五頁）。

二〇六頁　**七〇年の戦争**――一八七〇年の普仏戦争を指す。

二〇六頁　**J・ド・メーストル**――ジョゼフ・ド・メーストル伯爵（一七五三－一八二一年）は、サルデーニア王国サヴォワ（現フランス内）の政治家・カトリック思想家。革命に反対する王党派の論客で、貴族の権力や勢力を擁護し、政治家として直接手腕を発揮するともに数々の理論的・思想的著作を発表した。反＝啓蒙主義、反＝理性の立場で知られる。

二〇七頁　**国旗のもとに若者たちが召集された**――第二次大戦に招集された植民地出身の「原住民《アンディジェーヌ》」兵士は二十八万人、うち十五万人がアルジェリアからだった。なおフランス人兵士は（本土を含めて）十七万六千人だった（ギー・ペルヴィエ『アルジェリア戦争――フランスの植民地支配と民族の解放』渡邊祥子訳、文庫クセジュ、白水社、二〇一二年、三九頁）。第二次大戦での「原住民」兵士たちの姿は、映画『デイズ・オブ・グローリー』（二〇〇六年、原題「アンディジェーヌ」）で描かれている。

二一〇頁　**マジノ線**――第一次大戦後、フランスがドイツとの国境地帯に建設した線状に広がる塹壕形式の要塞。難攻不落と称されていたが、第二次大戦勃発後、ドイツ軍が侵攻を始めるとすぐに突破された。

二一〇頁　**大惨事がフランスを見舞った**――一九四〇年六月十四日、ドイツ軍はパリに入城。二十二日にフランスは降伏する。

二一〇頁　**「ペストにかかった動物たち」**――ラ・フォンテーヌの寓話「ペストにかかった動物たち」を指す。動物たちの世界にペストが蔓延したとき、この天罰の原因として数々の動物が自分のおこなった残虐行為を告白した最後に、草を食べたことを告白したロバが、一番の悪者として生贄に決められるという話。ここではロバは、（大した）罪もないのに責任を押し付けられる者の象徴。

二一一頁　**「おまえは……言えるのか？」**――フルルはフランスの公立小学校教師である以上、赴任地の青年たちが戦場に送り出されたことに自分が無縁だとは言えない、という反省意識を持っていることがここに窺える。

二一一頁　**新しいトップ**――一九四〇年六月にドイツと休戦協定を結んだフィリップ・ペタン元帥を指す。ヴィシー政権（一九四〇年七月－一九四四年八月）の首相となり、親ドイツ的な政策をおこなった。

二一一頁　**メルセルケビールの港**――アルジェリア北西部オラン近郊の軍港。このあたりの記述は、一九四〇年七月三日に起きた「メルセルケビール海戦」を含意している。フランスがドイツに降伏すると、フランス海軍がドイツ側の戦力となることを恐れたイギリスによって、メルセルケビール軍港に停泊していたフランスの戦艦群などが総攻撃を受け、千二百名もの死者を出した。この海戦での被害は大きかったものの、親独政権のヴィシー政府がその後植民地を支配し、北アフリカ一帯は実質的に枢軸国（独・伊）の支配圏に入った。

なお、北アフリカではフランスのドイツへの降伏とともに、植民地支配からの解放への期待が高まったが、ヴィシー政権が成立し、混迷状態のまま植民地統治が続行された。

二一二頁　**サンテチエンヌ**――リヨンの西にあるフランスの街。十九世紀から二十世紀半ばにかけて、石炭採掘で栄える。鉱山労働者として移民を多く受け入れた。

二一七頁　**十四番目の人種**――人種論では十九世紀に、人類を十三に分類したものがあった。こうした背景に立ち、ここではそれよりも劣る最下等の存在の意で用いられていると思われる。

二一九頁　**「ナマ・エル・ラビ」**――カビリー語。本文にあるように「神様の穀物」を意味する。

二二一頁　**ミティージャ**――アルジェ南部に東西百キロに渡って広がる平らで肥沃な農業地。フランスによる植民地支配の開始後十数年でほとんどの土地がヨーロッパ人入植者の所有とされ、主にフランス本土に輸出するワイン用のブドウ栽培がおこなわれた。

二二一頁　**チフス**――アルジェリアでは、第二次大戦開戦直後から発疹チフスの流行がきざし始め、とりわけ一九四一年から四二年にかけて、各地でかつてない大流行をみた。遅れていたワクチンの支給が一九四一年末からようやく始まり、以後しだいに終息した。

二二三頁　**アメリカ人とイギリス人がアルジェリアに入ってきた時**――一九四二年十一月八日、イギリス・アメリカ軍は「トーチ作戦」を開始し、アメリカ軍の大規模な補給を受けてイギリス軍がモロッコおよびアルジェリアへ上陸する。これが勝利を収め、両地域は連合国側へ入る。これによりアルジェリアはふたたびフランスが単独で支配する領土に戻ることになった。

二二三頁　**自由な身分の人々**――十全なフランス市民権を持つ住民、すなわち主にはヨーロッパ系植民者《コロン》と呼ばれる人たちを指していると思われる。フランスの植民地支配によって「原住民」と名指され、差別的な扱いを受けていた現地民たちと対比される。

二二八頁　**人間のなかには軽蔑すべきことよりも……**――アルベール・カミュの『ペスト』（一九四七年）より。主人公の医師リウーの台詞。

二二九頁　**停戦が調印**――一九四五年五月八日、ドイツは完全降伏し、休戦条約が締結されて第二次大戦は終了した。

二三〇頁　**白く塗った墓**――新約聖書の「マタイによる福音書」二十三章二十七節。イエス・キリストが偽善と不法に満ちた者として律法学者やパリサイ人を非難するために用いた譬え。「外側は美しいが、内側は死人の骨やあらゆる不潔なものでいっぱいである」と説明される。

二三三頁　**大量に虐殺した**――「セティフの大虐殺」を暗に指していると思われる。一九四五年五月八日、連合国側の戦勝記念日にアルジェリアのセティフおよびその近郊でおこなわれた反植民地運動のデモは当局との衝突を生み、それが暴動に発展した。騒擾はアルジェリア各地に広がり、これを鎮圧すると称して強硬策に出たフランス軍は、数日のうちに現地民側に数万人の死傷者を生んだ。フランスないし植民地主義の暴虐を象徴するこの出来事は、アルジェリア現地民のナショナリズムを覚醒させ、独立運動を活性化させる大きな転機となったと言われている。

二三四頁　**自分の庭を耕すのだ**――十八世紀フランスの思想家ヴォルテールの哲学小説『カンディード』の末尾近くの有名な言葉、「私たちの庭を耕さなければならない」を参照している。世界を遍歴したあとヨーロッパに戻ってきた主人公カンディードが、貧しい土地でも自分たちの居場所で堅実に働くことが幸福への道だという意味で述べた台詞である。フェラウンはこれを受けてさらに、自分やまわりの人々の子孫のために、と時間的な連続性のなかでの共同体の意識を強調している。

スイユ版での主な加筆断片

スイユ版について

フェラウンの『貧者の息子』は、パリの大手出版社スイユ社から一九五四年に出された再刊行版によって、これまで世界に広く知られてきた。

初版からの最大の変更点は、テクストの後半三分の一を削除したことである。このために新たな結末が書かれた。また作品は二部構成となり、第二部に序文が加えられた。ほかに、副題の削除、さまざまな表現の変更などがおこなわれた。

以下には、スイユ版のために加筆された主な断片を紹介する。

1　スイユ版第二部冒頭「序文」

全体がイタリック体で組まれ、序としての機能を明確に与えられている。なお、これと対になるように、第一部第1章もイタリック体で組まれた。

冒頭の一文のみが初版の第二部第1章冒頭と共通で、それ以下は新しく書かれたものである。スイユ版では、この序文のあとで、第二部第1章が、弟ダダルの誕生を伝える文から始められる。

「以上が、メンラド・フルルの罫線入りの大判ノートを開ければ誰でも読める、未完の告白録である。この存在を知り広く読者の方々に披露することにした人物が、語り手として話の仕上げを請け負うこととなった。慎しみからか恥じらいからか、フルルが筆を擱《お》いたことは先にお伝えしたとおりであるが、フルルを裏切ることのない、そしてフルルのことならなんでもよく知っているある友人にその筆を託したのである。それは好奇心旺盛で饒舌な、悪意のかけらもない、その人だとみんなが笑って許してくれるような、フルルにとっては兄弟同然の人物である。

フルルよ、おまえについてすべてが語られるようになるのは――どうせそれほど先のことではない――おまえがこの世を去った後のことなのかもしれない。おまえがどのように苦しみながら生きたのかを、子供たちや、子供たちの子供たちが知る日はいつか来るであろうか。知ってもらえばなにかの役には立つと思うが、子供たちには子供たちなりの苦しみの種だとか、愛する者や闘うべきことがあるに違いない。いったいどのような教えを残してやるべきだろか？「教え？残すべき教えなどない」と、結局おまえは呟く。私にはおまえが浮かべているおだやかな微笑に、諦めの気配が漂っているのがわかる。本当は語り手に黙っていてほしいのだろう。いいや、やらせておけ。彼だってとてつもない幻想を抱いているわけではないし、おまえに親愛の念を抱いているのだから。ともかくこれから彼が語っていくおまえの人生は、ほかの無数の人々の人生と似たものだ。だが違いもある。フルル、おまえは強い志を抱き続け、実際、教育を受けることができた。そして、そういう機会のなかったほかの人々をどこか見下すような気持ちになる時がこれからあるかもしれない。

そんなことをしたら間違っているぞ、フルル。おまえはたまたま境遇に恵まれたにすぎず、学ぶべき教えを残すのはそうした人々の方なのだから。」

2　スイユ版第二部「第7章」（作品最終章）

初版の第二部第6章の後半（本訳書の一七二頁一行目以降）から作品末までが、スイユ版では削除された。代わって最終章として新たに置かれたのが、以下の断章である。新しいエピソードが盛り込まれており、初版を知る読者は番外編として楽しむこともできよう。

「勉強にかかりきりだったフルルは、家族がどんなひどい苦境のなかにいるか気づかずにいた。十六歳の彼は、同年輩の生徒たちが見てくれをしきりに気にかけ女の子のことで頭をいっぱいにしていたのとは対照的に、幾何学の定理や代数学の方程式に自分の将来を賭け、一心不乱に取り組んでいた。

フルルは傷つきやすくまた恨みがましい性質《たち》だった。自分のことをまともに評価してくれず、メンラド家の人々を浅かだと嗤《わら》う村人たちを心のなかで呪っていた。そんなフルルがコレージュ*の第一学年をみごとな成績で終えたあと、第二学年が始まる時にすべてを失いかけたことがあった。理由はわからないが、奨学金の更新通知が届かなかったのだ。一カ月、二カ月、校長は待った。十二月の終わりになっても相変わらず音沙汰がなく、校長はついにその旨を奨学生たちに伝え、生徒たちは打ちひしがれた思いを抱えてそれぞれの村へ帰らざるを得なくなった。メンラド家は葬式のような暗さになった。フルルに学校を続けさせてやるためにこれ以上のお金を工面するのは、もはやまったく無理な状況だった。そんな考えは家族の頭をよぎりさえしなかった。誰もが、これからフルルはずっと家にいてもとどおりの牧童になるのだと思いながら、フルルに馬鹿な望みを抱かせたことを悔い、夢から覚めるべき時なのだと考えた。一方フルルは、年が明けて冬休みが終わったらきっと村の人たちはとたんに騒ぎ始め、お決まりの嘲笑が始まるに違いないと想像して、人目を忍んで涙を流し、こんな赤っ恥はない、もう表には出られない、と思い悩んだ。でも、学業不振とか素行不良とかで放校になったのではなく、お金がないから家に戻っているだけなのだ。校長先生はアルジェの教育委員会に書面で訴えると約束してくださった。なにかの手違いで脱けてしまったのか、忘れているのか、あるいは単純なミスなのかもしれない、ともおっしゃっていた。一つの学校の奨学金全部がいっぺんに取りやめになるなんてありえない！　けれども、あざ笑う村人たちにどうしたらそれをわかってもらえるだろう。

　クリスマスのあとの一週間を、フルルはティジで苦渋のうちに過ごした。早くも会う人ごとに嘲《あざけ》りを込めた哀れみの言葉をかけられ、どん底の気分だった。少ししたらきっと奨学金がまた下りるから今はそれを待って村にいるだけなんだと弁解すれば、相手はうなずきながら、そのことはもう考えない方がいいと諭すばかりだった。あんまり口惜《くや》しくて、目に涙が浮かんできてしまうこともあった。すると声をあげて笑われ、罵詈雑言を浴びせられた。

「ラムダンの息子よ、いいか、おまえは厄介払いされたのさ。今じゃ俺たちと同じで、おまえもヤギと暮らすのさ」

「違います、僕は学校に戻るんです！」

「高利貸しに金を借りてってわけか？」

「どういう意味ですか」

「阿呆者めが。親父を助けるどころか、破産させる気か」

息子の思いとは違って父親の方は考えを改め始め、貧乏なのにかくも困難な道にわが子を向かわせたことを後悔しだしていた。

　この一週間はフルルにとって最悪だった。みんなから勝ち誇ったように面罵されて地団太を踏んだり、今さら妬みをぶつけられてはらわたが煮えくり返ったりした。こんな運命は不当だし、みんなの態度も不当だ。世界中を敵にまわしているみたいだったが、しかしよく考えるうちに、人々が敵愾心を持つのも、悪意ある歓びに浸るのも、憎しみを向けてくるのも、これまで彼のことを真面目に受け止めていたからだと思い至った。みんなは彼が成功できるかもしれないと、そしてメンラド一家の暮らしを良くできるかもしれないと、本気で思っていたのだ。でもそれが今や……。

　最後の最後に嬉しい知らせを伝える手紙が届き、フルルは、はちきれんばかりの喜びと、精根のかぎり勉強して必ずや成功をつかむという猛々《たけだけ》しい覚悟を胸に、ティジ＝ウズへと戻った。母親は聖者廟《クッバ》にお供え物をしてくれると言っていたが、お供え物で自分の運命が変わるはずもないことはよくわかっていた。情け容赦のない闘いに、たった一人で立ち向かわなくてはならないのだった。

　級友たちがエルヴィールにこぞって胸をときめかせる年頃に、フルルはただ良い成績をとるためだけに「湖」**を覚えた。

しかし暗唱の際、この詩にふさわしく、感傷に浸る繊細な詩人の甘いメランコリーを漂わせるどころか、がさつな一本調子で押し通したために先生からきついお叱りを受けてしまい、フルルは憤懣やるかたなく席に着いたのであった。

猛勉強がどうやって自分と家族を貧乏のどん底から救い出してくれるのか、実はフルルにはよくわかっていなかった。それでも、フルルが努力の価値をけっして疑わなかったことは評価してやらねばならない。努力は必ず報いられるはずであり、そしていつかきっとその報酬を手にすることができるはずだ、とフルルは信じていた。彼が卒業資格を獲得すると、両親だけでなく村の人々までもが、フルルがあながち時間を無駄にしたわけではないと、ようやく納得してくれた。だがコレージュの卒業証書ではほとんど仕事につながらない。さらに上の競争試験に臨む必要があった。フルルの夢は相変わらず師範学校へ入学することであった。

毎年、夏休みにはフルルは親元に帰った。そのあいだ町のことを忘れ、町も彼のことを忘れた。フルルは少しずつ別の人間に変わっていき、いつのまにか元の仲間たちとなじんで、広場《ジェマア》やカフェや畑仕事など、村の生活にまた溶け込んでいくのだった。そして毎回のことだが、十月一日になると山からもう一度自分を引き剝がして、学友たちのもとへ、いかにも田舎者として飛び込んでいくのだ。夏の農作業ですっかり日焼けし、ごつい身体になった姿は誰だかすぐにはわからぬほどになっている。

さて卒業資格を得たフルルだが、彼は再びコレージュに戻ることになった。これから最後にもう一年間、勉強するのだ！　家族の経済状態はかつてなく厳しかったが、卒業資格が彼の保証になってくれた。村人たちは今ではフルルを子供扱いしなくなっていた。父親はなにかにつけてフルルの意見を求めたし、おじたちや従兄《いとこ》たちは会合に招いた。相談ごとに人が訪れたり、込み入った手紙を書いてほしいと頼まれることもあった。一目置かれる存在となり始めたわけだが、フルルはいささかも得意になることがなかった。できればむしろ自分の方が助言や励ましや手助けをしてもらいたいと思っていたのだ。孤独だと感じていた。みんなが信頼を寄せてくれるが、できることなら自分が誰かを頼り、何も考えずにその人の助言に従いたいと、そしてただ自分の勉強のことだけを考えていられればよいのにと思っていた。村を出る前に、父親はこんな言葉を贈ってくれた。

「さあ行くんだ、わが子よ。神様がおまえに付いていてくださる。きっと行くべき道を示してくださるはずだ」

母親はフルルをやさしく抱きしめ、微笑みで包んでくれたが、そこには無邪気な驕りの気配が隠れようもなくあった。両親は今や一点の疑いもなく、フルルの成功を信じきっていた。自分たちの息子は当然、今度も成功を勝ち取るに違いないし、そしてみんなは幸せになるのだ。

彼だけがよくわかっていた。もし失敗したらフルルには師範学校の扉は永遠に閉ざされてしまうことを。なぜなら彼の年齢はすでに受験資格の上限に達しているからだ。これからは独りきりで、悪条件と戦いながら勉強を続けて行かねばならない。万が一、不合格だったら、フランスに行かせてほしいと頼むつもりでいることを、両親は知る由もなかった。夏のあいだじゅう、この考えが頭から離れなかった。フランスに行けば、工場員としての働き口を見つけられるに違いない。アルジェリアでは選択肢は二つに限られていた。一つは教員になること、それは家族全員の安寧が保証されることを意味した。さもなければ、羊飼いになることだ。

日が経つにつれて、入学試験に合格するのはとても無理だと思え、むやみに恐怖がつのってきた。フルルは勉強に励みながらも弱気になっていった。次の六月に、もはや要らなくなった本や無駄に終わった卒業証書を抱えて村へと戻る自分の姿を、しきりに思い浮かべた。きっと母親は涙を浮かべつつもいつもどおり温かく迎えてくれ、おそらく父親の方はすっかり落胆して見るも憐れな様子だろう。村の人たちから軽蔑を受けるさまも想像された。だがときおり、自信が湧いてくることもあった。身内の運命が自分にかかっている、自分が家族の最後の切り札なのだ。試験本番の一週間前、フルルはまさにそういう精神状態にあった。父親がアルジェでの滞在費用にと、いくらかのお金を渡しに町まで降りて来てくれていた。二人は国道に出てしばらく歩きながら、ラムダンを村まで乗せて行ってくれるトラックが通るのを待った。

「いよいよアルジェだな」と父親は言った。「人数はとても多いだろうな。そこから選ばれるのはほんの数人だ。誰が選ばれるか、そいつはいつだって偶然のなせるわざだ。おまえはアルジェに発つ、ほかの連中と同じようにな。おれたちは上で待っている。だめだったら家に帰って来い。おれたちがおまえを愛しているっていうことを忘れるんじゃないぞ。それにだ、今まで勉強したことだって、全部なくなっちまうわけじゃない、そうだろ？　ちゃんとおまえのものだ。さあ、おれは村へ上るとするか。母さんには、おまえと話したって言っておくぞ。おまえは大丈夫だと伝えるからな」

「うん、上で言ってね。ぼくは大丈夫だって」

〔作品　完〕

＊　コレージュ――初版では「高等小学校」という設定であったのを、おそらくフランス人読者になじみやすいように改変。訳注「高等小学校」の項（本書二四八頁）を参照のこと。

＊＊「湖」――フランスの詩人アルフォンス・ド・ラマルチーヌ（一七九〇―一八六九年）の『瞑想詩集』（一八二〇年）に収められた、フランス・ロマン主義詩の傑作とされる詩篇。「エルヴィール」の名で呼ばれる年上の女性とのはかなく終わった恋を感傷的に追想する。

訳者あとがき

本書は、現代アルジェリア文学の始祖と言われるムルド・フェラウン（一九一三―一九六二年）の処女作にして代表作である『貧者の息子――カビリーの教師メンラド』（Mouloud Feraoun, *Le Fils du pauvre, Menrad, instituteur kabyle*, Le Puy: Les Cahiers du nouvel humanisme, 1950）の初版からの全訳である。本作は、ほろ苦くも心温まる自伝的小説としてフランス内外で広く愛読され、世界的にはフランス語圏文学の古典としての、またアルジェリアでは長らく国民文学の地位を与えられてきた作品である。

大まかな筋としては、山岳地帯の小さな村の貧しい家に生まれた少年が成長を経て故郷の小学校教員として生きるまでの物語で、小説は、この地方独特の文化をふんだんに盛り込みながら、主人公自身の回想として語られる。背景となる時代は二十世紀初頭から第二次世界大戦末期までで、それは、世界中のどこにおいても今日から見れば不便で素朴な生活が営まれ、とりわけ若い世代の成長とともに社会が急速に発展してきた時代である。この小説が描く、最小限の物質とともに生きる質素な人々の悲喜こもごもの人間模様は、世界のあらゆる読者のノスタルジーをかき立てる力を持っているだろうし、さまざまな困難を受け止めながら誠実に生きていこうとする主人公フルの姿は、読み手の共感を誘わないではいない。胸に迫るいくつもの忘れがたいエピソードとともに、私たちに人間というものの根源的なとおしさを再発見させてくれるこの作品は、まさに万人に愛される小説として読み継がれてきた。

だが純朴さや温かさが読者の胸を打つとすれば、それはこの作品が複雑な人間関係の機微や人の心情の裏表をとらえ、社会の矛盾や善と悪との分かちがたい混在を人間の条件として見据えているからこそであることに注意しなければならない。劇作家の井上ひさしが繰り返した有名な言葉「むずかしいことをやさしく、やさしいことをふかく、ふかいことをおもしろく、おもしろいことをまじめに……」という創作信条のとおり、『貧者の息子』はきわめて複雑な事柄を平明な装いのもとにユーモアをふんだんに交えて提示しながら、人間と人間を取り巻く社会についての真剣な探究を展開し続けるような作品なのである。

たしかにこれまで世界でこの作品は、ほのぼのとした味わいを持つ少年の成長物語あるいは辺境の地域文化について知ることのできる民俗誌的小説として受け取られてきた面がある。しかし本当にそれだけであれば、この作品が今日まで生き延びることはなかったであろう。

実際この小説の基調は、単純さとは対極の徹底した相対主義にあることを最初に述べておきたい。たとえばこの作品がカビリー地方の習俗や社会のしくみを描く際には、かぎりない愛着と不可分のものとして、みずからの文化に対するアイロニカルなまなざしが伴う。また主人公自身にも、相互に対比的に配置されたほかの登場人物たちにも、ほとんど必ず長所と短所が示され、実に多面的な造型がなされている。しかも陰影豊かな各人が、ストーリーの展開のなかで、さらに意外な一面をあらわにしていくのである。このようにこの作品は、純粋さではなく矛盾の上に成り立つ人間像を基本としている。そしてあらゆる事象に正の側面と負の側面を見届けるこの作品の相対的な姿勢が、最終的には、人間の愚かさや世の中のひずみをも純然たる悪として糾弾し去ることのない、温かな世界観へとつながっているのである。

以下には、この作品の理解のために役立つであろう歴史的な背景や作者にまつわる情報を、できるだけ簡略に紹介することにしたい。おそらくそれを知ることによって、毅然として単純さを装うこの作品が秘めている底知れぬほどの深みが、おのずと浮かび上がってくるのではないかと考えている。

植民地アルジェリアとカビリー地方について

作者ムルド・フェラウンは、アルジェリアがフランス領であった一九一三年にカビリー地方に生まれた。作品が描いているのも、前世期から続く長い植民地支配のもとでの、カビリー人の日常の姿である。

フランスによるアルジェリアの植民地支配は一八三〇年に始まり、一八四八年には地中海沿岸地方をフランスの三つの県として統治する体制が確立された。他の植民地とは違い、「フランス領アルジェリア」は内務省の管轄する「フランス国内」の位置づけであったのである。その一方で植民地として、フランス総督府を頂点とする、本土とは異なる統治体制が敷かれていた。フランス本土から、またスペイン、イタリア、マルタなどのヨーロッパ地域から「コロン」と呼ばれる入植者が多く移り住み、さまざまな優遇を享受するかたわら、この地に元から住んでいた大多数の住民は「原住民法」という差別的規定によって扱われた。フランス「国内」に生まれながら、〈イスラーム教の棄教などの条件を受け入れないかぎり取得できない〉「フランス市民権」を持たず、移動の自由を含め基本的な人権が制限され、社会のなかで十全な権利を与えられない存在、極端にいえば〈人間〉であることが求められていない存在、それが被植民者である。

なお、訳者は明らかな蔑称である「原住民」（原語は、「インディアン」を意味するフランス語「アンディジェーヌ」indigène）という呼び方を避け、アルジェリアの地にフランスの植民地化以前から暮らしていた人々の子孫を、暫定的に「現地民」と呼ぶことにする。

本作はアルジェリアの現地民がフランス語で書いた初めての本格的小説と言われており、一九五〇年の刊行後すぐにアルジェ市の文学大賞を獲得した。非ヨーロッパ人の文学賞受賞も初めてのことであった。構造的に人間以下の存在とみなされてきた人々を〈ふつうの人間〉として描きだしたこと自体が、類例のない偉業であったことがここからもわかる。

しかもこの小説が描くのは、現地民社会のなかでも周縁的な存在であるカビリー人である。その複雑な立ち位置について、以下に触れておこう。

古来、北アフリカ一帯には固有の言語を持つ「アマジグ人」（外部からの蔑称として「ベルベル人」

と呼ばれてきた）が居住してきたが、とくに七世紀以降アラブ人が東方から大量に侵入し、住民のアラブ化が進行した。そのなかで同化を拒否して抵抗を続けた人々が、多くは急峻な土地に移り住み、独自の言語と文化を守って現代にまで至ったのである。アルジェリアには大きく四つのアマジグ人の集団があるが、カビリー人はその最大の勢力であり、彼らの住むカビリー地方はアルジェの東方の沿岸からアトラス山地にかけて広がっている。土地はほとんどが地味に乏しく耕作には不向きで、カビリー人の多くはイチジクやオリーブなどの果樹栽培と小規模な牧畜によって生活を支えてきた。便利さや豊かさよりも、しばしば形容されるように「誇り高さ」を選んだ人々と言っても良いかもしれない。

したがってカビリー人の文化とアラブ文化の関係は単純ではない。北アフリカ地域の主流文化となったアラブ的な要素は、カビリー人の生活のなかにも分かちがたく浸透してきた。たとえばカビリー語にはアラビア語の語彙がきわめて多く入っているし、イスラーム教が人々に広く信じられている。逆にカビリー人などアマジグ人が古来主食としてきたクスクス（硬質の小麦粉を細かな粒にしたもの）は、アラブ化した人々にとっても生活に根づいた伝統食として、今なお北アフリカ一帯で広く食べられている。また、数々の民話や伝承などもアマジグ人とアラブ化した人々に共有されるかたちで存続している。

しかし主流派たるアラブ人と必然的に権威的な側面を持つアラブ文化に対するカビリー人の対抗意識は強く、その差異化の意識こそがカビリー人をカビリー人たらしめていると言っても過言ではない。この作品でカビリー人独特の住居、農事、陶芸や織物、あるいは先祖や聖人を尊ぶ民間信仰が親しみをこめて紹介される一方で、規範として拘束力を持つイスラーム教の要素やふつうの住民には読み書きできないハイカルチャーとしてのアラビア語が皮肉な距離をおいて描写されていることにも、それは表れている。フェラウン自身、アラビア語の会話も読み書きもできなかったという。

この対立関係に目をつけたのが、アルジェリア植民地運営の困難に直面していたフランスである。長い伝統を持つアラブの大文化とさまざまな社会組織の裏付けのもとに、容易にはフランスの支配になじんでくれない（そして文明化を待つ野蛮人とみなすにも無理がある）アラブ人に比して、カビリー人であればフランスの良き従属民となってくれると考えたのである。まさに「敵の敵は友」という構図である。かくして十九世紀後半から、フランスはカビリー地方に対して重点的にキリスト教の布教活動やフランス公立の学校教育の普及を展開した。カビリー語が日常生活においては文字を使用しない口頭言語であったために、唯一の書き言葉すなわち学問や情報伝達の言語としてフランス語を浸透させることが比較的容易だったのも確かである。ちなみにフェラウンの通ったティジ＝ヒベル村の男子小学校が開校されたのも十九世紀末である。

また勤勉で肉体的にも頑強なカビリー人は、フランス本土への出稼ぎ労働者として組織的に送り込まれた。もともと人口過剰で食糧不足の状態にあったカビリー地方では、近隣地域の農場などへ働きに出る慣習が形成されていた。第一次大戦中の労働力不足を機にフランス本土への移住労働が大規模に始まり、フェラウンの父親もフェラウンの出生時を含め度々フランスへ働きに出かけていた。

こうしてカビリー地方は、二十世紀前半には伝統文化と現代性、強固な地域性と外部との頻繁な交流といった複雑な多面性を備えた地域となっていた。フランス人にとってカビリー地方は、アラブ世界とも違うさらに独自なエキゾチスムにあふれる一方で、フランスとの往復を重ねる住民もかなり存在し、また教育の普及の結果、フランス語を高度に駆使する文化人をも輩出する、遠さと近さが奇妙な具合に混淆した空間だったのである。前世紀以来の観光ブームのなかで、フランス人旅行客にとってカビリー地方は、その雄大な山岳地帯の風景が「アルジェリアのスイス」と称揚される格好の訪問地でもあった。

フェラウンが『貧者の息子』を執筆し始めた時期の前後に、アルジェリアの新聞では次々にカビリー探訪記事が連載されて、その習俗の特殊性が強調され、近代化と発展の方法が議論され、またフランスの同化政策の模範的成功例と謳われ、カビリーの人々は「原住民」のなかでも潜在的に「フランス人」たる資格に満ちた人々だともてはやされた。一方、カビリー地方の貧困のさまを看過しえない非人間的な状況として統計的な数値を駆使して告発し、この問題の解決のためにフランスによる食糧配給ほかの救済策を訴えたのが、新聞記者時代の若きアルベール・カミュである（「カビリーの悲惨」、『アルジェ・レピュブリカン』紙、一九三九年六月五日〜十五日）。ちなみに同い歳のカミュとフェラウンはのちに文学者として交流を持つが、フェラウンが偉大な作家カミュの作品を敬愛しながらも、ペンを執った時には驚くほど大胆に直接的な批判をぶつけていたことを特筆しておきたい。

『貧者の息子』は、マイノリティのなかのマイノリティと位置づけられたカビリー人を取り巻くこうした外部からの執拗なまなざしにあらがい、みずからの視線で、自律的存在としての自分たちの姿を描こうとした作品である。そこには〈貧しさ〉を単に解決すべき問題ではなく生の条件として見据え、そこから学びうることの貴重さを静かに訴える独自の認識のあり方が示されている。作品冒頭で主人公は

「慎ましい」(modeste)すなわち貧しくかつ謙虚な存在と規定されている。弱い者、劣った者が、逆転して勝利することを目指すのではなく、あくまで弱さを抱えたまま、つまり他者を虐げる勝者となることなしに、しかしながら他者への隷属とは違う方法によって、人間として充足した状態に至る道をこの作品は模索しているように思われる。

作者について

自伝的要素を多く含む本作に反映されているように、作者ムルド・フェラウンはカビリー地方の山あいの小村ティジ＝ヒベルに生まれて、きわめて貧しい農民の子として育った。七歳から村の小学校へ通い、奨学金を得て高等小学校に、そして厳しい競争を勝ち抜いてアルジェの師範学校に進学したのは作中のフルルとして描かれているとおりである。卒業して故郷の小学校教員となったのは二十二歳の時で、その後二十二年間、カビリー地方の四つの学校で教職にあたった。

片田舎の教師は現地民であることが多く、フランス制度下の教育施設とはいえ、村の学校は教員も児童もすべて現地民という地域に密着した場であった。とりわけフェラウンは、校庭で児童とともに果樹や野菜を育てて生活に必要な農業の知識を向上させるとともに、貧しい子供たちが文具を購入する助けとしてやったという。この例にも見られるように、教育者としてフェラウンは改革精神に富み、権威よりは民衆を重んじ、また進歩的傾向の教育者や知識人との親交が厚く、左派の新聞や雑誌なども熱心に講読していた。

二十五歳のときに十歳近く年下の従妹デフビアと結婚し、すぐに長女を得た。フェラウン夫妻は以後、四女三男、計七人の子供に恵まれることになる。学校には教員の居住施設が併設されており、フェラウンはその後の人生のほとんどを妻子とともにおもに教員宿舎でおくる。なおフェラウンは妻のデフビアを自分が教える男子児童のみの学級に同席させて学ばせたほか、自分の娘たちの教育にも熱心であり続け、のちに校長として勤務したフォール・ナショナルでは女子学級を設けるなど、女性の教育と能力向上には常に積極的な姿勢を持っていた。

作品の冒頭にも記されているとおり、フェラウンが小説執筆を始めたのは、学校教員になって四年が過ぎようとする一九三九年の春であった。五年をかけて書きあげられた小説は、さらに五年をかけた出版へ向けての長い奮闘（「エピローグ」はこの間に大きく二度に分けて書かれたと推察される）の末に、一九五〇年末に南仏の小さな出版社から、結局、自費出版によって刊行された。刊行までの過程ですでに一部の文学関係者からの評価を得ていたこの小説は、出版後ただちにアルジェの文学賞を与えられ、フェラウンは教員であるかたわら、作家として歩み出した。なお、印刷された一千部は、アルジェを中心に販売されてまもなく完売となった。

以後、アルジェリアやフランス本土の雑誌にエッセイや次作の草稿断片を発表するなど、フェラウンは文学者としての地歩を固めていく。小説第二作の『大地と血』は、一九五三年にパリの大手出版社スイユ社から刊行され、同年、フランスの大きな文学賞であるポピュリスト賞を受賞する。そして翌年の一九五四年には『貧者の息子』がスイユ社から再刊行された。『大地と血』の続編とも言える小説第三作『上り坂の道』の刊行は一九五七年で、ほかに二冊の著作があるが、これら生前に出版されたものはすべてカビリー地方に材をとったものである。

一九五二年に校長として赴任したフォール・ナショナルの町では、一時期、文化人として行政にも関わりを持ったが、アルジェリア戦争の勃発後、次第に身辺に危険が迫る状態になり、カビリー地方を離れざるを得なくなる。そして一九五七年、四十四歳のときに、アルジェ郊外の学校に校長として転任する。フェラウンは、独立闘争側からは親仏的な人物として、フランス側からは現地民本位の姿勢をくずさない人物として脅迫を受けながら、みずからのあり方を貫こうと模索していた。

文筆家としてのフェラウンの大きな業績の一つが、アルジェリア独立戦争を一住民の目から記録した『日記――一九五五―一九六二』である。一九五四年十一月一日に小規模な武装蜂起によって始まった独立のための武力闘争が、フランス国家を相手にした〈戦争〉の様相を呈し始めた一年後の同じ日に、歴史の証言としての覚悟と自負を持って書き始められたこの戦時下日記は、亡くなる直前まで続けられた。ここには政治体制をめぐる正義や報道をにぎわす事件そのものよりも、それを生きる庶民の現実こそ貴重であり後世に伝えるべき価値を持つという、処女作以来のフェラウンの思想が体現されている。なお作者は生前に一度刊行を望んだが、出版の実現には作者の悲劇的な死の半年後を待たねばならなかった。

アルジェ郊外の貧困地区の小学校で、多くのフランス人教員を率いて、激増する現地民児童たちを教育する任にあたっていたフェラウンであるが、着任三年後の一九六〇年、ついに校長を辞し公立学校を離職する。それより以前、一九五八年末にパリの外務省に呼ばれ、文化参事官としてニューヨークに派遣するという破格の栄誉に類する提案を受けていたが、これを拒否したという経緯もあった。フェラウンは、あくまでもアルジェリア現地民の立場で同胞の生活の向上に資する生き方を選んだのである。なおこの時期の社会状況とフェラウンの問題意識を反映した小説が執筆されたが、生前は出版が叶わず、長らく原稿の存在も伏せられてきた。この作品がようやく遺族によってアルジェリアで刊行されたのは二〇〇七年のことである（作者の付した題名は『記念日』だったが、死後出版の撰文集にこの題が用いられてしまったので『薔薇学園』と題された）。

フェラウンは結局、アルジェリア現地民の生活全般の改善を推進する「社会センター」の指導委員として働き始めるが、一年あまりを経た一九六二年三月十五日、センターでの会議中に襲撃を受け、フランス人および現地民の委員五名とともに射殺された。現地民社会の発展を阻み、フランス人と現地民の協力関係を打ち壊そうとする、フランスの極右テロ集団ＯＡＳ（秘密武装組織）の凶行であった。

アルジェリアの独立を承認するエビアン協定が締結されるわずか三日前に暗殺されたフェラウンは、独立後のアルジェリアにおいて、一方では国家誕生の殉教者として美化され、一方では直接的に武器をとって独立闘争に加わらなかった日和見主義者として非難されてきた。また、『貧者の息子』をはじめフェラウンの諸作品の断章が多くの教科書に掲載されるなど、フェラウンの文学はアルジェリア国民共通の遺産とみなされる一方で、カビリー地方のみを賛美した危険な地方主義文学とも評されてきた。他方フランスでは、素朴で温厚なフランス人の友というフェラウンのイメージが好んで喧伝され、今日に至っている。

だがフェラウンは大きな立場に盲従して行動することを最も嫌い、みずからの倫理観と使命感にもとづいて自分の周囲の人々のために前進することを貫いた人間であった。声高な非難や告発に熱を上げることはなかったが、むしろどのような状況にあっても揺らぐことのない徹底した批判的反省意識を持って生きた人物であり、それが彼のあらゆる文学の底流をなしているのである。

『貧者の息子』とフェラウン文学について

この作品が単純素朴な回想小説として受け取られ、さらには少年文学として読まれてきたのには、出版上の理由がある。

はじめに述べたように本訳書は一九五〇年刊行の初版を底本としているが、『貧者の息子』は初版刊行の四年後フランスの最大手出版社のスイユ社から再刊行される際に、作品の後半三分の一を削除し、主人公フルルが師範学校を受験するところまでで完結とされた。これによって『貧者の息子』は主人公の少年期のみを描く作品となり、また物語の舞台は完全にカビリー世界に閉じられた。明確に距離をおいて「フランス人」を対象化するニュアンスもほとんど封印された。こうしてこの小説はフランスの一般読者からすれば、子供時代へのノスタルジーと辺境のエスニックな社会をのぞき見する異国趣味に浸ることのできる、きわめてわかりやすい作品となったのであり、ある意味でこの改変が、この作品の「成功」の鍵になったことは間違いない。

日本の読者のみなさんには、世界で読まれてきた形でもこの作品を楽しんでいただくために、スイユ版で大きく加筆された二つの箇所、すなわち第二部の冒頭と新たな最終章を本訳書の補足としてご紹介することにした（「スイユ版での主な加筆断片」）。たしかに、主人公フルルが郷里を出てより広い社会に触れ、また教員となって帰郷して以降の記述は、複雑な葛藤や社会の重苦しさが濃厚ににじみ、気軽に楽しめるものではない。とりわけ過剰なまでに語り手の反問が繰り返される「エピローグ」はかなり苦渋に満ちた内容で、文章もきわめて読みにくいと言える。心地よい読後感の親しみやすい物語として味わうには、スイユ版の枠組みの方が優れていることは明らかである。

スイユ版『貧者の息子』の成立に大きな役割を果たしたのが、アルジェリア出まれのスペイン系フランス人の作家であり、スイユ社に「地中海叢書」を創始したエマニュエル・ロブレス（一九一四―一九九六年）である。フェラウンの一歳年下のロブレスは、アルジェの師範学校の一学年上の同窓生で、卒業後十五年ほどたって再会してからは、フェラウンと親密な友人関係を結んだ。自費出版後にフェラウンから『貧者の息子』を贈られたロブレスは、フランス本土では知られていないこの作品を自分の監修する叢書の一冊として再刊行することにした。ただし作品後半の大幅なカットのほか、残された部分については、フランス語として通りが良いように、言葉づかいが書き替えられたり、叙述の時制をできるだけ過去形にそろえたりといった小さな改変が無数に施された。回想叙述に付加された語り手としての考察が省かれた箇所も多い。

こうした文面の修正は、おそらくロブレスがおこなったものと考えられる。本訳書で補足として紹介した、スイユ版で新たに付け加えられた第二部の序文の内容は、これだけを読むと何のことだかわからない点が多いが、初版から再刊行版へ向けての文面修正を、親しい友人であるロブレスがみずから請け負って進めていった事情を物語るものだと読めば、納得がいく。そして、師範学校進学後の経験や、教員となってのちのさまざまな苦労、戦争という時代背景のなかでの苦悶やカビリーの人々と共に生きた極限的な状況など、書き手の「現在」にまで至る人生の述懐が削除されてしまうことへの無念さが、遠回しに表明されているのがわかる。さらに、この作品が特権的な主人公をヒーローとして描く小説だと受け取られないようにという願いと、何よりも人々の生きる姿に学ぼうとする群像小説としての側面を強調したいという作者の思いも伝わってくる。

ひるがえって『貧者の息子』のテクストの特徴を検討すると、さまざまな点でこの作品が文学の規範的な価値から外れていることが見てとれる。簡潔を通り越したぶっきらぼうなまでに短い文の使用や、しかもその文どうしを、しばしば接続詞もなしに（訳文では補った箇所も多いが）、逆接に次ぐ逆接の論理でつなげていく展開は、一見やさしそうにみえて非常に不親切な文体を作り出している。物語叙述において現在形を多用し、さらに頻繁に視点を移動させる語り方は、地の文内での他者の声の転写や内的独白の頻度の高さと相まって、通常推奨される語りの安定性とは対極的である。また主人公の描写に用いる人称も一貫していない。こうした特徴は、実は日本の小説では自然に用いられて精妙さを生み出している諸技法と重なるところも多いのだが、これまで作者の稚拙さの証とされてきた。だが不器用にもみえるこうした語り方は、フェラウンが、雄弁さや華麗さ、あるいは論理性や分析の緻密さを重んじるフランス文学の大伝統に則るのではなく、オルタナティブな価値観を提起しながら、自分自身とみずからの属する集団を多面的に描き出すために駆使した文学的な手法であり、そしてそれは一定の効果を上げているとみることができるのではないだろうか。

作品冒頭のエピグラフがロシアの作家チェーホフから取られているように、フランス語で作品を執筆する作者の視線は、広く世界へと接続している。そして、彼の目を通してしか見えてこない現代世界の様相を、世界中の人々が共有し得るような仕方で提示することへの確固たる使命感が、作者をしてこの作品を最後まで書ききらせ、困難を超えて出版まで導いたように思われる。

処女作の刊行からわずか十一年あまりでこの世を去ったフェラウンではあるが、その半生は、周囲の年少者たちへの教育と文学創作を通した人類共同体への参画の意志に貫かれていた。彼が目指したものは人類の単純な平等と平均化ではなく、各人の条件と地域的多様性を重んじたうえで地球上の人々が相互に学び合おうとするようなゆるやかな連帯であったに違いない。

没後半世紀以上が経ったが、節度と謙譲の高潔さや、家族関係など与えられた状況のなかでの人間の責務を理解し得る私たち日本人は、フェラウン文学の普遍的な価値と真剣に向かい合うことができる資質に恵まれているのかもしれない。その私たちが彼の作品を読み、そこに込められた志を共有すること、それだけが、この作家に本来の「尊厳」を返す唯一の方法ではないかと感じている。

本書の成立までには実に多くの方々のお世話になった。作品の原典を手に取ることを可能にしてくれた筑波大学中央図書館のレファレンス担当の方々、数々の励ましと貴重な情報提供によって私の研究活動を支援してくださっている作者のご長男アリー・フェラウン氏、惜しみない協力を続けてくれるカビリー人の文学関係者の方々、そしてさまざまな形で力づけてくださる日本の友人知己の方々に、ようやく実現したこの訳書を深い感謝とともに捧げたい。とりわけ、駐日アルジェリア大使のモハメド・エル・アミン・ベンシェリフ閣下には、本書の刊行に際して寛大なご援助をいただいた。閣下もまた『貧者の息子』の熱烈な読者であり、本書を第一作としてこれからアルジェリアを含め北アフリカの現代文学が水声社のシリーズとして紹介されていくことに、心からの応援をいただいている。さらに、本書カバーにカビリー地方で撮影した情緒あふれる写真を快く提供して下さった写真家の大塚雅貴氏に謝意を表したい。そして最後に、この小説の翻訳刊行を引き受け、訳文の推敲にも丁寧に力を貸してくださった水声社編集部の井戸亮氏に御礼を申し上げる。

二〇一六年九月

青柳悦子

著者／訳者について――

ムルド・フェラウン（Mouloud Feraoun）　一九一三年、フランス植民地下のアルジェリアに生まれる。アルジェの師範学校を卒業後、小学校教員となる。教員生活のかたわら作家として活動。一九六二年三月、アルジェリアが独立する直前に暗殺される。生前発表の作品として、小説に『貧者の息子』（一九五〇年、アルジェ市文学大賞）、『大地と血』（一九五三年、ポピュリスト賞）、『上り坂の道』（一九五七年）の三作、エッセイ『カビリーの日々』（一九五四年）、訳詩集『シ・モハンドの詩』（一九六〇年）。死後の出版物として、アルジェリア戦争の記録『日記』（一九六二年）、書簡集『友への手紙』（一九六九年）、撰文集『記念日』（一九七二年）、小説『薔薇学園』（二〇〇七年）がある。

＊

青柳悦子（あおやぎえつこ）　一九五八年、東京に生まれる。筑波大学大学院人文社会科学研究科博士課程単位取得退学。博士（文学）。現在、筑波大学人文社会系教授。専攻、フランス系文学理論、小説言語論、北アフリカ文学。主な著書に、『デリダで読む『千夜一夜』』（二〇〇九年、新曜社）。主な訳書に、ジェラール・ジュネット『物語の詩学』（一九八五年、水声社）、マリナ・ヤゲーロ『言葉の国のアリス』（一九九七年、夏目書房、渋沢・クローデル賞特別賞受賞）、エムナ・ベルハージ・ヤヒヤ『見えない流れ』（二〇一一年、彩流社）、同『青の魔法』（二〇一五年、彩流社）などがある。

貧者の息子　カビリーの教師メンラド

二〇一六年一一月二〇日第一版第一刷印刷　二〇一六年一一月三〇日第一版第一刷発行

著者——ムルド・フェラウン
訳者——青柳悦子
装幀——宗利淳一
発行者——鈴木宏
発行所——株式会社水声社
東京都文京区小石川二—一〇—一
電話〇三—三八一八—六〇四〇　FAX〇三—三八一八—二四三七
郵便番号一一二—〇〇〇二
郵便振替〇〇一八〇—四—六五四一〇〇
URL : http://www.suiseisha.net

印刷・製本——モリモト印刷

ISBN978-4-8010-0241-8

乱丁・落丁本はお取り替えいたします。